U0783337

荣 获

新闻出版总署优秀畅销书奖

全国优秀古籍图书普及读物奖

第十七届山西省优秀图书一等奖

第二届山西出版政府奖

山西出版集团2008年度十种好书

全套藏书累计销售500万册

诸子百家卷 《诗经》《尚书》《礼记》《楚辞》《论语·大学·中庸》《孟子》
《老子》《庄子》《荀子》《韩非子》《孙子兵法·尉缭子·鬼谷子》
《墨子》《周易》《山海经》《吕氏春秋》《三十六计》

名家选集卷

《三曹诗集》	《陶渊明集》	《王勃集》	《王维集》	《孟浩然集》
《高适集》	《岑参集》	《李白集》	《杜甫集》	《白居易集》
《刘禹锡集》	《元稹集》	《李商隐集》	《李贺集》	《杜牧集》
《韩愈集》	《柳宗元集》	《李煜集》	《欧阳修集》	《王安石集》
《苏轼集》	《黄庭坚集》	《柳永集》	《秦观集》	《周邦彦集》
《李清照集》	《辛弃疾集》	《陆游集》	《范成大集》	《杨万里集》
《姜夔集》	《文天祥集》	《元好问集》	《唐寅集》	《张岱集》
《三袁集》	《李贽集》	《傅山集》	《纳兰性德集》	《袁枚集》
《郑板桥集》	《龚自珍集》			

史著选集卷  《左传》《国语》《战国策》《史记》《汉书》《后汉书》《三国志》
《资治通鉴》

综合选集卷  《唐诗三百首》《宋词三百首》《元曲三百首》《千家诗》《古文观止》
《汉魏六朝小赋骈文选》 《唐宋八大家文选》 《明清小品文选》

笔记杂著卷 《蒙学六种——三字经·百家姓·千字文·增广贤文·幼学琼林·格言联璧》
《颜氏家训·朱子家训》 《世说新语》 《金刚经·坛经·心经·地藏经》
《曾国藩家书》《菜根谭·小窗幽记·幽梦影》《浮生六记》《闲情偶寄》
《近思录》《徐霞客游记》《古代书信精选》

戏曲小说卷  《元杂剧精选》《西厢记》《牡丹亭》《长生殿》《桃花扇》《今古奇观》
《三国演义》《水浒传》《西游记》《红楼梦》《聊斋志异》《儒林外史》
《封神演义》《话本小说选》《文言小说选》

中国家庭基本藏书 名家选集卷

杜牧集

—唐—杜牧—著

张厚余—解评

山西出版集团
三晋出版社

博学工作室

· 山西大学教授姚奠中先生为《中国家庭基本藏书》题词

前言

　　杜牧在晚唐文学中与李商隐齐名，为有别于盛唐及其转折期李白与杜甫的并称，后人尊曰"小李杜"。

　　杜牧(803—853)，字牧之，京兆万年（今陕西西安）人。生于唐德宗贞元十九年，卒于宣宗大中七年。他出身于世家大族，祖父杜佑是中唐有名的宰相和史学家，但在他十馀岁时，祖父、父亲相继去世，家道中落，以致卖宅还债，"奔走困苦，无所容庇……长兄以驴游丐于亲旧，某与弟颛食野蒿藿，寒夜无烛"（《上宰相求湖州第二启》）。

　　杜牧自幼孤贫，勤奋好学，文宗大和二年(828)，二十六岁的他进士擢第，同年制策登科，授弘文馆校书郎。但由于他性情耿介，不屑于逢迎权贵，仕途不很得意。《新唐书·杜牧传》说："牧刚直有奇节。"又说："牧亦以疏直，时无右援者。"因此在进士及第不久即出为江西、宣歙、淮南诸使府幕僚。一度内擢监察御史，旋即移疾，分司东都，后又供职宣歙使府，如他在《上刑部崔尚书状》中所说："十年为幕府吏，每促束于簿书宴游间。"尔后在京短暂任职又外放为黄州、池州、睦州刺史，即"三守僻左，七换星霜，拘挛莫伸，抑郁谁诉"

（《上吏部高尚书状》）。宣宗大中初李德裕失势，杜牧官位稍升，曾为司勋员外郎、史馆修撰，转吏部员外郎，出为湖州刺史，又内擢考功郎中、知制诰，转中书舍人，然不久即去世。杜牧与李商隐一样，也是牛李党争的无辜受害者。杜牧与牛僧孺个人感情很好，但他与牛党并无多少牵涉；李德裕之父李吉甫曾作过杜佑的僚属，杜家与李家是世交，但杜牧不善敷衍，未能取悦于李德裕，因而遭其猜忌，以致宦途不畅。

"文章憎命达，魑魅喜人过。"就是由于家道中落、一生官运也欠亨通等原因，杜牧对社会现实有比较清醒的认识，从而在他的诗文中得到了较为客观、全面的反映。

杜牧是一位倾心杜甫(见《读韩杜集》)、也继承了杜甫的现实主义传统的诗人，他的作品深刻地表现了晚唐时代的主要社会矛盾。他二十三岁所写的《阿房宫赋》，假借秦朝，讽喻当世唐敬宗之大治宫室、沉溺声色："宝历大起宫室、广声色，故作阿房宫赋。"(《上知己文章启》)他的《华清宫三十韵》《过华清宫绝句》等诗对本朝唐玄宗的荒淫误国作了大胆的揭露。长达106句530字的《感怀诗》，对安史之乱以来藩镇跋扈、民不聊生的颓势作了充分的展示，对宪宗剪除藩镇势力的功绩热情颂扬，对穆宗以后藩祸的复炽予以痛心疾首的抨击。在《窦列女传》中，对以智勇除藩镇之凶李希烈而殒命的女中豪杰加以高度称颂；在《题永崇西平王宅太尉诉院六韵》中，对削平藩镇割据的英雄李愬作了深情的咏赞。武宗会昌二年(842)，回鹘兵突入大同川驱掠人口牛马，给百姓造成极大灾难，杜牧闻讯后以《早雁》为题，用隐喻手法表现了对生民遭际的关怀；又在《雪中书怀》中倾吐了对此事的挂念。《河湟》一诗写出诗人对收复被吐蕃侵占的河西、陇右之地的殷切期望；而《今皇帝陛下一诏征兵，不日功集，河湟诸郡次第降，臣获睹圣功，辄献歌咏》则对河湟的收复表示了极大的欢欣。大和、开成年间(836—840)，党项侵扰边境，诗人在《闻庆州赵纵使君与党项战中箭身死长句》中讴歌了这位为国捐躯的英雄，同时对毫无心肝、犹自歌舞淫乐的"朱门"权贵予以愤怒的斥责……总之诗人对国家的安危、民众的疾苦、社会的治乱有强烈的责任感，他敢于揭露最高统治者的奢侈淫靡，敢于直陈切指时弊时危，这与他传承其祖父杜佑作《通典》以求经邦致用的家风，和自身关注"治乱兴亡之迹，财赋兵甲之事，地形之险易远近，古人之长短得失"(《上李中丞书》)的人生宗旨是分不开的。

这里我们不能不提到杜牧的军事才能和造诣。早在入仕前，他就利用家中藏书，潜心钻研经史，并特别注重军事研究。他愤于河北三镇之桀骜，而朝廷专事姑息，乃作《罪言》，详细陈述了削平河北三镇的上、中、下三策。此外尚有《原十六卫》、《战论》、《守论》等军事论文。武宗会昌年间，朝廷讨伐泽潞藩镇刘稹，杜牧给主持这次讨伐的李德裕写了《上李司徒相公用兵书》，详尽陈述了作战方略，李采纳了他的意见，结果"泽潞平，略如牧策"（《新唐书·杜牧传》）。此外还说他"敢论列大事，指陈利病尤切至"（同上）。这是对他实际的政治军事才能的肯定。上述有关诗文即是他这一才能和抱负的心灵印证。

　　哲人云：所有的历史作品都是当代史。这是因为作者所选择的历史题材总是与当代现实有某种契合，同时总是自觉地以当代意识对其进行观照，从而达到影射现实的目的。杜牧的咏史诗在其作品中占有很大的比重，尤其以咏史绝句成就最大，历来有"二十八字史论"之美誉，其真髓就是它针对着当时的现实，借历史上盛衰兴亡的经验教训加以讽喻。《题武关》、《过骊山作》、《江南怀古》、《台城曲》、《汴河怀古》等作品，以楚怀王、秦始皇、陈后主、隋炀帝等昏君暴君荒淫误国、残暴失国的史实，使人们在"前朝念"中看到本朝的现实痼疾，从而引起"断杀肠"的痛恨。《题魏文贞》、《过勤政楼》等则是以"贞观之治"和"开元盛世"的一去不返慨叹当今的江河日下和黍离秋风。近年来杜牧的研究者认为：杜牧的咏史诗有史论成分和写景成分加强、变叙述为渲染描绘、善作翻案文章创意新奇(如《题乌江亭》、《赤壁》)等特点。还认为：晚唐诗人中第一个大量采用七绝形式写作咏史诗者正是杜牧，他的作品已突破了演绎史实、褒贬人物的格局而成为"论的诗"，标志着史论式的七绝咏史诗经过中唐时代的酝酿和发展至此已臻成熟。

　　历来论者皆以"俊爽"二字形容杜牧诗文的风格。俊爽者，豪爽俊健也。即在峭健之中又有风华流美之致；即将平生忧国忧民的壮怀伟抱与惜春伤离的绮思柔情并流交融。从以上论述中我们可以看到杜牧善于从政治、军事、社会历史的角度选择题材，以政治家、军事家的眼光，以奔放豪爽的激情表达那睥睨世俗的情思和见解，善于描写豪爽性格的人物，倾心歌颂建功立业的英雄，充分表现了他"豪爽"、"峭健"的风格；而风格的另一面——俊逸的绮思柔情也同时水乳交融地存在于他的作品中。作为一个大半生在外为官的宦游者，思家念国、伤离惜别、失意孤寂、颠踬奔波种种情绪无时不袭击、困扰他的心灵，然而他苦闷而不悲观、忧悒而不沉郁，《春末题池州弄水亭》、《湖南正初招李郢秀才》、《秋晚与沈十七舍人期游樊川不至》、《八月十二日得替后移居霅溪馆因题长句四韵》、《独酌》、《池州清溪》、《秋晚早发新定》、《途中作》、《村行》、《商山麻涧》等代表性作品都创造了一种明快飒爽的意境，有的论者甚至认为他对生活乐观有信心，像盛唐诗人一样执着于现实。杜牧是一位十分重感情的人，他的诗文集中有许多怀念故居樊川和抒写亲情、友情的作品，如《朱坡三绝句》、《忆游朱坡四韵》、《送杜颙赴润州幕》、《寄远》、《有寄》、《九日齐山登高》、《登池州九峰楼寄张祜》、《题安州浮云寺楼寄湖州张郎中》、《寄浙东韩乂评事》、《初春有感寄歙州邢员外》、《池州春送前进士蒯希逸》等，这些诗都写得哀而不伤、愁而不悲、怨而不怼，在这些表现愁思忧情的作品中，他常常选取清新明朗给人以快感的景物来抒写情怀，创造出情景交融、诗情画意的优美意境，幽怨之情在幽美的情境中化解，反而更显得沉潜辽远。杜牧还是一位对大自然审美力极强的诗人，他的作品中有不少描写自然景物的脍炙人口的小诗——七绝《江南春绝句》、《山行》、《清明》、《寄扬州韩绰判官》、《秋夕》、《齐安郡中偶题》、《齐安郡后池绝句》、《入茶山下题水口草市绝句》、《汉江》、《题元处士高亭》、《紫薇花》以及五绝《盆池》、《长安秋望》等。这些小诗兼明快与含蓄之美。它们不仅以明丽的画面给人以美妙的艺术感受，而且以富有立体感的语言传出了自然景物的神韵。

杜牧也有一些表现浪漫情怀的小诗如《遣怀》、《赠别》、《叹花》等，历来颇遭道学家非议。迄今的中国文学史和有关杜牧专集中也都异口同声地予以否定性评价，说它们是"专写征歌狎妓的颓放糜烂生活"、"带着浓厚的个人潦倒失意的感伤情调"（见人民文学出版社出版，游国恩、王起等主编的《中国文学史》）。"他诗中所谓的'十年一觉扬州梦，赢得青楼薄倖名'、'春风十里扬州路，卷上珠帘总不如'，就是这类地主阶级庸俗情趣的典型写照"（上海古籍出版社出版《樊川文集·前言》）。我们认为这一评价不符合历史唯物主义观点，是一种以今人标准苛求古人的机械论的表现。近年出版的陶慕宁先生的《青楼文学与中国文化》认为：狎妓冶游是中世纪士人生活的重要组成部分。从长篇歌行所表达的缱绻柔情到短章律句所记录的瞬间感受，唐人为我们描绘了一幅多姿多彩的青楼生活的画卷。如果把唐代文人的才思比喻为汩汩泉水，那么妓女的色艺便如酿制美酒的曲蘖，没有曲蘖的作用，再好的甘泉也不可能成为美酒。更何况严肃的作家在面向这一生活时总是怀着一种神圣的道德感，深情地关心着被侮辱与被损害者的命运。杜牧的《遣怀》所流露的并不是对青楼生活的欣赏与眷恋或客观展示，而是一种自嘲、自悔、自叹和对无可奈何的心情的宣泄；而《赠别》不过是以郑重的感情赞美描写对象的纯真之美及难舍难分的离别情怀。至于《叹花》更与烟花无涉，据诗出处

中国家庭基本藏书

的《太平广记》云，乃杜牧青年时代在沈传师幕中时与湖州一民间少女的感情纠葛。文学史家和有关学者诬其"专写征歌狎妓的颓放糜烂生活"，实在是毫无道理的。事实上杜牧对女性是非常尊重的，《杜秋娘诗》对一个受封建统治者玩弄的民家女子的升沉波折及晚年穷困景况十分悯惜；《张好好诗》对一个妓女哀乐由人、不能自主的命运寄予同情。其他如《题桃花夫人庙》、《月》、《金谷园》、《宫人冢》等诗篇及《窦列女传》等文赋，或对薄命红颜悼惜，或对巾帼英烈礼赞。

　　杜牧在诗歌上崇仰杜甫，在散文上则遵从韩愈。"杜诗韩集愁来读，似倩麻姑痒处抓"。他将他们比作天外的凤凰，以传承他们的精神风骨为期为荣。他论政谈兵的政论文，纵横设辩，文势充沛，结构谨严，推理周密；他记人叙事的散文，或以韵致深婉、辞情悱恻见长，或以比拟确切、形象生动取胜，这皆表现了他继承韩柳古文运动的优良传统而又有独创精神。晚唐时代，骈文随着文风的浮艳而有所回升，杜牧却能反浮艳华靡，在赋体中骈散并用，《阿房宫赋》便是融抒情、叙事、议论为一体的散文赋名篇，这也与韩愈古文的影响有关。但是杜牧师承韩愈又不墨规韩愈，他在《答庄充书》中提出"文以意为主"，这就是对韩愈"文以载道"主张的一个发展或修正。韩愈强调的"道"指的是儒家思想，内涵和外延都比较狭隘，且具较浓的功利主义色彩；而"意"则是一个宽泛、中性的概念，就文章应以内容为主，形式应服务于内容而言，这一提法显然是更恰当的。在《李贺集序》中，他准确地指出并肯定了李贺奇瑰多姿的浪漫主义风格和朦胧迷离的艺术特色，阐明了其来自楚辞的渊源，同时也毫不隐讳地指出了他"理虽不及，辞或过之"的缺点和不足，这也鲜明地体现了杜牧重视文学作品的思想内容，强调内容与形式相统一的文学主张和思想理念。

　　本书共选诗107首、文赋5篇，以《樊川文集》及《樊川诗集》为底本，并参照其他版本择善而从，有些注释参考了人民文学出版社出版、缪钺先生选注的《杜牧诗选》和上海古籍出版社出版，朱碧莲、王淑均先生选注的《杜牧诗文选注》，在此谨致谢忱。诗文编排除总体分类外大体按写作时间顺序，写作时间不能确定者，依内容或体裁之相近插入，庶几可约略看出诗人的生命历程和创作发展的轨迹。

　　为方便读者，末附"杜牧年谱简编"、"杜牧研究著述举要"、"《杜牧集》名言警句"（正文中用着重号标出）。本人学浅识陋，评解不当处望专家和广大读者不吝指谬。

张厚余

2008年4月

杜牧及其诗歌(代序)

名家选集卷

杜牧集·代序

葛兆光

　　杜牧(803—853)字牧之,京兆万年(今陕西西安)人,大和二年(828)进士,后来长期在各方镇为幕僚,武宗会昌以后,曾任黄州、池州、睦州刺史,大中年间回长安任职,官至中书舍人。有《樊川文集》。

　　杜牧出身于一个世代为官的家庭,他的祖父杜佑,为三朝宰相兼名学者,著有《通典》二百卷。这种出身是杜牧一直很自豪的,对于他的人生理想也很有影响,他在《上李中丞书》中说,自己关心的是"治乱兴亡之迹,财赋兵甲之事,地形之险易远近,古人之长短得失"。他曾写过《罪言》《论战》等有关政治、军事的论文,曾注过《孙子》十三篇,还多次引古论今地给当政者写信议论政治、军事方略,用他自己的话说,就是"平生五色线,愿补舜衣裳"(《郡斋独酌》)。可是,就算他真有管仲、诸葛之才,也未必能把唐王朝这件千孔百疮的衣裳补好了,何况他在中进士后十年时间里,大部分时间都在幕府沉沦下僚,直到四十岁才当上州官。因此,他时常又感到失望，四十四岁时在池州刺史任上，还发出"为吏非循吏，论书读底书"（《春末题池州弄水亭》）的牢骚，任州官以前，更是以落魄公子、风流文人的身份，流连于酒市妓楼。所谓"十年一觉扬州梦，赢得青楼薄倖名"（《遣怀》）式的放浪形骸，所谓"嗜酒好睡，其癖已痼"（《上李中丞书》）式的懒散颓废，与他心中时时想参政治世的雄心壮志，正好完整地表现了杜牧的心灵。

史学世家的遗风和对现实政治的关切，在杜牧那里没有机会像他祖父那样施展于实际政务或历史著述，却在他的诗中形成一种深沉的历史感。一些登临咏怀之作，别人写来大抵是流连山水、描摹自然，而杜牧写来，却常常融合了对自然、社会、历史的感触，总有一种伤今怀古的忧患意识，如《润州二首》之一：

> 句吴亭东千里秋，放歌曾作昔年游。青苔寺里无马迹，绿水桥边多酒楼。大抵南朝皆旷达，可怜东晋最风流。月明更想桓伊在，一笛闻吹《出塞》愁。

又如《题宣州开元寺水阁》：

> 六朝文物草连空，天淡云闲今古同。鸟去鸟来山色里，人歌人哭水声中。深秋帘幕千家雨，落日楼台一笛风。惆怅无因见范蠡，参差烟树五湖东。

而另外一些咏史诗中，他的感触就更为明显了：

> 长空淡淡孤鸟没，万古销沉向此中。看取汉家何事业，五陵无树起秋风。（《登乐游原》）

> 烟笼寒水月笼沙，夜泊秦淮近酒家。商女不知亡国恨，隔江犹唱后庭花。（《泊秦淮》）

前者喟叹朝代兴亡变化，岁月倏忽变幻，后者感慨执政者的荒淫糊涂和世人的居安忘危，透过这些，我们看到他心底的悲凉。此外，还有不少咏史诗都很出色，最著名的如"一骑红尘妃子笑，无人知是荔枝来"（《过华清宫》）讽刺天子的荒唐，"东风不与周郎便，铜雀春深锁二乔"（《赤壁》）感慨历史变化的难以把握，等等，都表现着他透过历史对现实的关注。

怀古伤今，是不甘沉沦的社会责任感，也是家世门风的传统和实现理想的动力所合成的力量在杜牧诗歌中的表现。然而，当时代的衰颓和自身的怀才不遇使他感到无可奈何时，他也常常以自我旷放来寻求解脱，希望有一种闲适的生活和恬静的心境。在《湖南正初招李郢秀才》

中国家庭基本藏书

中他说：

> 行乐及时时已晚，对酒当歌歌不成。千里暮山重叠翠，一溪寒水浅深清。高人以饮为忙事，浮世除诗尽强名。看着白蘋芽欲吐，雪舟相访胜闲行。

在《九日齐山登高》中又说：

> "尘世难逢开口笑，菊花须插满头归。但将酩酊酬佳节，不用登临恨落晖。"

这些诗中一面显着洒脱无羁和看破红尘似的高逸情致，一面又透出诗人内心的痛苦。犹如那黄昏落日不可挽回，世事和人生都很难勉强，还不如在一时的良辰美景中沉醉，这正是哀中生喜。在《将赴吴兴登乐游原一绝》中，我们更能看出他的心境：

> 清时有味是无能，闲爱孤云静爱僧。欲把一麾江海去，乐游原上望昭陵。

其实杜牧胸怀大志，常以韬略自负，又何尝甘于枯守淡泊？当他自称以"无能"为"有味"，说要逍遥江海的同时，却又恋恋不舍地回望唐太宗的陵墓，遥想那辉煌的贞观盛世。

不过，由于杜牧习惯从广大的历史上看待现实问题和个人遭遇，性格也比较豪爽开朗，他的诗中虽然有颓唐的成分，却并不显得局促、阴暗，相反，无论感慨往事、针砭现实，还是抒写怀抱、描摹自然，都能在忧郁中透出高朗爽健、意气风发、俊逸明丽的气格，这一点有些像刘禹锡。前面举出的诗可以看出这种特点，下面再录两首写景诗：

> 远上寒山石径斜，白云生处有人家。停车坐爱枫林晚，霜叶红于二月花。（《山行》）

> 楼倚霜树外，镜天无一毫。南山与秋色，气势两相高。（《长安秋望》）

虽然写的都是秋景，却没有这一类诗常见的衰飒暗淡，倒有些明亮和高朗。

据《云溪友议》载，杜牧曾指责白居易"诗体舛杂"，在杜牧本人所写《唐故平卢军节度巡官陇西李府君墓志铭》中，也曾借李戡之口说元白体诗"纤艳不逞"、"淫言媟语"；而他应命给李贺诗集写序时又暗示说，李贺诗虽然奇丽谲诡，想象力丰富，但与《楚辞》比起来，"理"不及而"辞"过之（《李贺集序》），也就是诗缺乏思想而过分注重文辞。要革除这两方面的弊病，自然应该是在内容上要"言及君臣理乱，时有以激发人意"(同上)，而在艺术上则要"不务奇丽，不涉习俗，不今不古"，应该力求"高绝"(《献诗启》)。的确，他的诗风既没有元白诗平易滑俗的毛病，也不像李贺那样雕琢镂刻，以艳险奇丽取胜。由于杜牧说过"杜诗韩集愁来读，似倩麻姑痒处抓"(《读韩杜集》)这样的话，并写有《杜秋娘诗》及《大雨行》这样颇似杜甫、韩愈风格的诗，一般认为他受杜、韩的影响较深。但是，从杜牧所擅长的七律、七绝的语言艺术上来看，他有杜甫那种讲究顿挫抑扬、开合回环的声律与布局的特点，但又不像杜甫那么沉郁浑厚，更多地有一种高朗俊逸的气质；而对于韩愈诗较为流畅轻灵的一面，杜牧确有所吸取，而对其最具有强烈特征的奇崛怪异的风格，杜牧却没怎么采纳。他的诗以七绝最为人称道，其次是七律。总体上说，是以明丽的意象和俊逸的气骨，加上他特有的历史感所形成的诗的深远开阔的视野，构成了其诗歌的特殊境界。

葛兆光，1950年生于上海，1984年北京大学古典文献专业研究生毕业。著有《中国思想史》(两卷本)等。以上"代序"选自章培恒、骆玉明主编《中国文学史》中卷第四编第六章第一节，题目为编者所拟。

目录

中国家庭基本藏书

中国家庭基本藏书

◎ 诗

惜　春

题解

这是一首珍惜春光、珍惜青春、珍惜生命的诗，可能作于诗人青年时代。

> 春半年已除，其馀强为有。
> 即此醉残花，便同尝腊酒。
> 怅望送春杯，殷勤扫花帚。
> 谁为驻东流，年年长在手。

新解

春半年已除，其馀强为有——除，去也。这两句是说：春天过了一半，一年就算过去了，其馀时间只是勉强打发了。

即此醉残花，便同尝腊酒——这两句紧接上两句：就是现在对着残花邀醉，也如同在除夕前尝饮腊酒。"腊酒"与首句中"年已除"相照应。

怅望送春杯，殷勤扫花帚——上句承前句中"醉"、"酒"二字而来：我惆怅地望着送春的酒杯；下句则是一个跳跃：我要殷勤于那扫花的扫帚(意即勤扫落花，不使其陷于污淖)。

谁为驻东流，年年长在手——东流，东去的流水，这里以其比喻不停地消逝的时间。此两句意为：谁能使时间的流水停驻不前，让它年年都握在我手中永不消逝呵！

新评

古往今来仁人志士都痛惜时间的流逝：哲人孔丘面对流水曾有"逝者如斯夫，不舍昼夜"的感叹；诗人屈原也有"日月忽其不淹兮，春与秋其代序"的吟喟。叹惜时间的流逝，就是珍惜生命的有限，切望在有生之年能最大限度地做一番有意义的事业。杜牧的这首《惜春》也正体现了这一主旨。与前人不同的是，他把一年最美好的季节春天作为时间的象征，青春的象征。他那样痴迷地惜春，就是珍惜青春的岁月；他惆怅地举杯送春，殷勤地扫收落花，就是悼惜青春年华的渐渐流

中国家庭基本藏书

逝；他忽发挽住时间流水，使其年年在手中长留不去的奇想，就是渴望在青年时代干出一番于国于民有益的事业。这种积极的人生态度是值得肯定的，而且无论何时都是有教益的。

紫薇花

这首写紫薇花的咏物诗，寄托了诗人对不从众趋时、特立独行的个性和于衰飒中崛起的人格的赞美。

晓迎秋露一枝新，不占园中最上春。

桃李无言又何在？向风偏笑艳阳人。

晓迎秋露一枝新，不占园中最上春——这两句写紫薇花的与众不同：她于清晨迎着秋露而开，开得那样新鲜，那样精神；在百花园里她不属于春天，更不占春花之上乘。这一正一反便凸显出紫薇之个性。

桃李无言又何在？向风偏笑艳阳人——"桃李无言，下自成蹊"，这是古谚语，意为桃李不以言辞招引人，只因花美果香，赏花采实之人便纷纷而来，在地上踩成道路。艳阳人，指欣赏艳阳春色之人。这两句说：如今那得意一时的桃李花又哪里去了呢？紫薇花却飒爽面向秋风，笑那些只知欣赏艳阳春色之人哩。

古诗中颂菊咏梅之作甚多，诗人盛赞其傲霜斗雪之风骨，吟诵其不与桃李争妍之气节。杜牧这首诗选取了一个独特的题材——紫薇花。她不凌霜斗雪，只迎秋露而开；她不与桃李对立，肯定其"无言而下自成蹊"的美，她只是嘲笑那些只知盲目地趋奔艳阳春色之人，这样就使其作富有了新意，其内涵也就有了独特的意蕴——如笔者在"题解"中所说。

盆 池

这是一首咏物小诗，它以极为精练形象的语言，写出小小池塘的清幽可爱。

凿破苍苔地，偷他一片天。
白云生镜里，明月落阶前。

凿破苍苔地，偷他一片天——首句写池塘周围草木葱茏，一片浓绿，就像凿开一块绿地涌出一潭清泉。苍苔，苍苍的青苔，泛指茂草葱郁。次句形容池水清澈，蓝天倒映其中，如同偷了一片天。

白云生镜里，明月落阶前——这两句写小池的昼夜之美：白天白云映入池中，如生于明镜般的水面；夜晚明月也倒映其中，仿佛月儿也落在阶前。

这首五绝写得玲珑隽永、耐人回味。写的是池水却不见一个水字；写的是清澈却不见一个清字。寥寥四句二十字，每句都是一个精巧的比喻，写出人人共有的四种感觉，使读者在根据自身经验的审美再创造中，得到一种新鲜有趣的快感。

秋 夕

这首诗描写清秋之夜闺中少女憩玩的情景，活泼可爱，极富生活气息。

银烛秋光冷画屏，轻罗小扇扑流萤。
瑶阶夜色凉如水，坐看牵牛织女星。

银烛秋光冷画屏，轻罗小扇扑流萤——首句是描写人物活动的环境：白色蜡烛的烛光和秋夜的月光照在描着金画的屏风上。烛光与月光"冷"了画屏，这是人的一种感觉，是谓通感，点明秋凉。次句描写人物的活动：用罗纱做成的轻盈的小扇扑那流动的萤火虫，这必定是天真未凿的少女。主语或缺，增加读者的想象，方有意味。

瑶阶夜色凉如水，坐看牵牛织女星——这两句是另一个画面，又一种情态：在这清凉如水的夜色中，她扑流萤扑得累了，就坐在洁白的石阶上，仰望那隔着一道天河的牛郎星与织女星。瑶阶，洁白如玉的石阶。一本作"天阶"。

由杜牧这首诗，我们联想到早他百年的王昌龄的《闺怨》："闺中少妇不知愁，

中国家庭基本藏书

春日凝妆上翠楼。忽见陌头杨柳色，悔教夫婿觅封侯。"王昌龄笔下的这位少妇年龄一定不大，她尚有"不知愁"的时候。杜牧笔下的这位少女当比这位少妇更小，她不但"不知愁"，而且还有"扑流萤"的童真童趣；但她一定是位早慧的姑娘，也许已经情窦初开，渐省人事，她坐看牵牛织女星的凝神情志，是否意味着她已意识到为时不远的游子思妇之苦或未来的婚姻悲剧？这正是佳作名篇给予我们的浮想联翩的审美享受。

山　行

这是众口传诵的唐诗名篇之一，它不但写出了清秋的枫林之美，而且表现出"胜似春光"的整体秋色之丽。

> 远上寒山石径斜，白云生处有人家。
> 停车坐爱枫林晚，霜叶红于二月花。

远上寒山石径斜，白云生处有人家——这两句紧扣诗题"山行"二字，描述山行的具体情景和行中之所见：沿着斜斜的石径，向着远远的山巅攀登，爬呀爬，快到山顶了，忽然望见白云升起的地方住着几户人家。一个"寒"字点明"秋"之时令，为后文埋下伏笔。"生"亦作"深"，二者都有意境美，前者有动感，似乎更好。

停车坐爱枫林晚，霜叶红于二月花——这两句仍与"山行"之诗题照应，并紧接上句文义：登呀登，爬呀爬，爬得累了，便在一片枫林边停下来坐着歇息一会儿。此时晚霞正缭绕在西天，艳艳霞光洒在殷红的枫叶上，真比二月的鲜花还要美丽。一说"坐"，意为"因为"。

这首诗之所以千百年来受人喜爱，一是因为它以轻快活泼的情调写出秋日之爽朗、明丽，一扫悲秋的衰飒之气，给人平添乐观豪迈之力；二是由于它自始至终都有一种"行"的动感："远上"、"云生"、"停车"、"坐爱"，读者的视野随着作者的视角在不断变化，因而兴味盎然；三是结尾的警句令人玩味无穷，它既是自然景物的准确写照，又是人生、生活的哲理性象征：它不似春光又胜似春光，秋色在某种意义上看胜似春色，这，便是生命的辩证法。

读韩杜集

题解

这是一首评诗论文之诗。写作时间难以确定。作者对杜甫、韩愈的诗文给予极高的评价，写得形象、风趣而又深刻。

> 杜诗韩集愁来读，似倩麻姑痒处抓。
> 天外凤凰谁得髓？无人解合续弦胶。

新解

杜诗韩集愁来读，似倩麻姑痒处抓——《太平广记》卷六十引《神仙传》说：仙人麻姑的手长如鸟爪，有个叫蔡经的人想：如果脊背痒时，能得麻姑之手搔背该多好。倩(qìng)，请。抓，读若爪，"搔"也。这两句意思很明白：杜诗韩集当忧愁之时诵读，就像仙人麻姑的指爪搔到痒处似的，真痛快。

天外凤凰谁得髓？无人解合续弦胶——据《十洲记》中记载：凤麟洲在西海中，洲上有凤凰麒麟数万，用凤嘴和麟角合熬成胶，可以接续已断的弓弦。这两句说：飞向天外的凤凰谁还能得到它的精髓呢？今天已无人懂得如何配制"续弦胶"了。意思是无人能汲取杜甫、韩愈诗文的精华，创作出他们那样高水平的作品。

新评

评诗文之诗首先应当是诗，即应以形象的、有意味的语言来表述对诗文的评骘。这首诗以"麻姑搔痒"，表述对韩杜诗文的感受；以"天外凤凰"之"髓"，比喻他们作品的精髓，以"无人解合续弦胶"慨叹无人能汲取他们诗文的精华作创造性的发展。可谓寓理性思考于形象表达之范例。杜牧此诗是针对当时文坛的形式主义倾向而发的，而他自己则是既继承韩杜现实主义传统，又有所创新发展的表率。清代洪亮吉在《北江诗话》中说："杜牧之与韩柳元白同时，而文不同韩柳，诗不同于元白，复能于四家之外诗文皆别成一家，可云特立独行士矣。"

赠渔父

题解

这首诗借超然于尘世之外的渔父形象，讽喻现实社会尽是浑浑噩噩、追名逐利之徒，由此反衬"众人皆醉而我独醒"者的难得和可贵，渴望洞察社会现实的清醒之士涌现。

中国家庭基本藏书

芦花深泽静垂纶，月夕烟朝几十春。

自说孤舟寒水畔，不曾逢着独醒人。

芦花深泽静垂纶，月夕烟朝几十春——这两句刻画出一位睿智的老渔父形象。上句是一个共时性画面：在芦花丛中，深泽之滨，一位老者在静静地垂钓。纶，钓鱼的绳子。下句是一个历时性的交代：这位静静地垂钓的老人已经历了几十个春秋的烟朝月夕。朝夕，就是早晨和黄昏，意为几十年朝朝暮暮都在芦花深泽静垂钓绳。

自说孤舟寒水畔，不曾逢着独醒人——这两句用了一个典故。《史记·屈原贾生列传》说，楚顷襄王放逐屈原，屈原至于江滨，渔父见而问之曰："子非三闾大夫欤？何故而至此？"屈原曰："举世混浊而我独清，众人皆醉而我独醒，是以见放。"这两句是以渔父之口，说自己在孤舟上、寒水畔，几十年来未遇到过屈原这样的独醒之人。

渔父，在我国文学作品中一直是一个超然物外的智者形象。从屈原的《渔父》（一说假托）到柳宗元的《江雪》，直到杨慎的《西江月》"滚滚长江东逝水"，渔父都是老庄式的哲人的化身。杜牧笔下的渔父多了一点氛围和形象的描写，但其本质是一样的，即是诗人主体意识的对象化，或者说是自我的客观化，实际上诗人就是一个独醒者，"不曾逢着独醒人"不过是诗人感到世无知音的慨叹。

感怀诗一首

这首诗作于文宗大和元年(827)，是杜牧诗文中的重要作品。作者时年二十五岁。敬宗宝历二年(826)，横海节度使(治所在沧州，今河北沧县)李全略死，其子李同捷不经朝廷许可，擅称留后。翌年五月，朝廷委任天平节度使乌重胤为横海节度使，李同捷为兖海节度使，李同捷不受命。八月，朝廷下诏讨李同捷。大和三年四月，官兵攻下沧州，斩李同捷。杜牧此诗下有自注"时沧州用兵"，即指讨李同捷事。此诗由此事引发感慨，对自安史之乱以来藩镇跋扈、民不聊生的颓势予以无情的揭露；对宪宗剪除藩镇势力的功绩予以肯定；而对穆宗以后藩祸之复炽又予痛心疾首的抨击；同时也发泄了自身有心报国而无从施展的恨憾。

高文会隋季，提剑徇天意。
扶持万代人，步骤三皇地。
圣云继之神，神仍用文治。
德泽酌生灵，沉酣薰骨髓。
旄头骑箕尾，风尘蓟门起。
胡兵杀汉兵，尸满咸阳市。
宣皇走豪杰，谈笑开中否。
蟠联两河间，烬萌终不弭。
号为精兵处，齐蔡燕赵魏。
合环千里疆，争为一家事。
逆子嫁虏孙，西邻聘东里。
急热同手足，唱和如宫徵。
法制自作为，礼文争僭拟。
压阶螭斗角，画屋龙交尾。
署纸日替名，分财赏称赐。
刳隍欿万寻，缭垣叠千雉。
誓将付孱孙，血绝然方已。
九庙仗神灵，四海为输委。
如何七十年，汗赩含羞耻？
韩彭不再生，英卫皆为鬼。
凶门爪牙辈，穰穰如儿戏。
累圣但日吁，阃外将谁寄？
屯田数十万，堤防常慑惴。
急征赴军须，厚赋资凶器。
因隳画一法，且逐随时利。
流品极蒙尨，网罗渐离弛。
夷狄日开张，黎元愈憔悴。
邈矣远太平，萧然尽烦费。
至于贞元末，风流恣绮靡。

艰极泰循来，元和圣天子。

元和圣天子，英明汤武上。

茅茨覆宫殿，封章绽帷帐。

伍旅拔雄儿，梦卜庸真相。

勃云走轰霆，河南一平荡。

继于长庆初，燕赵终舁襁。

携妻负子来，北阙争顿颡。

故老扶儿孙，尔生今有望。

茹鲠喉尚隘，负重力未壮。

坐帷无奇兵，吞舟漏疏网。

骨添蓟垣沙，血涨滹沱浪。

只云徒有征，安能问无状。

一日五诸侯，奔亡如鸟往。

取之难梯天，失之易反掌。

苍然太行路，翦翦还榛莽。

关西贱男子，誓肉虏杯羹。

请数系虏事，谁其为我听。

荡荡乾坤大，瞳瞳日月明。

叱起文武业，可以豁洪溟。

安得封域内，长有扈苗征。

七十里百里，彼亦何尝争。

往往念所至，得醉愁苏醒。

韬舌辱壮心，叫阍无助声。

聊书感怀韵，焚之遗贾生。

【新解】

　　高文会隋季，提剑徇天意——此两句及以下六句系歌颂唐太宗贞观之治。高，指唐高祖李渊；文，指唐太宗李世民，因唐太宗的谥号是"文皇帝"。季，末。提剑，汉高祖曾说："吾以布衣提三尺剑取天下，此非天命乎？"此是借汉高祖之事颂扬唐高祖父子顺天意以兵力取天下。徇，顺也。此两句意为：高祖太宗正逢隋末之际遇，顺应天意以兵力取得天下。

扶持万代人，步骤三皇地——前句意明，后句中之"步"，意为缓行；"骤"，意为快跑。《后汉书·曹褒传》注引《孝经钩命诀》，有"三皇步，五帝骤，三王驰"句，意为三皇五帝治理天下迟速有节，按一定步骤行事。三皇，传说中的伏羲、神农和燧人。此两句是说：高祖和太宗创立的唐朝救助百姓泽惠万代，他们像三皇那样以张弛有方的步骤治理天下。

圣云继之神，神仍用文治——首句中"云"为语助词。此两句意为：唐开国之君乃神圣相继，实行文治。

德泽酌生灵，沉酣薰骨髓——这两句意为：太宗恩德泽被万民，使人如饮醇酒般从骨髓中感到温暖沉醉。前句中"酌"字意为享饮；后句中"薰"乃暖意。

旄头骑箕尾，风尘蓟门起——此两句及以下两句写安史之乱。旄头，昴星之别名，它与箕、尾都是二十八宿中的星名，古代以天上之星宿对应地上的地区，用以分封诸侯。箕尾指幽燕(今河北、辽宁一带)，古人以为旄头星跳跃将有战乱。蓟门，在今北京德胜门西北一带，此处指幽燕之地，时安禄山为渔阳节度使，盘踞在这里。这两句意为：旄头星骑跳箕尾星，在这战乱的预兆中，终于爆发了安史之乱。

胡兵杀汉兵，尸满咸阳市——此两句写安史之乱带来的惨祸。胡兵，指安史叛军，安禄山为胡人。咸阳，本为秦朝京城，此处代指唐京城长安。

宣皇走豪杰，谈笑开中否——此两句写唐肃宗平定安史之乱。宣皇，即唐肃宗，其谥号是"文明武德大圣大宣孝皇帝"。走豪杰，使豪杰为之奔走。谈笑，形容胸有成竹，处大事如烹小鲜，李白有"为君谈笑净胡沙"之句。开中否，否是《易经》的卦名，为闭塞不通之意，"开中否"是指唐肃宗平安史之乱，收复两京，将唐中衰之运扭转过来。

蟠联两河间，烬萌终不殂——此两句说朝廷虽平安史之乱，但对安史军中降将如李宝臣、李怀仙、田承嗣等，仍命他们为河北诸镇的节度使，遂养成馀患，使其盘踞联络于黄河南北，就像火的馀烬、草的萌芽，其祸始终没有止息。前句中的"蟠联"有潜伏串联意，"两河"指河南、河北即黄河两岸地区。后句中"殂"为消、止意。

号为精兵处，齐蔡燕赵魏——这两句意为：齐蔡燕赵魏是号称兵力最强的五个藩镇。齐指淄青节度，治所在青州(今山东益都)；蔡指彰义节度，治所在蔡州(今河南汝南)；燕指卢龙节度，治所在幽州(今北京)；赵指成德节度，治所在镇州(今河北正定)；魏指魏博节度，治所在魏州(今河北大名)。

合环千里疆，争为一家事——此两句及以下十四句乃描述藩镇跋扈的具体行为。这两句是说：他们相互勾结成千里疆域，如同合为一家似的为自己的利益争斗。合环有相互勾结通意。

逆子嫁虏孙，西邻聘东里——前句中"逆"与"虏"均指谋叛之藩镇。这两句

中国家庭基本藏书

意为：叛逆的藩镇之间互相嫁娶，结为儿女姻亲。

急热同手足，唱和如宫徵——这两句形容这些谋叛的藩镇亲热得如同手足兄弟，互相一唱一和如同音乐的声调彼此配合。宫徵(zhǐ)，我国古代分音乐的音阶为五声：宫、商、角、徵、羽。

法制自作为，礼文争僭拟——这两句意为：法令制度自作主张，礼法文仪也争相超越本分(意谓竟敢用皇帝的礼仪，见下文)。僭(jiàn)，僭越，超出自身应有的规范。拟，相比，类似。

压阶螭斗角，画屋龙交尾——此两句具体印证上两句"争僭拟"之所在。螭(chī)，传说中的无角之龙。交尾，龙尾互相连接。龙本是帝王的徽号，然而在藩镇的殿阶上也装饰着螭头，屋壁上也刻画着尾巴相接的龙身。

署纸日替名，分财赏称赐——替名，废除署名，皇帝的诏书只用玺印不署名。这两句说这些藩镇所发的公文也像皇帝的诏书一样，不署名而只盖印章；赏给部下的财物也像皇帝赐给臣子似的称"赐"。

刳隍歁万寻，缭垣叠千雉——刳(kū)隍，挖掘城壕。歁(xiān)，贪欲。万寻，八尺为一寻，万寻形容极长。缭垣，围墙。千雉，古代墙长三丈、高一丈为一雉，千雉形容围墙极高。这两句说：这些藩镇挖掘的城壕极长，所砌的围墙极高。

誓将付孱孙，血绝然方已——这两句说：他们打定主意要将自己的王位私付于子子孙孙，直到血统断绝方才停止。孱(chán)孙，顽弱的子孙。

九庙仗神灵，四海为输委——此两句及以下八句写朝廷大权旁落、对叛逆藩镇无法控制任其所为的被动局面。这两句是说：皇帝靠祖先神灵的护佑，使四海(全国)运送物资以供需用。九庙，乃皇帝所立，以祭祀祖宗。输委，输送。

如何七十年，汗赧含羞耻——七十年，从唐玄宗天宝十四载(755)安史之乱起，到作者写此诗的这一年，即文宗大和元年(827)，共七十三年，这里取整数。汗赧(xì)，因心中羞愧而脸红。赧，大红色。这两句说为什么七十年来一直含耻忍辱任藩镇飞扬跋扈呢？

韩彭不再生，英卫皆为鬼——韩彭，汉初的大将韩信和彭越。英卫，唐初名将李勣(jì)封英国公，李靖封卫国公。此两句意为：像韩、彭、英、卫那样的人物世间已无，不能去平定此起彼伏的藩镇叛乱。

凶门爪牙辈，穰穰如儿戏——凶门，北门。古代将军出征时凿一扇向北的门，由此出发，以示必死之决心。爪牙辈，指武将。穰(ráng)穰，众多。这两句说：武将们一批批出征都掉以轻心，如同儿戏。

累圣但日吁，阃外将谁寄——累圣，指唐朝历代皇帝。但，只。吁，叹息。阃(kǔn)外，城外。此两句说：唐朝自安史之乱以来的历代帝王对藩镇割据之事只知叹气，而对将讨伐的军事大权托付于谁却心中无数。

屯田数十万，堤防常慑惴——这两句及以下八句写导致七十年来朝廷大权旁落、藩镇日益跋扈的原因。屯田，这里指从事农耕的兵士。唐初实行府兵制，平时士兵大部分从事农耕，战时朝廷令将帅率兵作战。堤防，防备。慑惴，忧惧。这两句说：唐初屯田兵士有数十万，随时都以忧惧之心提防叛乱。

急征赴军须，厚赋资凶器——这两句系指自唐玄宗废除府兵制改为募兵制以来，加重了百姓赋税，以供给战争费用。军须，即军需。厚赋，沉重的赋税。资，供给。凶器，古称兵器为凶器，此处指战争。

因隳画一法，且逐随时利——隳（huī），毁坏。画一法，西汉初曹参为相时一切遵照前任萧何制定的法规行事。当时百姓歌云："萧何为法，讲若画一；曹参代之，守而勿失。"故称画一法。这里借指唐太宗制定的制度。这两句意为：七十年来朝廷毁坏了太宗制定的法规，只逐眼前利益。

流品极蒙茏，网罗渐离弛——这两句说：为官者流品极杂乱，法制也日益松弛涣散。蒙茏（méng），杂乱貌。网罗，指法制。

夷狄日开张，黎元愈憔悴——夷狄，这里代指藩镇。黎元，指百姓。这两句说：（由于上述种种原因）致使藩镇势力日益扩张，百姓生活愈来愈贫困。

邈矣远太平，萧然尽烦费——这两句及以下两句系感叹贞元年间及此前朝廷的颓势。这两句说：距离太平盛世的光景太遥远啦，百姓处处受到烦扰，民力遭到极大的耗费。邈，远。萧然，骚扰动乱貌。

至于贞元末，风流恣绮靡——贞元，唐德宗年号。风流，社会风气。恣，放纵。绮靡，华丽奢侈。这两句是指责贞元末年以来皇室贵族的奢靡纵逸以及由其所及的不良社会风气。

艰极泰循来，元和圣天子。元和圣天子，英明汤武上——这四句及以下六句是赞颂宪宗以来否极泰来的局面。泰，《易经》中的卦名，与"否"（pǐ）相反，表示通达顺利。元和是唐宪宗年号。杜牧称赞他如商汤和周武王一样英明。

茅茨覆宫殿，封章绽帷帐——相传尧住的是茅草顶的房子；汉文帝节俭，殿中的帷帐是收集奏章的套子做成的。这里借用古代帝王节俭的事例颂扬宪宗（实际上宪宗并非如此）。

伍旅拔雄儿，梦卜庸真相——前句指唐宪宗提拔小军官高崇文为检校工部尚书、左神策行营节度使事。后句用典：殷王武丁梦得圣人，于是寻找到傅说（yuè），用他为执政大臣；周文王将出猎，卜卦说可以得到辅佐，于是在渭水边遇到姜太公，立为师。这里用"梦卜"二字引用古代帝王任用贤能的故事，以歌颂宪宗任用杜黄裳、武元衡、裴度等人为宰相平定藩镇叛乱。庸，用也。

中国家庭基本藏书

勃云走轰霆,河南一平荡——这两句形容宪宗时平定藩镇叛乱如疾雷轰击、飓风扫荡,转眼之间黄河以南全部平定。宪宗元和十二年(817)十月平定淮西,活捉吴元济。十四年(819)二月平定淄青,诛杀李师道;七月,宣武节度使韩弘归顺朝廷。轰霆,疾雷也。

继于长庆初,燕赵终异襁——这两句及以下十六句系写穆宗以来局势的逆转,藩镇势力复炽,朝廷无力平叛,致使血流遍野,生灵涂炭,中原凋敝。这两句说:到了长庆初年,燕赵平定,百姓都背着襁褓中的婴儿准备归顺朝廷。燕、赵,指卢龙军和成德军。元和十五年(820)十月,成德军观察使王承元归顺朝廷。长庆元年(821)二月,卢龙节度使刘总归顺朝廷。异襁(yú qiǎng),背着襁褓中的婴孩。

携妻负子来,北阙争顿颡。故老扶儿孙,尔生今有望——这四句承接上句,言当地百姓纷纷前来朝拜。北阙(què),指皇宫。顿颡(sǎng),叩头。

茹鲠喉尚隘,负重力未壮——这两句隐喻穆宗懦弱无能,如喉窄难吞鱼骨,体弱无力负重。茹,吃。鲠,鱼骨。

坐幄无奇兵,吞舟漏疏网——这两句说,军中主帅运筹帷幄时无奇谋良策,以至藩镇又背叛朝廷,如同渔网太疏漏掉吞舟大鱼一样。幄,帷幄,军中主帅的帐幕。

骨添蓟垣沙,血涨滹沱浪——此两句形容藩镇叛乱所带来的灾祸。前句指长庆元年七月,幽州卢龙军都知兵马使朱克融反叛朝廷,纵兵掳掠,故曰"骨添蓟垣沙"(蓟门一带沙漠上又添了很多尸骨)。后句指长庆元年七月成德军大将王廷凑背叛朝廷,乱杀无辜,地址在滹沱河一带,故曰"血涨滹沱浪"。

只云徒有征,安能问无状——这两句说:朝廷只不过空说征讨,又何能切实惩治叛镇的罪行。无状,行为不良貌。

一日五诸侯,奔亡如鸟往——这两句指长庆元年八月十四日,魏博、横海、昭义、河东、义武五节度使带兵讨王廷凑事。"五诸侯"即指以上五节度使,因唐朝节度使专制一方,如同古代诸侯一样。

取之难梯天,失之易反掌——这两句说征讨叛镇,取如登天之难,失如反掌之易。梯,作动词解,如"登"。

苍然太行路,翦翦还榛莽——此两句形容被藩镇割据的太行山一带人烟稀少、榛莽丛生、路狭难行的凋敝景象。翦翦,狭小貌。

关西贱男子,誓肉虏杯羹——这两句及以下十四句系写自身空怀报国良策壮志而效力无门。"关西贱男子",乃诗人自谦之称,因杜牧是杜陵(今陕西西安)人,当时尚未入仕。后句以誓死"肉虏杯羹"(吃其肉,喝其汤)的决心表现了诗人对叛逆藩镇的切齿痛恨。

请数系虏事,谁其为我听——这两句说:虽有控制消灭藩镇之祸的良策,可有谁来听我言说。请，请命。数，列举。系，缚。其，语助词。"谁我听"即"谁听我"（动宾倒置）。

荡荡乾坤大，瞳瞳日月明。叱起文武业，可以豁洪溟——这四句是写诗人豁平天下的雄心壮志：乾坤如此广大，日月如此光明，我要唤起人们重整周文王、周武王那样的事业，使黑暗的世界豁然明朗。叱，唤起。文武业，周文王、周武王统一天下的事业。洪，大。溟，昏暗貌。

安得封域内，长有扈苗征——扈苗，即有扈和有苗，是古代夏朝初年两个叛乱的部落首领，分别为夏禹及其子启征服。这两句是希望唐天子能像夏禹和启平定扈苗那样削平藩镇叛乱。

七十里百里，彼亦何尝争——传说商汤开始只有七十里地，周文王只有百里之地，但他们能取得天下，统一海内。这两句意为：唐虽遭藩镇叛乱，势力有所削弱，但应像商汤、周文王那样奋发图强，巩固统治。

往往念所至，得醉愁苏醒——这两句写自己此刻的心情：常常不由得想起这些事情，就盼望在醉中遗忘，发愁清醒以后又为痛苦所咬啮。

韬舌辱壮心，叫阍无助声——韬，藏。阍，宫门，指朝廷。这两句说：如果藏起自己的思想不谈看法明哲保身，那我的壮士之心会感到耻辱；而我对朝廷呼吁，又无人支持响应。

聊书感怀韵，焚之遗贾生——遗(wèi)，赠送。贾生，指西汉贾谊，他主张削弱诸侯王藩镇割据势力，巩固封建中央集权，不得志而死。这两句说：我只好写下这首感怀诗，将它烧掉送给贾谊吧！

藩镇割据，中央政府大权旁落，是安史之乱以后唐朝统治阶级内部的主要矛盾之一，也是关系社稷安危、国计民生的一大社会问题。由于藩镇叛变，德宗曾两度弃都逃亡；由于朝廷与叛镇之间的战争持久不息，兵卒死伤枕藉，农民大量逃亡，生产受到极大破坏，百姓因赋税加重、应征服役遭致更深的苦难。从唐代宗始直至唐末的一百馀年间，其间虽有宪宗朝的短暂转机，但藩镇割据始终是致李唐王朝死命的恶性毒瘤。杜牧这首《感怀诗》，就以自身生活于那时代的切身感受，真实而全面地反映了这一社会现实，可以毫不夸张地说：它是时代现实的一面镜子。

这首长诗的主要特点是理性思维与形象思维的统一，即两者水乳相融的结合。从上述"新解"中，我们知道，诗人从唐初盛世的回顾、安史之乱发生后藩镇势力的日益壮大、宪宗对藩镇之乱的平定剪除、穆宗以来藩镇势力又趋复炽这一历史的纵深主线，勾勒出唐代藩镇之祸的历史轮廓及其来龙去脉；又从藩镇跋扈

中国家庭基本藏书

的具体行为、朝廷对藩镇叛乱无力控制的被动局面、藩镇跋扈朝廷大权旁落的实际缘由、藩镇之祸给苍生社稷带来的深重灾难等重点板块,具体描绘出藩镇祸乱的现实画卷。诗人以理性思维为经,以形象思维为纬,经纬相互交织,谱成这一宏大雄沉的史诗,从这里我们既可获得对那个时代的理性认识,又可得到形象的、感性的审美感受:"逆子嫁虏孙,西邻聘东里,急热同手足,唱和如宫徵"——藩镇之间的相互勾结;"压阶螭斗角,画屋龙交尾……刳隍歕万寻,缭垣叠千雉"——藩镇之跋扈僭越;"茹鲠喉尚隘,负重力未壮。坐幄无奇兵,吞舟漏疏网"——朝廷的孱弱无能、束手无策;"骨添蓟垣沙,血涨滹沱浪……苍然太行路,剪剪还榛莽"——藩镇之祸带给百姓的灾难……这一切绘形绘色的描写,给我们展示了一幅逼真的中唐以来藩镇割据民不聊生的历史图画,将"夷狄日开张,黎元愈憔悴"的宏大时代主题,形象地突现于世代人眼前。这就是这首史诗的独特价值所在。

及第后寄长安故人

此诗《樊川文集》未载,见于外集,最早见于五代人王定保所作的《唐摭言》中,说此诗是大和二年(828)杜牧在洛阳应进士举,"东都放榜,西都过堂"时所作,时年二十六岁。唐代考进士本在京都长安,这一年在东都是变例。唐代考进士照例在正月、二月放榜。及第后,必须过关试,亦即"过堂",才算成进士。杜牧于榜发及第后将赴长安过关试,故诗中"未花开"有双关之意。此外"春色"、"入关"亦皆双关之词。唐人诗往往谓过关试为春色。

东都放榜未花开,三十三人走马回。
秦地少年多酿酒,都将春色入关来。

东都放榜未花开,三十三人走马回——此两句是说进士考试在东都洛阳放榜之时令:早春二月,花还未开,亦是说尚待到长安"过堂"才算成进士,以故榜上三十三位及第者都骑马向长安进发。"回",是指自己,因杜牧家在长安。

秦地少年多酿酒,都将春色入关来——这两句亦是双关,从字面来看是说:关中的少年朋友们,你们多准备美酒吧,我们很快就会把春色带进关内来;而实际是隐喻前去参加关试(过堂),而且充满必胜的信心和豪气。

这首诗的妙处是通篇运用双关手法,既写出应试的实际时空,也写出应试顺序时空和心理时空;而其打动读者的魅力主要在于它有一种青春的豪迈之气。诗人对已取得的平静而不骄矜,对未通过的沉着而有信心,全诗丝毫未流露少年得志的轻狂,而是充满对生活和未来的热爱和欢快,实在是一首经得起时间考验的青春佳作。

过华清宫绝句三首

华清宫在长安东五十里的临潼骊山之上。原名温泉宫,因唐玄宗开元十一年(723)将温泉水引入而得名,天宝六载(747)改为华清宫,玄宗常携杨贵妃来此游乐。本诗即就前朝荒淫误国的史实加以咏叹,以讽喻当时统治者"大起宫室、广声色"的腐败现实。此诗创作时间大约在文宗大和二年(828)洛阳登进士第后赴长安制策登科途中路过华清宫之时。杜牧二十三岁作《阿房宫赋》以刺奢靡,本诗主旨相同。当为其同期作品,杜牧由洛阳赴长安时正二十六岁。

其　一

长安回望绣成堆,山顶千门次第开。
一骑红尘妃子笑,无人知是荔枝来。

长安回望绣成堆,山顶千门次第开——这两句描写华清宫的繁华盛景和浩大规模。诗人采用远距离视觉,将其全景摄入画面:从长安的方向回望,华清宫画栋雕梁如同锦绣般美丽,骊山顶上朱门千扇依次洞开。成堆,形容华清宫建筑群之多。次第,形容千门一扇一扇地打开,含有动感,暗示人物正在里面活动。

一骑红尘妃子笑,无人知是荔枝来——唐·李肇《国史补》卷上云:"杨贵妃生于蜀,好食荔枝。南海所生,尤胜蜀者,故每岁飞驰以进。"宋·谢枋得《注解选唐诗》卷三亦云:"明皇天宝间,涪州贡荔枝到长安,色香不变,贵妃乃喜,州县以邮传疾走称上意,人马僵毙,相望于道。'一骑红尘妃子笑,无人知是荔枝来'形容走传之神速如飞,人不见其为何物也。又见明皇致远物以悦妇人,穷人之力,绝人之命,有所不顾,如之何不亡?"古人已将这两句诗的含义说得如此透彻,我等夫

中国家庭基本藏书

其　二

新丰绿树起黄埃，数骑渔阳探使回。
霓裳一曲千峰上，舞破中原始下来。

新丰绿树起黄埃，数骑渔阳探使回——汉新丰故城在临潼东十八里，骊山即在临潼。渔阳，在今北京东北一带，此处借指安禄山所镇守的幽州。此句下有作者"原注"："帝使中使辅璆琳探禄山反否，璆琳受禄山金，言禄山不反。"此两句意为：新丰路上的绿荫间腾起一片黄尘，那是到渔阳安禄山大本营探听虚实的使者骑马回来了，他们谎报军情说安禄山无谋反之意。

霓裳一曲千峰上，舞破中原始下来——霓裳，指霓裳羽衣舞，其曲由唐玄宗开元时所作，其舞由杨贵妃所造。此两句紧接上两句：探使谎报军情之后，唐明皇依然在骊山顶上的华清宫中沉醉于霓裳羽衣乐舞，直到安禄山起兵攻陷中原逼近长安，他才和杨贵妃下了骊山。这里"舞破中原"四字极妙，它把"中原"之"破"，与霓裳羽衣之"舞"直接挂起钩来，这就把荒淫误国之实质一语道破了。

其　三

万园笙歌醉太平，倚天楼殿月分明。
云中乱拍禄山舞，风过重峦下笑声。

万园笙歌醉太平，倚天楼殿月分明——这两句写华清宫彻夜笙歌、醉舞逸乐的情景。"万园笙歌"指从少数民族引进的各种音乐歌曲。"醉太平"三个字极好，意味着动乱即将来临还以为是太平盛世，一个"醉"字点出当局者的昏庸。如果说首句写的是内景，次句即是外景，从高高的明月照着倚天楼殿的冷色静景，更可反衬出殿内笙歌醉舞的热闹奢靡。暗示出灾难就在眼前却仍如此醉生梦死的可悲。

云中乱拍禄山舞，风过重峦下笑声——这两句也是一内一外。前句又回华清宫内歌舞沉醉的局面。安禄山身体极肥，仍能在唐玄宗面前跳胡旋舞以邀宠掩盖其叛心。"云中乱拍"暗指明皇贵妃都为安禄山起舞拍掌助兴，一个"乱"字点出安禄山舞姿之憨笨和观赏助兴者之轻狂。后句又是从外景渲染内景：风过重峦都能把宫内作乐的笑声带到山下,可见其逸乐狂热到何种程度,更显出"醉太平"之可悲可恨!

杜牧以七绝咏史诗著称,他借咏史讽刺现实。立意高绝,创意新奇,有"二十八句史论"之誉。这首诗写的是本朝史实,距杜牧生活的时代也只有半个多世纪。诗人敢于触及这一题材并加以痛快淋漓的针砭,足见其胆识和勇气。此外它突破了一般咏史诗的格局,加强了写景成分,变叙述为描绘渲染,读者在其绘声绘色的描写中,形象具体地看到了当时宫闱的奢靡豪华和君妃的逸乐荒淫,这就具有更高的审美价值。再次这三首诗虽然皆写统治者的荒淫误国,但却各有侧重:第一首着重写其不顾劳民伤力,以无数人的性命血汗买宠妃一笑;第二首着重写其麻木昏聩,为假象所蒙蔽,灾难就在眼前依然纸醉金迷;第三首着重写其沉溺淫乐,荒嬉无休,与狼共舞,通宵达旦。诗人从各个侧面形象地揭示了"安史之乱"这场历史悲剧的因由和必然以警戒当朝,这就是他一唱三叹的用意所在。

过骊山作

这首七言古诗可能与《过华清宫绝句三首》作于同时,即诗人在洛阳登进士第后赴长安制策登科途中,即文宗大和二年(828)春。骊山,在陕西临潼县东南,秦始皇墓在此,由洛阳至长安必经过这里。此诗借古讽今,以秦始皇得天下与失天下的历史教训,告诫当今统治者且莫暴殄百姓,否则将落个身死名灭、棺材犹被火烧的下场。

> 始皇东游出周鼎,刘项纵观皆引颈。
> 削平天下实辛勤,却为道旁穷百姓。
> 黔首不愚尔益愚,千里函关囚独夫。
> 牧童火入九泉底,烧作灰时犹未枯。

始皇东游出周鼎,刘项纵观皆引颈——据《史记·秦始皇本纪》:始皇东游,还过彭城(今江苏徐州),斋戒祷祠,欲出周鼎于泗水,使千人浸水找寻,未获。又据《史记·项羽本纪》:秦始皇游会稽,度浙江,项梁与项籍(羽)俱观,项籍曰:"彼可取而代也。"又据《史记·汉高祖本纪》:汉高祖刘邦做亭长时曾在咸阳路旁纵观秦

中国家庭基本藏书

始皇帝，喟然叹息曰："嗟乎，大丈夫当如此也。"引颈，伸长脖子看。此两句意为：秦始皇东游时曾想获得周鼎(喻不可一世)，刘邦、项羽都引颈望他的车驾(意欲取而代之)。

削平天下实辛勤，却为道旁穷百姓——这两句是说：他削平六国统一天下确实经过一番艰辛；但不料却落到道旁穷百姓(指刘项)手里(他不过是为他人辛勤)。

黔首不愚尔益愚，千里函关囚独夫——黔首，指黎民百姓。秦始皇统一六国后下令称百姓为"黔首"。函关，指函谷关，故址在今河南灵宝县东北，是秦都咸阳东面的重要关口。独夫，指暴君秦始皇。这两句说：(焚书坑儒)推行愚民政策，然而民未被愚，自己却成了蠢人；千里函关想防御敌人，却成了囚禁独夫的牢墙。

牧童火入九泉底，烧作灰时犹未枯——《汉书·刘向传》载：秦始皇葬于骊山，后来有牧童牧羊，羊跑入墓道，牧童执火把寻找，失火烧了棺椁。九泉，地下墓穴。这两句意为：牧童执火入穴，棺椁被烧成灰烬而其尸尚未枯槁(意为其死未久，言其国灭身死之速)。

这首诗与杜牧著名的《阿房宫赋》系同一主旨：意在抨击暴政。首联写其统一天下后的骄横，同时点出觊觎其皇位的"祸根"；颔联讽嘲其白白"辛勤"一世，竹篮打水一场空的愚蠢；颈联进一步嘲笑他意欲愚人而已"益愚"：自作囚牢，搬起石头砸自己的脚；尾联更为快意地发出一声冷笑：楚人一炬，焚其阿房；牧童一火，烧其棺椁。身后一切尽化成灰而尸犹未枯。国，亡之何速；身，焚之何急！据史载：秦始皇陵曾征发七十万人修治，后皆坑之。其周长五里，高五十丈，顶刻日月星辰，地布江河大海，以水银为水。墓中"珍藏之宝、机械之变、棺椁之丽、宫馆之盛，不可胜数"。然而牧童一火，尽为灰烬，亦堪为天下笑！

过勤政楼

据《唐会要》，开元二年七月，建兴庆宫，南筑勤政务本楼。元和十四年诏修勤政楼，大和三年，修勤政楼。按：元和十四年，杜牧方十七岁；大和三年，杜牧二十七岁，正进士及第制策登科，由洛阳回到长安。此诗约作于此时。诗中通过描写勤政楼的荒凉景象，对唐玄宗的误国进行了谴责、讽刺。

千秋佳节名空在，承露丝囊世已无。
唯有紫苔偏称意，年年因雨上金铺。

千秋佳节名空在，承露丝囊世已无——据《唐会要》：开元十七年八月五日，丞相上请以是日为千秋节(玄宗生日)。群臣进万寿酒，王公戚里进金镜绶带，士庶以结丝承露囊竞相进献。这两句慨叹当年庆玄宗生日的千秋节而今只留空名，那贺寿的承露丝囊世上也不再存在。

唯有紫苔偏称意，年年因雨上金铺——这两句描写勤政楼如今荒废败落的景象。紫苔，一种蔓生杂草。金铺，门上的装饰，即用铜做的衔门环的底座。这两句说：现在只有那紫苔得意地生长着，年年因雨水浇灌而长得很旺很盛，直长得上了那门扉上的铜座铜环。

此诗抓住勤政楼这一典型意象对荒淫误国的唐玄宗予以辛辣讽刺。勤政楼为其当年所建，他也曾一度勤政开创了开元盛世，然曾几何时，勤政变成惰政、荒政……以至落得如今废颓之局面。诗中对史实人物不着一字，而兴衰之叹褒贬之义已尽在其中矣！

题魏文贞

魏文贞即唐代太宗年间大臣魏徵(580—643)。文贞是他死后的谥号。这首诗赞颂魏徵的政治才能与唐太宗之善于纳谏，因此才有"贞观之治"。同时对其对立面即不知贤哲的"俗士"也予以贬斥。

> 蟪蛄宁与雪霜期，贤哲难教俗士知。
> 可怜贞观太平后，天且不留封德彝。

蟪蛄宁与雪霜期，贤哲难教俗士知——首句为比喻。蟪蛄，蝉的别名，夏末自早至暮鸣声不息，然其生命很短，入秋则消失。《庄子·逍遥游》："朝菌不知晦朔，蟪蛄不知春秋。"宁与，哪能与。期，相期相遇。这句说蟪蛄哪能与雪霜相见。比喻下句：贤哲难让俗士了解知道。这里贤哲指魏徵，俗士指封德彝，因为二人在太宗面前发生过争论：魏主张行仁义，封认为是书生之见，不可听。

可怜贞观太平后，天且不留封德彝——这两句乃化用唐太宗语意。《新唐书·魏徵传》云："帝纳之(魏徵之见)不疑。至是，天下大治。帝谓群臣曰：'此徵

中国家庭基本藏书

劝我行仁义。既效矣,惜不令封德彝见之。'"这意思是:可惜这贞观之治的太平情景不为封德彝所见,他已经走了,上天没有能把他留在世间。"可怜"当可惜讲;"且"是副词,倒,却。

这首怀古诗既是对前代治世人物史实的怀念,也是由现实感受出发的借题发挥。"贤哲难教俗士知"这句感慨良深的话语中也包含着诗人经邦治国之策不为君所用的喟叹。杜牧是位有抱负的文人,他呼唤贞观之治的"归来",正透露出晚唐形势的式微,既倒之狂澜是无法挽回的。

月

这是一首宫怨诗。写出皇宫恩宠的多变与短暂,对失宠者寄予深挚的同情。

> 三十六宫秋夜深,昭阳歌断信沉沉。
> 唯应独伴陈皇后,照见长门望幸心。

三十六宫秋夜深,昭阳歌断信沉沉——三十六宫,言宫殿之多;昭阳,即昭阳殿。据《三辅黄图》,汉成帝赵皇后(飞燕)居昭阳殿。后以"昭阳"泛指得宠嫔妃所居之地。这两句系以抒情主人公陈皇后之视角进行抒写,她身处秋天之深夜,周遭是皇城的三十六宫,远远传来昭阳殿新宠的歌音,然而又忽然中断了,四周一片沉寂。这正是以新宠之欢爱衬失宠者之孤独寂寞;也是此刻抒情主人公心情的表达。

唯应独伴陈皇后,照见长门望幸心——陈皇后,汉武帝的皇后,初得宠,后失宠被废,退居长门宫。后以千金致司马相如为其作《长门赋》,重新得宠。这两句则换一视角,从月的角度来写抒情主人公陈皇后。诗人指着中天的明月说:唯有你与孤独的陈皇后做伴,而且也只有你能照见她希望重新得宠之心呵!

古语云:以色事人者,岂可久长?故古来宫怨诗绵绵不绝。沈佺期《凤箫曲》"飞燕侍寝昭阳殿,班姬饮恨长信宫";王昌龄《长信秋词》"玉颜不及寒鸦色,犹带昭阳日影来"……杜牧这首诗的特点是：不以新欢旧爱作对比，只借一轮明月写她孤寂中还存希望的心情，我们逼真地看到了她在明月下孤独徘徊的身影，同时也随着月光照见了她那颗悲哀还不绝望的心！这不也正是人人都会体验到的"绝望之为虚妄，正与希望相同"的心境的写照吗？

宫人冢

这首诗以离宫中宫女的荒坟为着眼点，写出了她们悲惨的命运，对她们非人的遭际寄予深厚的同情。充分体现了古代优秀知识分子的人道主义精神。冢（zhǒng），墓。

> 尽是离宫院中女，苑墙城外冢累累。
> 少年入内教歌舞，不识君王到老时。

尽是离宫院中女，苑墙城外冢累累——离宫院，即离宫、别院，皇帝在京城之外临时居住的宫室。此两句为倒装，意为城外累累荒坟埋的都是离宫、别院中的宫女。但将"尽是……"句放在首位就突出其生时之状，令人想见当年之如花似玉，从而加重突然变成"冢累累"时的悲哀。

少年入内教歌舞，不识君王到老时——上两句是由生到死，这两句是由少到老，都是大的跨度，大的对比，使人在这大的空白中驰骋想象力：自青春年少入内直到白发垂老，连君王面都未见，不识君王是谁，一篇《上阳白发人》尽隐其间……

古今中外，人道主义一贯是优秀文学作品的普遍主题。从《诗经》的《邶风·柏舟》《小雅·谷风》《小雅·蓼莪》，到《孔雀东南飞》，到杜甫的"三吏三别"，到白居易的《秦中吟》、"新乐府"……都表现了诗人对被压迫、被剥夺、被损害者的同情和怜惜。

杜牧也是我国这一优秀传统的继承者。这首诗虽然仅仅四句二十八字，但千年后的今天读来依然能感到诗人感情的沉重和话语的分量。杜牧对吞噬青春和生命者的憎恨与愤怒是渗透于字里行间的。在九世纪皇权统治下的中国，敢于为皇家屈死的冤魂鸣冤叫屈，该有何等胆识！

赠终南兰若僧

题解

　　此诗《樊川文集》未载，见于外集，最早见于晚唐人孟棨的《本事诗》：杜牧"制策登科，名振京邑"，曾与一二同年到城南游玩。至文公寺，有一僧人拥褐独坐，杜牧同他谈话，他问杜牧姓名？修何业？旁人告诉他杜牧考中进士，又制策登科。僧人笑着说："我都不知道。"杜牧叹讶，因题此诗。按，杜牧应制策考试在大和二年(828)闰三月，此诗是本年制策登第后所作。终南，山名，在陕西西安之南。兰若，梵语"阿兰若"的省略，寺庙之意。

　　　　　家在城南杜曲傍，两枝仙桂一时芳。
　　　　　禅师都未知名姓，始觉空门意味长。

新解

　　家在城南杜曲傍，两枝仙桂一时芳——杜曲，在唐代长安南，当时杜氏世居于此。两枝仙桂，唐人谓登科为折桂。杜牧在一年之中，进士及第，又制策登科，故曰"两枝仙桂一时芳"。此两句自叙身世和目前所取得的功名，但这并不是炫耀，而是"欲抑先扬"，为下两句做衬托。

　　禅师都未知名姓，始觉空门意味长——这两句乃全诗思想中心之所在：上述"两枝仙桂一时芳"是为尘世最看重的荣耀，杜牧此时已名动京师，而在禅师这里却连名姓都一无所知。对此，杜牧不但不恼不惧，反而开始感觉到佛门的"意味深长"，这就使诗人和此诗的思想都升华到了一个新的境界……

新评

　　佛门万事皆空，滚滚红尘中世人视若性命，为之追索到死的功名利禄，在禅宗看来都是不屑一顾的过眼烟云，杜牧从禅师的问答中已经理解到这一点，他有所感悟，却又摆不脱名缰利锁；他感觉到了空门的意味深长，却又留恋于人间世的风月繁华……

　　此诗写出了诗人当时的内心世界和内在矛盾，对炙手可热的功名富贵能以冷眼审视，这对一个正值春风得意的二十六岁的青年来说是难能可贵的，这也正是他日后为官比较清正，未与得势官僚同流合污的原因之一。

早春题真上人院

　　此诗题下有原注："生天宝初。"又程大昌《演繁露续集》卷六"惟师曾是太平人"条："唐天宝间，有真上人者，至杜牧之时，其人年已近百岁，故题其寺曰：'清羸已近百年身……（下略）'此意最远，不言其道行，独以其年多尝见天宝时事也。"上人，对僧侣的敬称。这首题于真上人所在寺院的七绝，寄寓了诗人对现实时事的感慨。

<blockquote>

清羸已近百年身，古寺风烟又一春。
寰海自成戎马地，惟师曾是太平人。

</blockquote>

　　清羸已近百年身，古寺风烟又一春——羸(léi)，瘦，弱。首句说：清瘦的真上人高寿，已近百岁。"清羸"二字言简意赅地描画出真上人的状貌形容。次句写真上人所在之寺院又逢风光满眼、烟花三月之阳春，这同时也是写已近百岁之真上人又添一岁，喻其精神矍铄、健旺如春。

　　寰海自成戎马地，惟师曾是太平人——这两句语意丰盈：一方面点明原注之"生天宝初"，与首句"百年身"照应；另一方面借历史跨度之大，寄寓伤时感世之情。寰海，指宇内，即整个中国；戎马地，指战乱。诗人感慨国家多少年来都在烽火战乱之中，唯有真上人曾经过过太平日子，是一个如今仅有的见过太平时代的人。

　　一首好诗就是在具体平凡的小事中写出具有时代意义的大"意"，在浅显的语言中写出令人深思的内容，所谓"意近旨远"、"言浅意深"、"文约意丰"、"小中见大"，说的都是这个道理。这首诗就具有这个特点，诗人似是赞真上人之高寿，实系叹近百年来战乱频仍、民不聊生的现实。李唐帝国自天宝十四载(755)安史之乱起，到诗人生活的晚唐时代——九世纪中叶，一直战祸连绵，其间吐蕃、南诏数次入寇，藩镇战争数十年不断。诗人怀念真上人生于天宝初年的太平岁月，乃是对近百年来"寰海自成戎马地"的现实的哀痛和叹惋。事实上天宝初年已与"开元盛世"不可同日而语，最高统治集团的穷奢极欲和重重矛盾已为安史之乱的爆发埋下了烈火干柴。诗人不过是借"曾是太平人"的真上人讽喻目前满目疮痍的现实而已。在这一扬一抑中对比出两个不同的时代，勾勒出中晚唐近百年来的历史变迁。

杜秋娘诗并序

题解

文宗大和七年(833)春，时年三十一岁的杜牧在吏部侍郎沈传师处任幕府属官，奉命赴扬州到牛僧孺处办理聘事(时牛为淮南节度使，治所在扬州)。途经京口，闻杜秋娘放归故乡，不胜感慨，遂作此诗。诗中描写了杜秋娘一生经历的变化，并抒写了对她命运的同情；同时也倾吐了由此生发的对红颜盛衰、"士林"浮沉和人生境遇的慨叹。

> 杜秋，金陵女也。年十五，为李锜妾。后锜叛灭，籍之入宫，有宠于景陵。穆宗即位，命秋为皇子傅姆，皇子壮，封漳王。郑注用事，诬丞相欲去异己者，指王为根。王被罪废削，秋因赐归故乡。予过金陵，感其穷且老，为之赋诗。

京江水清滑，生女白如脂。
其间杜秋者，不劳朱粉施。
老濞即山铸，后庭千双眉。
秋持玉斝醉，与唱《金缕衣》。
濞既白首叛，秋亦红泪滋。
吴江落日渡，灞岸绿杨垂。
联裾见天子，盼眄独依依。
椒壁悬锦幕，镜奁蟠蛟螭。
低鬟认新宠，窈袅复融怡。
月上白璧门，桂影凉参差。
金阶露新重，闲捻紫箫吹。
莓苔夹城路，南苑雁初飞。
红粉羽林仗，独赐辟邪旗。
归来煮豹胎，餍饫不能饴。
咸池升日庆，铜雀分香悲。

雷音后车远，事往落花时。
燕禖得皇子，壮发绿緌緌。
画堂授傅姆，天人亲捧持。
虎睛珠络褓，金盘犀镇帷。
长杨射熊罴，武帐弄哑咿。
渐抛竹马剧，稍出舞鸡奇。
崭崭整冠珮，侍宴坐瑶池。
眉宇俨图画，神秀射朝辉。
一尺桐偶人，江充知自欺。
王幽茅土削，秋放故乡归。
舻棱拂斗极，回首尚迟迟。
四朝三十载，似梦复疑非。
潼关识旧吏，吏发已如丝。
却唤吴江渡，舟人那得知。
归来四邻改，茂苑草菲菲。
清血洒不尽，仰天知问谁？
寒衣一匹素，夜借邻人机。
我昨金陵过，闻之为歔欷。
自古皆一贯，变化安能推。
夏姬灭两国，逃作巫臣姬。
西子下姑苏，一舸逐鸱夷。
织室魏豹俘，作汉太平基。
误置代籍中，两朝尊母仪。
光武绍高祖，本系生唐儿。
珊瑚破高齐，作婢舂黄糜。
萧后去扬州，突厥为阏氏。
女子固不定，士林亦难期。
射钩后呼父，钓翁王者师。
无国要孟子，有人毁仲尼。
秦因逐客令，柄归丞相斯。
安知魏齐首，见断篑中尸。

中国家庭基本藏书

给丧蹶张辈，廊庙冠峨危。

珥貂七叶贵，何妨戎虏支。

苏武却生返，邓通终死饥。

主张既难测，翻覆亦其宜。

地尽有何物？天外复何之？

指何为而捉？足何为而驰？

耳何为而听？目何为而窥？

己身不自晓，此外何思惟。

因倾一樽酒，题作《杜秋诗》。

愁来独长咏，聊可以自怡。

　　本诗前之"序"概括介绍了杜秋娘之身世。序中之"金陵"指今江苏镇江，因镇江在唐代为润州治所，唐人亦称润州为金陵。李锜为顺宗时镇海(治所即今之镇江)节度使，宪宗元和二年(807)诏其为左仆射，不从而发动叛乱，不久失败被腰斩。景陵，乃唐宪宗李纯之墓，此代指宪宗。穆宗，乃宪宗之子，名恒，821—824年在位。傅姆，即保姆。"皇子壮"以下数句概述穆宗死后诸王子争夺权位之史实。穆宗、敬宗接连死后，文宗(李昂)即位。文宗与漳王(李凑)皆为穆宗之子。文宗恨宦官王守澄专权，故与宰相宋申锡密谋除之。然事泄于王守澄之门客郑注，故王先发制人，诬宋依漳王排除异己，欲立漳王为帝。以是宋获罪，漳王被贬。

　　京江水清滑，生女白如脂。其间杜秋者，不劳朱粉施——此四句写杜秋娘天生丽质，不施脂粉而光彩照人。京江水滑、生女如脂是以当地众洁白如脂之美女为杜秋娘作衬托。京，指京口，镇江之古称。

　　老濞即山铸，后庭千双眉——此两句及以下四句写杜秋娘为李锜所宠及李锜叛败后的失依。这两句之前句，以西汉吴王刘濞喻锜之跋扈。濞是汉高祖刘邦之侄，他在封国内大肆采铜铸钱，扩张势力图谋篡位。景帝三年(前154)，吴王濞联合楚、赵七国以诛晁错为名发动叛乱，失败被杀。李锜情况与之极为相似，"山铸"，即指从封地内的山上采铜铸钱。后句是说其后庭姬妾成群，足以和皇帝之后宫比美。"双眉"，宫女之代称。

　　秋持玉斝醉，与唱《金缕衣》——这两句乃描写杜秋娘为李锜所宠爱的情态：她手捧白玉杯，口唱《金缕衣》，向李锜劝酒。斝(jiǎ)，酒杯。《金缕衣》，古乐曲名，《唐诗三百首》中有之："劝君莫惜金缕衣，劝君须惜少年时。花开堪折直须折，莫待无花空折枝。"杜秋娘以善唱此曲著名。杜牧亦有原注："李锜长唱此辞。"

濞既白首叛,秋亦红泪滋——此两句意为:李锜发动叛乱时已和吴王濞一样年老(濞当时六十二岁),杜秋娘亦因此而泪洒如血。滋,形容眼泪之多。

吴江落日渡,灞岸绿杨垂。联裾见天子,盼眄独依依——此四句及以下十四句系写杜秋娘复得宠于宪宗皇帝。这四句之前两句是过渡,说杜秋娘离开了落日馀晖中的吴江渡口,来到了绿杨垂拂的长安。吴江,指镇江和扬州隔江相对的一段长江。灞岸,灞水流经京都长安,代指京都。后两句是形容她见到皇帝时的情形:她与众多被籍没之女子一起去见皇帝。顾盼之间皇帝独对她依依不舍。联裾,即联袂,手牵手。盼眄(miǎn),注视顾盼貌。

椒壁悬锦幕,镜奁蟠蛟螭——椒壁,即椒房之壁。椒房,汉宫殿名,后泛指后妃住所,用椒和泥涂壁,取其芳香温暖,兼取多子之意。镜奁(lián),即镜匣,梳妆之具。蟠蛟螭,谓宾词组,蟠绕着蛟龙花纹。此两句说杜秋娘很快得宠:所住椒房锦帐悬挂,所用镜匣龙纹盘绕——形容生活之豪华尊贵。

低鬟认新宠,窈袅复融怡——此两句描写其新受宠爱时的神情:鬟鬟低垂,窈窕袅娜,融和欢快。

月上白璧门,桂影凉参差。金阶露新重,闲捻紫箫吹——这四句描写杜秋娘在宫内之朝朝暮暮,暗喻新宠恩泽时的缠绵欢快。前两句写夜沉沉,如鱼得水;后两句写雨露承恩,伴君吹箫。

苺苔夹城路,南苑雁初飞。红粉羽林仗,独赐辟邪旗——这四句写杜秋娘伴君在宫外游冶:在苺苔丛生的夹城路上,在南苑内秋雁初飞之时,她由羽林军卫护着与皇帝同辇游玩,并特别赏赐她用辟邪旗的仪仗。夹城,由兴庆宫到南苑的通道,唐玄宗时所筑。南苑,唐时长安城东南角有曲江,曲江西南有芙蓉园,叫南苑。羽林仗,皇帝的禁卫军组成的仪仗。唐代设左、右羽林军。辟邪旗,皇帝或后妃出巡时,仪仗队中一种画有辟邪的旗帜。辟邪,古代传说中的神兽,像有翅膀的狮子。

归来煮豹胎,餍饫不能饴——这两句说游罢归来吃虎豹胎之类的珍馐,由于山珍海味饱食终日,也不觉其味道之甘美了。豹胎,古时认为是一种比熊掌更珍贵的食品。餍饫(yàn yù),饱食。饴,味道甘美。

咸池升日庆,铜雀分香悲。雷音后车远,事往落花时——咸池,古代神话中的地名,传说太阳初升时在咸池沐浴。这里喻新皇帝穆宗即位。后句铜雀即三国时曹操在今河北邯郸临漳西南所造的铜雀台。曹临死时吩咐诸妾时时登台遥望己墓,分所藏馀香,并叫她们无事做鞋卖,后来"分香卖履"就成为临终对近亲依依不舍的典故。雷音比喻皇帝车驾之声。这四句意为:新皇即位后,先皇(宪宗)之宠妃包括杜秋娘在内的宠荣亦如銮车之远去,落花之飘逝。

燕禖得皇子,壮发绿緌緌——此两句及以下几句写穆宗之子漳王李凑的可爱、尊贵和皇帝对他的喜爱。杜秋娘受命做其保姆,皇子由其扶持教养,处境尚差

中国家庭基本藏书

强人意。这两句中燕禖(méi)即高禖,古代帝王求子所祀的神称高禖。皇子,即漳王。壮发,覆盖于额上的头发。緌(ruí)緌,头发下垂貌。此两句意为求祀所得的皇子浓密的头发覆在额上,相貌不凡。

画堂授傅姆,天人亲捧持——画堂,指皇子住处。天人,指皇子。这两句意为杜秋娘在画堂受命做保姆,尊贵的皇子由她亲自抚育教养。

虎睛珠络褓,金盘犀镇帷——这两句写皇子用物的豪华:虎睛,当是猫儿眼之类的名贵宝石。金盘,金线绣成的盘绕在帷帐上的图案。此两句说:皇子的褪褓上嵌着猫儿眼之类的珠宝;帷帐上盘绕着用金线绣成的图案,并以名贵的犀角镇帷。

长杨射熊罴,武帐弄哑咿——这两句写穆宗喜爱皇子,常带他外出游猎,在武帐中也常逗他玩。长杨,秦汉宫名,宫中有垂杨数亩,故名。此处系借指。长杨宫中有射熊馆,供皇帝游猎。武帐,皇帝在游猎或外出时坐息之处,帐中安置武器护卫,故名。哑咿,小儿学语之声。

渐抛竹马剧,稍出舞鸡奇——竹马剧,儿童以竹竿当马骑的游戏。舞鸡,斗鸡。这两句意为:皇子渐渐长大,抛却竹马之类的游戏,而斗鸡玩得非常出奇(色)。

崭崭整冠珮,侍宴坐瑶池。眉宇俨图画,神秀射朝辉——这四句描写皇子冠珮整齐,仪容出众,常陪太后、皇后饮宴。瑶池,古代传说中西王母所居处,这里借指太后、皇后居所。

一尺桐偶人,江充知自欺——这两句用汉武帝"巫蛊之狱"的典故以喻漳王被郑注等人陷害。汉武帝晚年多病,怀疑有人用巫蛊术害他。征和二年(前91)武帝派江充率胡巫四出追查。江充先在太子宫中私埋木偶,又诬告太子作巫蛊诅咒武帝。武帝派人搜查,果然在太子宫中掘出桐木偶人。太子惧,发兵反抗,兵败自杀。自欺,指江充阴谋陷害太子,自欺欺人。

王幽茅土削,秋放故乡归——幽,囚禁。茅土,古代皇帝分封诸侯时,把社坛的土和茅草包起来授给受封者,作为分得土地的象征,这里指封地。这两句意为:漳王被囚禁,封地被削除,杜秋娘便被放归故乡了。

觚棱拂斗极,回首尚迟迟——觚棱,宫墙转角处的瓦脊。斗极,北斗星、北极星的连称。这两句是描写杜秋娘离开王宫时依依不舍,回头眺望高与天齐的宫阙的情景。

四朝三十载,似梦复疑非——这两句及以下四句写杜秋娘在回乡途中的心情及所见。这两句是说杜秋娘自李锜失败后入宫至今放归,前后共历四朝三十年的皇宫生活,如今想来似梦又不像是梦……人物失落感如此。

潼关识旧吏,吏发已如丝。却唤吴江渡,舟人那得知——这四句写世事沧桑,人已老迈:昔日相识的潼关吏已两鬓斑白;在吴江渡口呼唤船夫,已无人知是秋娘归来。

归来四邻改,茂苑草菲菲——此两句及以下四句写杜秋娘归来后的景况和悲苦。这两句中之茂苑,是长洲县(今江苏吴县)的别名,这里代指杜秋娘之家乡。草菲菲,形容家中空无一物,常年无人居住,一片荒凉。

清血洒不尽,仰天知问谁——这两句说:伤心血泪,挥洒不尽;仰望青天,悲怨问谁?

寒衣一匹素,夜借邻人机——这两句说:制作寒衣的一匹白布,只能在夜里借邻家布机织成。

我昨金陵过,闻之为歔欷。自古皆一贯,变化安能推——这四句以下是作者由杜秋娘身世所引发的感慨,这感慨概括为一句话就是:"自古皆一贯,变化安能推":自古至今一切事物都在变化,而这变化是不能预先推测出来的。顺着这一思路,诗人先写古来妇人命运的变化难测,继写士林——文人命运的难测。

夏姬灭两国,逃作巫臣姬——夏姬,春秋时郑穆公之女,陈国大夫御叔之妻,生子征舒。御叔死,夏姬与陈灵公及大夫孔宁、仪行父私通,征舒怒,射杀陈灵公。孔宁等逃往楚国,请求楚国出兵伐陈,楚国杀征舒,俘夏姬,灭了陈国。楚庄王将夏姬赐给连尹襄老。襄老战死,她和楚大夫巫臣商议,设法回到郑国。巫臣借出使齐国的机会到郑国聘娶夏姬,后来投奔晋国。灭两国,根据上述夏姬事迹可以理解为贻祸两国,因只有陈国一度因夏姬为楚所灭,而楚只是受其影响而已。

西子下姑苏,一舸逐鸱夷——这两句说越王勾践将西施献给吴王夫差,夫差荒淫享乐,终为勾践所灭。灭吴后西施即随范蠡乘舟泛西湖而去。范蠡隐退后自号"鸱夷子皮"。姑苏,指姑苏台,在今苏州市西南,为吴王阖闾所筑,其子夫差在台上立春宵宫,荒淫享乐。

织室魏豹俘,作汉太平基——汉高祖使曹参等打败魏王豹,其妾薄姬当了俘虏被送到织室做工。汉高祖到织室,看到薄姬很美,即将其召入宫中,生子刘恒,即后来的汉文帝。文帝轻徭薄赋,发展生产,为汉朝长时期的太平盛世打下了基础。此两句即此意。

误置代籍中,两朝尊母仪——汉窦太后本是侍奉吕太后的宫女。后吕太后发放一批宫女赐给诸王,窦亦在其中。窦请求把她的名字放在给赵王的名册中,以便离家乡清河(在今河北)近些。不料太监记错了,把她的名字放在了给代王的名册中。结果代王很宠爱他,生子刘启,后来代王继位为汉文帝,立她为皇后;刘启即位,为景帝,尊她为皇太后。她在文景两朝都被尊为母仪——做母亲之人的典范。

光武绍高祖,本系生唐儿——唐儿,汉景帝妃程姬之侍女,生长沙定王刘发,东汉光武帝是其后代。这两句说:汉光武继承高祖的功业,可是他的先祖却是一个出身微贱的侍女唐儿所生。

中国家庭基本藏书

珊瑚破高齐，作婢春黄糜——这两句讲北齐后主妃冯小怜的故事。北齐后主高纬宠爱冯小怜，不理国事。北周灭北齐，后主被虏至长安，遇害。北周武帝把冯小怜赐给代王达，代王达也很宠爱她，她谗害代王妃几乎致死。北周亡后，隋文帝又将她赐给代王妃的哥哥李询，叫她布裙春米，后来李询之母逼令她自杀。珊瑚，冯小怜之名。高齐即北齐，因其主姓高，故称高齐。黄糜，即黄米。

萧后去扬州，突厥为阏氏——萧后，隋炀帝之皇后。隋炀帝游江都为宇文化及所杀，萧后随宇文化及到了聊城。宇文化及兵败后，她又做了窦建德的俘虏。当时突厥处罗可汗之妻是隋之义成公主，她派人去接萧后，窦建德不敢不给，于是萧后到了突厥。阏氏(yān zhī)，汉代匈奴单于的王后，后泛指游牧部族君主的后妃。据史实，萧后并未做阏氏，这里只用来说她又到了突厥的后宫。

女子固不定，士林亦难期——这两句是由女子命运的变幻写到文人士大夫仕途亦是莫测的过渡和转换。士林，本指文士聚集之所，此处代指文士。

射钩后呼父，钓翁王者师——前句说春秋时管仲事。春秋时齐襄公死后，公子纠和小白争位，作战中管仲射小白，射中了腰带。后来小白做了国君，即齐桓公，不但不追究射钩事，还重用管仲，尊他为"仲父"。后句说周文王遇姜太公(子牙)事。钓翁，即吕尚(姜子牙)，周文王请他为师，助武王灭纣，武王尊称他为师尚父。这两句说：管仲射齐桓公，射中了带钩，齐桓公后来还重用他，称他为仲父；本是渭水边的渔翁吕尚，后来成了周文王、武王的帝师。

无国要孟子，有人毁仲尼——孟子曾游说齐梁等国，其主张都不被采纳。要，同"邀"。这两句意为：连孟子、孔子这样的圣人都曾遭人拒绝、毁谤。

秦因逐客令，柄归丞相斯——秦始皇认为六国到秦国来的人，目的都为游说，于是下令逐客，李斯上书谏止，始皇才撤消了逐客令，不久李斯便当了大权在握的丞相。

安知魏齐首，见断箦中尸——战国时魏国的国相魏齐曾毒打谋臣范雎，把他像死尸一样用席子卷了起来丢在厕所。范被人救出，逃到秦国，立了大功，被秦王拜为国相。他要挟魏王献出魏齐之头，魏齐逃往赵国，最后自杀，赵王把他的头送给了秦昭王。箦(zé)，竹席。这两句说：怎么会想到要魏齐头的，正是那个被魏齐断送性命并卷在席中的"死尸"呢？

给丧蹶张辈，廊庙冠峨危——给丧，为办丧事出力。汉朝周勃年轻时常给丧家吹箫奏乐，后来随汉高祖起事立功封为绛侯。蹶张，用脚踏强弩，使它张开。汉申屠嘉当年是一个能踏强弩张弓的武官，后来做到丞相。这两句说：像周勃、申屠嘉那样出身低微的人后来都做了大官。廊庙，指朝廷。冠峨危，指大官。峨危，形容高。古代大官皆"峨冠博带"。

珥貂七叶贵，何妨戎虏支——这里用汉朝金日磾(mì dī)的故事：金日磾是西汉时匈奴休屠王的太子,武帝时归汉,起先做养马的奴隶,后来任侍中,封秺(dù)侯,其子孙世代显贵。珥貂,插着貂尾,汉代侍中、中常侍的帽子上都以貂尾作为装饰。七叶,指汉武帝至汉平帝共七朝。戎虏,指少数民族。支,一个血统分出来的子孙。这两句说:汉朝的金日磾做侍中,子孙世代显贵,又何妨他是胡戎少数民族的后代呢。

苏武却生返,邓通终死饥——汉武帝时苏武持节出使匈奴被扣留,囚于大窖中不给饮食,啮雪吞毡而不屈民族气节,后被流放到北海放羊十九年终于返回汉朝。邓通乃汉文帝时宠臣。文帝命人给他看相,相者说他将来要穷饿而死,文帝于是赐他铜山,让他自己铸钱,邓氏钱满天下。文帝死后,景帝即位,治邓通罪,没收其家业,最终穷饿而死。

主张既难测,翻覆亦其宜——这两句是对上述历史人物命运的总括:造化的主宰既然难以猜测,人事的反复无常就理应如此了。主张,这里是“主宰”的意思。

地尽有何物,天外复何之——这两句是对天地提出疑问:地的尽头还有什么?天的外边能到哪里?

指何为而捉?足何为而驰?耳何为而听?目何为而窥——这四句是对人的生存活动提出疑问,也就是问:人为什么活着?人活着究竟是为了什么?

己身不自晓,此外何思惟——这两句说:连自己的生存活动尚不明白,对身外的事物又怎能理解探求呢?

因倾一樽酒,题作《杜秋诗》。愁来独长咏,聊可以自怡——此四句为慨叹性结语:既然对人生祸福变化难以理解,就挥写此诗,以诗酒为伴,聊以解愁,借以为慰吧。

这首长诗是杜牧的又一代表作。其主要特点在于:

(一)从时代变迁中写主要人物杜秋娘的遭际和命运:由李锜妾、而宠于宪宗、而为漳王“傅姆”,最后在王室争权夺位的倾轧中沦落原籍、贫困潦倒……她的起落荣辱皆由时代的政治斗争和社会动荡而决定,因而具有历史现实的真实性;或者说从一个人物的命运看到了一个时代的侧影,因而具有历史的认知价值。

(二)杜秋娘这一人物形象写得极为生动丰满,具有突出的典型性,诗人通过对她在皇宫生活的描绘和渲染,益发反衬出她晚年境遇的悲凉:当年她住的是“椒壁悬锦幕”;用的是“镜奁蟠蛟螭”;吃的是“归来煮豹胎,餍饫不能饴”;行的是“红粉羽林仗,独赐辟邪旗”……而今却落得“归来四邻改,茂苑草菲菲……寒衣一匹素,夜借邻人机”。命运的升沉起落如此悬殊,荣辱变迁这样巨大,人生境遇之反差可谓极矣。诗人还通过若干典型细节写出人物的“这一个”:如“秋持玉斝醉,

中国家庭基本藏书

与唱《金缕衣》”，活画出一个能歌善舞的侍妾半醉邀宠的娇姿媚态；“联裾见天子，盼眄独依依”，捕捉住众芳之中一枝独秀为君所青睐的瞬间神态；“低鬟认新宠，窈袅复融怡”，摄取得深宵新宠雨露承恩时的娇羞容态……既形象鲜明，又命运曲折，又社会内蕴丰富，因而这个人物是立得住的。

（三）这首诗主要写一个人物——杜秋娘，但又不仅是一首叙事诗，它在写一个典型人物命运变化的基础上，以相当的篇幅联想到历来许多女性以及若干士人际遇的变迁：夏姬、西施、薄姬、窦太后、唐儿、冯小怜、萧后；管仲、吕尚、孔孟、李斯、范雎、周勃、申屠嘉、金日磾、苏武、邓通……诗人这一番神游史海的广泛联想是要申述一个“自古皆一贯，变化安能推”、“主张既难测，翻覆亦其宜”的哲理命题：以色事人者与以才事人者的命运际遇变化莫测是因为造化的主宰者就是变化莫测的呵，因此诗人似乎就陷入了不可知论，进而发出“地尽有何物，天外复何之”的对宇宙的疑问，同时又发出对生命本身的疑问：“指何为而捉？足何为而驰？……”——人为什么要活着，为什么要如此这般受命运的播弄？杜牧是由一个人物命运的变化产生广泛联想，因而发出了对人生意义的追问，诗人对儒家正统思想“修齐治平”——人生的终极目的也产生了怀疑，这在一千多年前的中世纪可谓空谷足音。

其实，杜秋娘和上述女性以及“士林”之杰的命运之难测有一个共同的原因，就是因为二者皆依附于人。“皮之不存，毛将焉附”，这不仅指历来的中国知识分子，也包括所有以色事人的女性。没有自身人格的独立、政治经济的独立、生存的独立而将自己的家世性命完全依附于权势者，其命运势必因权势者的兴衰及其斗争中势力的消长而变化。也许杜牧已经意识到这一点，只是不便说出或不敢说出而已。

为什么诗人要将女性与士林联系在一起？这是一个传统惯例，自屈原《离骚》起就以“众女嫉余之蛾眉兮，谣诼谓余以善淫”自喻；白居易《琵琶行》也由琵琶女的身世想及自身，发出“同是天涯沦落人”的感叹；中唐诗人朱庆馀《闺意献张水部》、王建《新嫁娘词》（三日入厨下）也皆以己喻妇人，以妇人喻己，而言言外之意。“士为知己者死，女为悦己者容。”士和女早就被人连在一起了。

扬州三首(选一)

大和七年(833)九月,杜牧应淮南节度使牛僧孺之请来到扬州,为淮南节度府掌书记。大和九年(835)始离扬州。此诗当作于作者在扬州期间。诗中写出了扬州当时风月繁华的盛况。

炀帝雷塘土,迷藏有旧楼。
谁家唱水调?明月满扬州。
骏马宜闲出,千金好暗游。
喧阗醉年少,半脱紫茸裘。

炀帝雷塘土,迷藏有旧楼——雷塘,隋炀帝葬处,在今扬州城北平冈上。迷藏,隋炀帝在扬州造迷楼,误入者终日不能出,炀帝与嫔妃宫女在其中淫乐。这两句系写扬州乃隋炀帝墓葬处,其所建迷藏楼如今旧筑仍在。

谁家唱水调? 明月满扬州——水调,即水乡之民歌。这两句虽行文简朴,却勾画出一个美不胜收的意境:在满洒银光的明月之夜,飘漾着悠扬婉转的歌声,这是谁家女孩儿唱的水调? 怎么这样动人心曲……

骏马宜闲出,千金好暗游——这看似客观的描述,实乃诗人之自白,当时杜牧"供职之外,惟以宴游为事"。他有"骏马",有"千金",有"闲暇",那"暗游"之好,当然能够满足。诗人是坦白的。落拓不羁当然是士大夫阶级粉饰自身放荡之托辞,但总比那些伪道学要好得多。

喧阗醉年少,半脱紫茸裘——这两句乃描述"暗游"时的狂放情景和洒脱神态:他们喧哗着猜拳吃酒,酩酊大醉;酒酣耳热中"半脱紫茸裘",依红偎翠……读者当能会意。

人性是复杂的:既崇高,又卑微;既美好,又丑陋;既是天使,也是魔鬼。古往今来凡人无不如此,杜牧也不能例外,何况他当时正是肥马轻裘"而立"刚过的年纪。这首诗既使我们目睹当年扬州的繁华,也使我们窥见了诗人灵魂的又一侧面,而这并不意味着斯人的丑恶,却正显示出作为一个人的真实和完整。过去我们总是将人性的某些弱点或暗点加以否定和批判，实际上是不尊重人性、不承认人性复杂性的表现。

寄扬州韩绰判官

中国家庭基本藏书

名家选集卷

这是杜牧的名作，也是唐诗的名篇之一。杜牧曾三次在扬州驻留，一次是大和七年(833)在扬州淮南节度使幕中为掌书记；另一次是开成二年(837)由洛阳赴扬州视弟杜颤(yǐ)眼疾，停居数月；第三次是会昌二年(842)由黄州(时任刺史)送弟颤至扬州依从兄杜悰(时为淮南节度使)。这首诗是他离开扬州之后对扬州的怀念之作，写作时间难以确定。韩绰，生平不详，时在扬州任判官之职。唐代节度使、观察使等使府中协助处理公务的官员称判官。

青山隐隐水遥遥，秋尽江南草木凋。
二十四桥明月夜，玉人何处教吹箫？

青山隐隐水遥遥，秋尽江南草木凋——据宋代谢枋得《注解选唐诗》，杜牧这首诗是"厌江南之寂寞，思扬州之欢娱，情虽切而辞不露"。那么这两句当是写诗人离开扬州之后宦游于江南他处的寂寞。"遥遥"一作"迢迢"，影宋本及影明本《樊川文集》、清代冯集梧之《樊川诗集注》、缪钺之《杜牧诗选》、岳麓书社之《杜牧集》等均作"遥遥"，故从之，但私以为无论从音韵上，还是从文义上，还是"迢迢"为好。"草木凋"，除上述诸本外，有作"草未凋"者。缪钺先生认为："专就一句论，固然是'草未凋'意味较好，但据全首意思来看……是说明离扬后的寂寞，似不必改为'草未凋'。"此说较为合理，从之。

二十四桥明月夜，玉人何处教吹箫——据宋代沈括《补笔谈》：扬州在唐时最为富盛，旧城南北十五里一百一十步，东西七里三十步，可纪者有二十四桥(桥名略)。《方舆胜览》亦云：扬州府二十四桥，隋置，并以城门坊市为名。故二十四桥可为扬州繁华的标志和象征。这两句诗寄予了诗人在寄韩绰判官时对扬州的深情怀念：明月下的二十四桥何等幽丽静美，忽然有洞箫之声悠悠传来，那是何处的玉人在歌楼舞榭教那娉婷女儿们吹箫呢……

据上述古今学者的分析，此诗前两句系写寓居江南的寂寞，后两句乃寂寞中

杜牧集·诗

对繁华维扬的怀念,这当然是正确的。但一般的欣赏者都把这四句诗当作对江南秋色的整体描述:青山隐隐,绿水迢迢,这正是江南秋天的典型景色;秋尽江南而草木未凋,这又是江南深秋的又一特色(这正是"草未凋"之说之由来)。在这特有的江南秋色之中,扬州之夜更加令人神往:明月下,一缕箫声缭绕于二十四桥之上,此情此景怎能不令人销魂? 诗是借助于形象的抒情方式,这形象虽然已渗透了诗人主体意识而成为意象,但作为一种文字上的客观存在,读者可以根据自身的经验和体验对其加以解读,即进行三度"再创造",这就形成了不同的欣赏和诠释,也正是我们承认上述赏析的合理性的原因。

泊秦淮

这首诗可能作于诗人赴扬州任所或往来于扬州路经金陵(今南京)之时。具体时间难以确定。秦淮即秦淮河,其源出江苏南京溧水区东北,横贯南京,流入长江。此水为秦时所开凿,故名秦淮。自南朝、隋、唐以来,作为"六朝金粉之地"的金陵以风月繁华著称于世,而秦淮河两岸歌楼娼馆林立,灯红酒绿,急管繁弦,乃"金粉"之中心地带。杜牧这首《泊秦淮》即在面临此境时有感而作,借古讽今,以喻当世。

烟笼寒水月笼沙,夜泊秦淮近酒家。
商女不知亡国恨,隔江犹唱后庭花。

烟笼寒水月笼沙,夜泊秦淮近酒家——这起首两句一是描写诗人"泊秦淮"时眼前所见的景色,亦即氛围环境的描写;二是叙述他泊船于秦淮河畔之酒家附近的行为。这一描一叙就把读者带到了诗的境界:那该是秋夜吧,水已寒凉,薄雾迷离,远望去如蒙一抹轻烟;而岸边的沙滩上月光如水,又似霜遮雪掩。这里连用两个"笼"字,写出在薄雾与月色笼罩下的秦淮河朦胧的情境,真可谓妙绝。

商女不知亡国恨,隔江犹唱后庭花——商女者,卖唱卖笑之歌女。后庭花,系南朝最后一个王朝末代皇帝陈后主所作之《玉树后庭花曲》。陈后主荒淫好声色,终日在后宫与嫔妃歌舞作乐,不理政事,终至亡国。此两句说卖唱的歌女不知陈朝的亡国之恨,她们还在乐曲的伴奏下唱着"后庭花"之歌哩。陈寅恪先生对"隔江"二字有深刻的见解:"牧之此诗所谓隔江者,指金陵与扬州二地而言,此商女当即扬州之歌女而在秦淮商人舟中者。夫金陵,陈之国都也;玉树后庭花,陈后主

中国家庭基本藏书

亡国之音也。此来自江北扬州之歌女，不解陈亡之恨，在其江南故都之地，尚唱靡靡遗音，牧之闻其歌声，因为诗以咏之耳。"（《元白诗笺证稿》）此论更能助我们理解此诗。

哲人说：所有的历史撰述都是从后人的现实出发，因此所有的历史都折射着当代的现实。杜牧的这首诗之所以为历代传诵，不仅是因为它曲折地影射了他所处的晚唐时代统治阶级不顾社稷危亡仍在醉生梦死的没落现实，使人惊醒，而且形象地概括了中国数千年封建专制统治的历史：一个又一个王朝，都是在不顾生民疾苦、国家危亡，一味贪图享乐，一贯荒淫无耻中，周而复始地崩溃裂灭的，前车之覆后车永不能为鉴，这是不以主观意志为转移的专制主义必然的规律和归宿，这也正是这首诗常读常新、代代传诵不已的原因。

台城曲二首

台城乃南朝宋、齐、梁、陈四朝的宫城，在今南京市。杜牧当于扬州幕府或湖州刺史任期间，历经于此或凭吊于此时，感而有作。

其 一

整整复斜斜，隋旗簇晚沙。
门外韩擒虎，楼头张丽华。
谁怜容足地，却羡井中蛙。

整整复斜斜，隋旗簇晚沙——这两句写当年隋军围攻陈之国都建康（今南京）的情景："整整"、"斜斜"形容隋军旗帜纵横交错的行列，言其众多而整饬。"簇晚沙"，进一步写军旗一直密集地聚簇于江岸之沙滩，笼罩于夕晖晚照之下。据史载：当初隋与陈隔江对峙，旌旗蔽空，营帐盈野，陈初以为大兵压境，集中兵力防守；后误以为隋军交接班，便不再防备，等到隋大将贺若弼率领大军渡江时仍未发觉。

门外韩擒虎，楼头张丽华——韩擒虎，隋朝开国大将。围陈国都时以他为先锋，率五百精骑从朱雀门入城。张丽华，陈后主宠妃，封贵妃。此两句以"门外"和"楼头"两相对照，突现情势紧急、城破在即，而宫中仍在淫乐的昏愦麻木。

谁怜容足地，却羡井中蛙——据《隋书·陈后主纪》：韩擒虎进入宫城，陈后主和张贵妃、孔贵人一起躲入井中，后被隋军活捉。这两句即讽刺陈后主等在仅有一点容足之地的最后关头无所适从、束手待毙，欲为井中之蛙而不得。同时揭示荒淫的陈后主的眼光比井中之蛙还要短浅。

其　二

王颁兵势急，鼓下坐蛮奴。
潋滟倪塘水，叉牙出骨须。
干芦一炬火，回首是平芜。

王颁兵势急，鼓下坐蛮奴——王颁，隋军将领，率军随韩擒虎过江攻城（《隋书·王颁传》）。鼓下，本为军中戮人之处，此处作投降待罪解。蛮奴，陈军大将，小字蛮奴，陈亡时向韩擒虎投降。此两句写隋军攻势之凌厉和陈军束手就擒的颓败。

潋滟倪塘水，叉牙出骨须——这两句写王颁入城后在城东南二十五里的倪塘附近掘开陈武帝之墓报仇的情景：王颁之父为陈武帝所杀，土掘其墓后打开棺椁，见其胡须不落，乃从骨中所生。于是王颁焚骨取灰投水而饮之。叉牙犹"叉丫"或"杈桠"，本为枝条横生貌，此处形容胡须杂乱的样子。

干芦一炬火，回首是平芜——这两句写隋将贺若弼进攻宫城、火烧北掖门事：一炬火点燃干燥的芦苇，顷刻之间华丽的宫城就变为平旷的荒野。

咏史诗作为诗，当然应具有形象抒情的特征，而其咏史之内容则要求高度概括而又有针对现实的意蕴。这就要求诗人选取最有典型性的事件、情节或细节并付诸直观性的语言。杜牧的这两首诗就具备这诸项特征，如"整整复斜斜"两句战争氛围的渲染，"门外"——"楼头"两种情势下人物的对比；就连事件的结局也以"井中蛙"之比喻作意味深长的讽刺。第二首所写的三件史实也都是在形象的概括中加以表现。正因为如此，它对后世咏史之作产生了较大的影响，如宋代苏轼《虢国夫人夜游图》诗中的"当时亦笑张丽华，不知门外韩擒虎"，和王安石《桂枝香》词中的"念往昔，繁华竞逐，叹门外楼头，悲恨相续"等，都是由本诗中"门外韩擒虎，楼头张丽华"的名句演化而成的，而这一名句与李商隐讽刺北齐后主高纬宠幸冯淑妃荒淫亡国的《北齐二首》中的"小怜玉体横陈夜，已报周师入晋阳"可以相互媲美。

中国家庭基本藏书

名家选集卷

送杜颛赴润州幕

题解

　　杜颛乃杜牧之弟，小杜牧四岁，大和六年(832)举进士及第。大和八年(834)十一月，李德裕自兵部尚书出为镇海节度使，引杜颛为巡官。此诗乃杜牧送别杜颛之作。镇海节度使治润州(治所在今镇江市)，故称"润州幕"。

　　　　　少年才俊赴知音，丞相门栏不觉深。
　　　　　直道事人男子业，异乡加饭弟兄心。
　　　　　还须整理韦弦佩，莫独矜夸玳瑁簪。
　　　　　若去上元怀古去，谢安坟下与沉吟。

新解

　　少年才俊赴知音，丞相门栏不觉深——此两句系夸赞颛弟语，说他年纪轻轻就一举及第，并被丞相视为知音聘赴幕中。丞相，指李德裕，大和七年曾为宰相。"门栏不深"指颛弟与李熟稔，可随便出入其门，与"知音"相照应。

　　直道事人男子业，异乡加饭弟兄心——此两句乃离别前的叮咛：为人做事要恪守直道，此乃男儿本分；你在异乡要吃好吃饱注意身体，这是哥哥对你的一片心。事人，为人做事；直道，正直之道。异乡，暗用王维"独在异乡为异客"句意；加饭，用古诗十九首《行行重行行》中"努力加餐饭"句意。

　　还须整理韦弦佩，莫独矜夸玳瑁簪——韦是皮革，性质柔软。战国时，西门豹性急，佩韦以自缓。弦佩即佩弦，古时董安于性缓，佩弦以自警。此句是劝杜颛凡事不要过于急躁。玳瑁簪，唐人进士及第后，帝王赐以玳瑁簪簪头以示荣贵。此句是告诫弟弟凡事要小心谨慎，不要矜夸功名富贵。

　　若去上元怀古去，谢安坟下与沉吟——唐上元县在今南京，其东南十里石子冈北有谢安墓。谢安，东晋人，孝武帝时为尚书仆射，领中书令(就是宰相)，以淝水一战，打败苻坚，保卫了江南东晋政权。此两句意为：希望弟弟以谢安为榜样，为苍生社稷建功立业。在其"坟下沉吟"即追怀其人、效法其人之意。

新评

　　杜颛是杜牧胞弟，小其四岁。杜牧对他极为疼爱，为医眼疾亲自送他去扬州诊治；由于超过假期，丢掉了东都分司监察御史之职；后来再次到京城任左补阙、国史馆修撰之职时，又亲自将他从宣州送往浔阳，安排妥帖才赴京任职。这首诗

杜牧集·诗

是在弟弟进士及第后前往润州就职的送行之作，诗中有勉励，有叮咛，有规劝，有告诫，有期盼，殷殷的手足之情，深厚的骨肉之爱无不渗入全诗的字里行间。语淳朴而感人至深，话虽少而语重心长。是唐诗中一首表现昆仲情谊的著名诗篇。

赠别二首

题解

杜牧于大和九年(835)由淮南节度府掌书记升任监察御史，离扬州赴长安。这二首诗是赠别妓女之作。

其 一

娉娉袅袅十三馀，豆蔻梢头二月初。
春风十里扬州路，卷上珠帘总不如。

娉娉袅袅十三馀，豆蔻梢头二月初——此两句写所赠别者的年幼之美：首句以"娉娉袅袅"形容其体态之轻盈，并直点其年龄；次句全为比喻，以早春二月初之豆蔻言其含苞未放。豆蔻花，淡红鲜妍，二月初尚未大开，犹如十三四岁之少女。

春风十里扬州路，卷上珠帘总不如——此两句是在横向比较中突出其美。扬州繁华，入夜，娼楼妓馆纱灯明耀，"九里三十步街中，珠翠填咽宛若仙境"，这就是"春风十里扬州路"的含义，然而将花街上这样多的歌楼舞榭之珠帘卷起来，其中的千百粉黛都不如"豆蔻梢头二月初"的她美丽。此前句盖为后句之衬托也。

其 二

多情却似总无情，惟觉樽前笑不成。
蜡烛有心还惜别，替人垂泪到天明。

多情却似总无情，惟觉樽前笑不成——前一首状写其美，这一首状写其情。这首前两句十分准确地写出一位入世未深的少女与诗人别离时的真情：她不会说多少缠绵的情话，也不会表现难舍难离的温情，她情真情深却显得好像无情，在别筵杯酒前看不到一丝笑容……

蜡烛有心还惜别，替人垂泪到天明——此两句又以物喻情：连蜡烛都知道惜别而替人垂泪到天明，可以想见这位深情的姑娘该悲伤到何种程度：人泪定比蜡泪盈！

古语云：文人无行。尤其是浪漫的诗人更少能恪守惯常的道德礼法。特别是在那个男尊女卑，将一夫多妻制视为合法的封建时代，文士与歌妓的交往更乃司空见惯，这一点上对杜牧也不必有特意的原谅和过多的指责。然其可贵之处在于：对身为下贱者有一种平视的尊重和真挚的感情，并从其特殊的处境中发现一种出污泥而不染的美——人性的闪光，这可以说是包括杜牧作品在内的中国文学的人文关怀传统，也是世界文学中普遍肯定的人道主义精神的表征。

洛阳长句二首（选一）

此诗当作于开成元年(836)，即作者在洛阳任监察御史(分司东都)之时。诗中描写了东都洛阳的冷落气氛。元·方回在《瀛奎律髓》中说："唐自天宝以后，不复驾幸东都，此诗有望幸之意。"实际上是作者希望唐王朝能重振开元时兴盛富强的局面。

> 草色人心相与闲，是非名利有无间。
> 桥横落照虹堪画，树锁千门鸟自还。
> 芝盖不来云杳杳，仙舟何处水潺潺。
> 君王谦让泥金事，苍翠空高万岁山。

草色人心相与闲，是非名利有无间——这两句写诗人自己的心境：我的心和草色一样地悠闲；是非名利于我已是似有还无、淡泊如水。前句中"相与"是共同、相互之意，说自己的心和草色相互都觉得闲，这就把草色也人格化了，和李白"相看两不厌，只有敬亭山"一样。后句中"有无间"可作若有若无、似有还无解，实际是没有的意思。

桥横落照虹堪画，树锁千门鸟自还——这两句是在上述心境下对洛阳宫殿皇苑的观照：横空的长桥在夕阳照耀下像彩虹般美丽如画；在密密的树阴中宫殿千门关锁，只有飞鸟自去自还。这里"虹"与"锁"两字用得极好："虹"极显出桥在夕照中的形象和色彩；"锁"前加个树字，既写出宫殿被树遮蔽，又写出殿门关锁，一字多义又富想象力。

芝盖不来云杳杳，仙舟何处水潺潺——芝盖，车盖，本借指仙家之车，这里指帝王的车驾。仙舟，用东汉末年李膺、郭泰事。李、郭系当时太学生首领，并为好友。两人同乘一船渡黄河，士大夫车骑数千相送，远远望去如神仙乘仙舟一般。这两句意为：皇帝不再来巡幸，只有白云杳杳；仙舟也无处可寻，只闻水声潺潺。

君王谦让泥金事，苍翠空高万岁山——泥金，古代帝王举行封禅大典时要把皇帝的印玺缠以金绳，封以金泥，所以"泥金事"指举行封禅。万岁山，这里指嵩山(在洛阳附近登封县北)。汉武帝元封元年登嵩山，随从人员听到空山中高呼万岁的声音三次。这两句意思是说：君王由于谦让不举行封禅之事，所以苍翠的嵩山只能空空高耸，听不到山呼万岁。

洛阳是唐代的陪都，号称东都。在玄宗天宝之前，皇帝经常来此游幸，武则天当政时期洛阳甚至成为较长安更为重要的政治中心。公卿贵胄在洛阳建有别墅园林数以千计，其繁荣盛况可见。然自中唐以来，藩镇割据，洛阳几遭破坏，皇帝也再无兴致馀裕来此游幸，遂日趋冷落。杜牧以诗人的敏感和政治家的识见抓住这一典型现象，由其表面的荣谢透视到盛衰的本质，因而率尔命笔。诗人用自身的心境、眼前的景象以及历史的传统掌故构成一幅时空交叉的图画，使人在审美联想中悟出其思想内核。同时又写得如此含蓄：在赞美君王的"谦让"中，在期盼皇帝的"重幸"中，奏出一曲时代的哀歌，揭示了晚唐社会不可逆转的衰微和没落。

故洛阳城有感

这首诗可能与《洛阳长句二首》作于同时，即大和九年(835)杜牧以监察御史分司东都到洛阳任职之时。此诗由洛阳故城的荒废景象引发一番思古之幽情，借以倾吐诗人的忧时伤世之叹。

一片宫墙当道危，行人为汝去迟迟。
罳圭苑里秋风后，平乐馆前斜日时。
锢党岂能留汉鼎，清谈空解识胡儿。
千烧万战坤灵死，惨惨终年鸟雀悲！

中国家庭基本藏书

一片宫墙当道危，行人为汝去迟迟——这两句写故洛阳城废圮的宫墙耸立于当道，挡住了行人来去之路，使人行走不便。故洛阳城指汉魏时洛阳旧城，在今洛阳市白马寺东洛水北岸。危，形容高耸。

罼圭苑里秋风后，平乐馆前斜日时——此两句写故城荒凉冷落的氛围。罼圭(bì guī)苑，东汉灵帝光和三年(180)筑，有东西两苑，周围各一千五百步、三千五百步，中有鱼梁台。平乐馆，在洛阳城西，东汉灵帝中平五年(188)讲武于平乐馆，自号"无上将军"，亲出阅兵。作者只用"秋风"、"斜日"加以点染，由读者想象其荒索。

锢党岂能留汉鼎，清谈空解识胡儿——这两句是由上述景象想及当时(东汉)政治史实。前句"锢党"是指东汉桓帝时世家大族李膺、陈蕃和太学生郭泰、贾彪联合抨击专权跋扈的宦官集团，二百馀人被捕。灵帝即位后起用"党人"拟诛灭宦官，事败露，李膺等百馀人被下狱处死，六七百人遭囚禁流放。这件事史称"党锢之祸"。鼎是古代帝王传国的重器。这句意为：禁锢党人难道就能使汉朝国运长久？后句兼用两个典故：一是西晋时羯人石勒曾叫卖于洛阳上东门，清谈名士王衍发现了他，立即派人寻找，已无踪影，后来王衍被石勒俘虏杀死。二是唐玄宗开元二十四年，派安禄山为平卢讨击使、左骁卫将军讨伐契丹，大败。宰相张九龄坚决主张将他处死，免除后患。玄宗却认为张错把安禄山当成石勒了，以致酿成"安史之乱"。这句意为：清谈者只能空识胡儿叛逆本质却不能及早消除后患。

千烧万战坤灵死，惨惨终年鸟雀悲——这两句说：无数兵火战乱连土地神灵都难免于难，直落得如今这样凄惨的结局，使鸟雀终年为其悲啼不绝。坤灵，指地神。三国时的董卓之乱，曾焚烧洛阳，使其成为一片废墟。

这首诗主要是借东汉宦官专权致使国家败亡、灾祸连年的史实影射当代，对故洛阳城的吟咏不过是一个引发主题的楔子。唐自安史之乱后宦官势力愈发庞大，自肃宗时李辅国专权始，典掌禁军的宦官程元振、鱼朝恩又相继专权。为了争夺朝廷大权，宦官中分成党派，互相攻杀，废立皇帝，宪宗和敬宗都是被宦官杀死的，穆宗、文宗、武宗、宣宗、懿宗、僖宗、昭宗都是由宦官拥立的。唐文宗李昂(827—840在位)忌宦官权势太大，曾企图一举诛灭，因谋事不密，被宦官发觉，宦官反而乘机大肆杀戮，酿成震惊朝野的"甘露之变"(835)。杜牧此诗正作于此时。"锢党岂能留汉鼎"一语是对这刚刚发生的血腥屠杀的抨击，其分量之重以及作者承担的风险和面对刀丛的勇气可以想见。最后两句是对这场惨祸的预言，而且不久就为历史所证实。

题敬爱寺楼

此诗当作于开成元年或二年(836—837)春，即诗人在洛阳任职之时。唐代的敬爱寺在洛阳怀仁坊。诗中表露了作者"念天地之悠悠"的孤独情怀。

　　暮景千山雪，春寒百尺楼。
　　独登还独下，谁会我悠悠。

　　暮景千山雪，春寒百尺楼——这两句写诗人登楼时的情境和所见：在春寒料峭的傍晚，我登上了这高高的百尺楼，眼前只见暮色苍茫中的千座雪山。仅仅十个字，写出了情境，写出了氛围。笔力之遒劲、老到由此可见。

　　独登还独下，谁会我悠悠——这两句写登楼时之所想所思。杜牧一定是读过陈子昂的《登幽州台歌》的："前不见古人，后不见来者。念天地之悠悠，独怆然而涕下。"他一定也如前贤陈子昂那样在历史长河与广袤宇宙的时空坐标上感到了个体的渺小和生命的短暂。诗人独自登楼又独自下楼，独上独下中脑中的思绪只有自己了解。于是他禁不住发问：有谁能领会我这悠悠的登临之思呢？"会"，可作领会、理解讲。

　　此诗是在陈子昂《登幽州台歌》基础上的创新。其最鲜明之处是创造了一个具有典型性的时空环境："暮景千山雪"，这是诗人所面对的客观现实的象征：暮色苍茫、千山雪冷，这难道不是当时晚唐社会的写照？"春寒百尺楼"，这是诗人主观处境的象征：春寒料峭，楼高百尺，这难道不是诗人在高处不胜寒的精神制高点上俯瞰历史人生——而这一切在陈诗中是缺席的。有了特有的情境，再将子昂"念天地之悠悠"的思想精髓吸收融化，便更能引发人们由感性到理性的深思，诗也便出新了。

兵部尚书席上作

题解

　　此诗未载于《樊川文集》，见于晚唐人孟棨所作的《本事诗》中。杜牧为御史，分司洛阳。时李司徒罢职闲居，声伎豪华，洛中名士皆去拜访。一次，李司徒大开筵宴，遍请洛阳官僚名士，因杜牧是监察御史，未敢请他。杜牧闻听此事，派人转告李司徒自己愿参加此会，李司徒立即补送一份请帖，杜牧随即前来。其时众宾客已开饮，歌妓一百多人，皆绝艺殊色⋯⋯杜牧问李司徒："听说有位叫紫云的，是谁？"李指示给他。杜注视良久，曰："名不虚传！"李俯首而笑，许多歌妓也都回头而笑。杜牧自饮三杯后即朗诵了此诗，"意气闲逸，旁若无人"。杜牧以御史分司东都时，李司徒是李听。诗题"兵部尚书席上作"乃宋人编《樊川别集》时所加，按《本事诗》所记，似应题为"李司徒席上作"。

　　　　华堂今日绮筵开，谁唤分司御史来？
　　　　忽发狂言惊满座，两行红粉一时回。

　　华堂今日绮筵开，谁唤分司御史来——此两句意显自明。"华堂"、"绮筵"突现盛宴环境与盛宴本身之豪华。"谁唤"二字隐含不请自来的诙谐调侃。

　　忽发狂言惊满座，两行红粉一时回——这两句乃全诗之精髓亮点：前句豪情满溢字面；后句是一个生动场面的定格：两行轻歌曼舞的佳丽忽然停止舞步一齐回过头来视己而笑⋯⋯一句话七个字托出这样的场面，真可谓神来之笔！

　　杜牧是严肃的，也是浪漫的。他既有经世治国之才、匡时挽狂之愿；又有倚红偎翠之好、"青楼薄幸"之名，特别在其得志狂放的青年时代。杜牧写作此诗时正值其三十四、五之壮岁，又新任分司东都之御史，有此狂态在所难免，诗人不伪饰，不矫造，在华堂绮筵、红粉如云之前，即兴倾吐襟怀，表露自己的个性，这要比那些道貌岸然的伪君子可爱得多，同时也是一个人人性的真实表现。

金谷园

题解

金谷园为西晋石崇所建,在今河南省洛阳市西北。此诗当为大和九年至开成元年(835—836)杜牧在洛阳为监察御史分司东都时所作。诗中借金谷园的兴废抒发了今昔盛衰之感,并对不屈于强暴的女性予以深情的惋念。

繁华事散逐香尘,流水无情草自春。

日暮东风怨啼鸟,落花犹似堕楼人。

新解

繁华事散逐香尘,流水无情草自春——此两句写金谷园昔日的繁华已随无情的时间流水而逝,如今只留下一片废墟——一个尘封的梦影。石崇,字季伦,是西晋时著名的富豪,其所筑金谷园占地广阔,堂皇富丽,花木繁盛,南朝梁·庾信《枯树赋》云:"若非金谷满园树,即是河阳一县花。"可见其规模。这里"香尘"、"自春"四字值得品味。前者为后面的"堕楼人"埋下伏笔;并引人联想当年香艳之旧事;繁华随香尘而散,"随"字前后亦有关联。后者"自春"与"流水无情"相照应:时间——流水不管人间的悲欢依旧无情地向前流,春草也不管世事的沧桑照样是春天来临就萋萋地绿。此乃以自然之无情反衬人之有情。

日暮东风怨啼鸟,落花犹似堕楼人——这两句是以自然之物之有情正衬人之更多情。"堕楼人"指石崇之爱妾绿珠,她非常美丽,善吹笛。时赵王司马伦专政,其亲信孙秀想夺绿珠,故矫诏逮捕石崇,绿珠即投楼自尽。这两句承上两句,虽然往事已过数百年,往日繁华早已烟消云散,但在这春风拂面的日暮时分,鸟儿还为绿珠之恨怨而啼,那枝头飘落的花瓣还像她当年坠楼的身影……

新评

杜牧对被逼堕楼而死的绿珠是一再赞颂的,除此篇而外,《题桃花夫人庙》中也有"可怜金谷堕楼人"之句,并以春秋时息国之息夫人为陪衬,赞其决绝刚烈之精神。在杜牧之前或之后,赞美这位美人的诗文甚多,但大抵是赞其不事二夫之节烈。杜牧之赞不同:绿珠之死含怨衔恨,她是不甘心自己的命运被人任意摆布,是不愿受强暴的恣意凌辱。诗人以落花为其身世之象征,正包含着对她"可怜身无主"的命运的深切同情!

中国家庭基本藏书

闻庆州赵纵使君与党项战中箭身死长句

题解

据《旧唐书·党项传》，大和开成（825—840）之际，唐与党项有战事，其时杜牧在京为膳部、比部员外郎，皆兼史职。此诗约作于此时。党项，唐时居青海一带的少数民族。庆州，治所在今甘肃庆阳县。赵纵，身世不详，可能时为庆州刺史。使君，对州郡长官的尊称。长句，唐人惯称七言古诗为长句。这首诗歌颂在前方战斗中牺牲的英雄，谴责后宫达官贵人的歌舞升平，同时抒发自身空抱报国壮志而不得伸展的愤懑之情。

> 将军独乘铁骢马，榆溪战中金仆姑。
> 死绥却是古来有，骁将自惊今日无。
> 青史文章争点笔，朱门歌舞笑捐躯。
> 谁知我亦轻生者，不得君王丈二殳。

新解

将军独乘铁骢马，榆溪战中金仆姑——铁骢马，披着铁甲的战马；榆溪，即榆溪塞，也称榆林塞，在今内蒙古鄂尔多斯黄河北岸；金仆姑，一种有名的利箭。这两句说：赵纵将军独乘铁骢马深入敌阵，在榆溪作战时，不幸被利箭射中英勇牺牲了。从这两句中我们看到了主人翁单骑匹马战斗，中箭落马的场景和形象。

死绥却是古来有，骁将自惊今日无——死绥，退军为绥。军败而退，将当死之，称死绥。骁将，勇敢善战之将。这两句写诗人的阅古思今之慨：军败将死这是古来常有之事，但令人惊叹的是像赵将军这样的骁将今日是绝无仅有了。这里用"自惊"二字点明今天朝野上下都自觉到为没有这样的骁将而吃惊。言下之意是局势非常严重，指责当局无识人、用人之明。

青史文章争点笔，朱门歌舞笑捐躯——这两句以极为沉痛的心情指责豪门贵族的毫无心肝：他们不但犹自歌舞淫乐，而且对这样应该青史留名的英雄还加以嘲笑。朱门，指王侯贵族。

谁知我亦轻生者，不得君王丈二殳——殳（shū），古代兵器。此结尾出其不意而且极高亢有力：有谁知道我也是一个不贪生怕死的人呵，可是我得不到皇帝给我的杀敌武器，只有望风空叹呀！

此诗虽然只有八句，但其含量很大，既有对英雄的礼赞，又有对今日天下自惊无人的感叹；既有对专权者毫无心肝犹自淫乐的指责，又有对最高统治者不重用人才，自己壮志难酬的愤慨——而这一切都借一位将军之死自然而然地抒发出来，不离悼惜之中心而又不局限于中心，不离具体感性形象而又不局限于具象，不离本事而又不局限于一时一事，这就是此诗深刻之所在，分量之所在！

题扬州禅智寺

文宗开成二年(837)，杜牧之弟杜颛(yǐ)眼病加重，在扬州禅智寺疗养。杜牧即从洛阳(时任分司东都监察御史)赶到扬州探望。此诗即作于此时。诗中写禅智寺的清幽、闲静，实际是诗人心境的一种外射。禅智寺在扬州城东。

> 雨过一蝉噪，飘萧松桂秋。
> 青苔满阶砌，白鸟故迟留。
> 暮霭生深树，斜阳下小楼。
> 谁知竹西路，歌吹是扬州？

雨过一蝉噪，飘萧松桂秋——起首两句即勾勒出所咏之地的初秋特色。蝉，噪于夏末，入秋则逝。飘萧，状入秋之风声风色。这两句写雨后初晴，一只蝉在孤单地鸣叫(说明已入秋)，松桂飘香，凉风习习——立刻把读者带入一个特定的环境。

青苔满阶砌，白鸟故迟留——如果说上两句是写无形之声和味，那么这两句就是写有形之色和物，而且一下一上，一静一动，色彩对照鲜明。青苔满阶写人迹罕至，极其幽静，白鸟迟留写环境之美，连鸟都流连忘去，同时托出诗人之心境亦如迟留之白鸟一般闲适。

暮霭生深树，斜阳下小楼——这两句写出时间之推移和作者行动的踪迹。诗人一定是在此盘桓良久：他直徘徊到苍茫暮色从树林深处渐渐浮散开来，才披着斜阳的馀晖慢慢从小楼上走了下来。于是我们也就看到了作者上述描写的观察点原来在此。

谁知竹西路，歌吹是扬州——这最后两句是一反衬，同时使人展开丰富的联想。诗人说："谁能想象到这般幽静的去处(竹西路即禅智寺前临河通桥的小路)竟是在歌舞乐吹、繁华似锦的扬州之地呢？"

扬州自古繁华地。杜牧也曾以"春风十里扬州路，卷上珠帘总不如"（《赠别二首》）、"谁家唱水调，明月满扬州"（《扬州三首》）之句歌吟扬州的风流盛景，然而此作却别开生面：凸现扬州的幽丽娴静之美。就诗人的创作来说，这是创新、出新的表现；就其本身深层意蕴来说，是诗人在官场的周旋纷扰中企求一片净土和心灵绿洲的反映。本诗最后两句不正是庆幸红尘"歌吹"中有一角"竹西"的宁静吗？

江南春绝句

这是杜牧的名作，也是唐诗中之名篇。诗中不仅写出江南春的美景，而且隐含着对佛寺之弊的讽谏。

千里莺啼绿映红，水村山郭酒旗风。
南朝四百八十寺，多少楼台烟雨中。

千里莺啼绿映红，水村山郭酒旗风——这两句既写出江南自然景物之美，也写出民俗风情之味。千里莺啼，展现出一望无际的江南平原草长莺飞，而且有声音(莺啼)萦绕于这美丽的画面中。"绿映红"，可以引起多少想象，既有花红柳绿的映衬，也有红男绿女的穿插。郭，指城郭(郭为外城)。不管是碧波荡漾的水村，还是翠竹环抱的山城，都有酒旗儿(酒家的幌子)在风中飘拂。

南朝四百八十寺，多少楼台烟雨中——南朝，指东晋以后在南方建立的宋、齐、梁、陈四个王朝。从梁开始大兴佛教，梁武帝时极盛，建有寺院百馀所。这两句与上两句写春日晴景相反，乃写阴雨春景：这么多寺庙笼罩在茫茫烟雨中，这是一个灰色的画面，与上面的鲜丽、明艳景象形成鲜明的对照。

这无疑是一首绝妙的写景诗，但其中又别有含蕴。杜牧对佛教始终是反对的。他认为达官贵人舍财信佛是"买福卖罪"；同时因为佛教盛行，为僧者多，寄生社会，既影响生产又加重人民负担，所以他赞成武宗禁止佛教，使僧尼还俗，寺庙奴婢及依附人口都编入农籍，寺院所占土地也收为国有(见《樊川文集》卷十《杭州新造南亭事记》)。当然，在这首短短的七绝中，"四百八十寺"仅仅是作为一种陪衬景物出现的，并未有何贬黜，但也流露出作者的感情色彩，它是作为灰暗画面中的一个特写镜头出现的，而且"四百八十寺"已有极嫌其繁之意。清·冯集梧《樊川诗集注》引《珊瑚钩诗话》云："帝王所都而四百八十寺，当时已为多，诗人侈其楼阁台殿焉。"

柳绝句

这首咏柳的七绝乃触景生情、借景抒怀之作。从诗中"依依故国樊川恨"一句，可知此诗为诗人离京外放为官时所作，但具体时间难以确定。其旨系抒发对故国的深切思念。

数树新开翠影齐，倚风情态被春迷。
依依故国樊川恨，半掩村桥半拂溪。

数树新开翠影齐，倚风情态被春迷——这两句是诗人描写眼前新柳的景色：初春，几株柳树枝上吐出了新芽，一片翠影齐齐地展现在眼帘。那柔细的柳条随着风摆来摆去，我简直被这春色迷醉了。这里"新开翠影"和"倚风情态"两组意象特别新颖有特点：前者写出青青柳色一下扑入眼帘时的瞬间感觉；后者写出柳枝倚风摇摆的柔姿，令人想见"十五女儿腰"的娇态。

依依故国樊川恨，半掩村桥半拂溪——上两句写被春所迷，这里的情绪却陡然一转，写起思念"故国"（即"故园"）的怅恨。这表面看来突然，实际上却是自然而然紧密相连的，因为柳色在古代一直是引起人思家念远、引发人离愁别恨的触媒。杜牧目睹柳色便不由得想起长安城南的樊川故园，对故乡的依依不舍之情由杨柳依依之态引起。末句"半掩村桥半拂溪"，依然是描写眼前柳丝的"倚风情态"，但因与前句"樊川恨"相连就具有了双关的意味，它又成了诗人主观情愫"樊川恨"的外化，诗人心中的怅恨也是"半掩村桥半拂溪"了，这就是诗的妙谛！

一首好诗，往往是给读者留下较大的想象空白，即在句与句的跳跃中，让读者发挥想象力去填充，从而获得"再创造"的快感。比如本诗第三句，在整体描写新柳的形象序列中插入，就大大增加了其容量内涵和思想张力，而这都是由其上下句及其本身所引起的想象所填充的。《旧唐书·杜佑传》曰："佑城南樊川有佳林

中国家庭基本藏书

亭,卉木幽邃,佑常与公卿宴集其间,广陈妓乐,当时贵盛,莫之与比。"这些都是杜牧幼年所经历的,如今不但盛景不再,而且远在异乡,怎能不有"依依故国"之恨。当然想象的填充必须以知识和对抒情主体的了解为底蕴。

念昔游(选二)

据诗中"十载飘然绳检外",知此诗约作于开成三年(838)左右。杜牧自文宗大和二年(828)进士及第后,不久即出为江西、宣歙、淮南诸使府幕僚,所谓"十年为幕府吏,每促束于簿书宴游间"。开成三年,杜牧内擢为左补阙、史馆修撰,回顾十年间往事而吟成此篇。诗中对昔日的潇洒生活做了温馨的怀念。

其 一

十载飘然绳检外,樽前自献自为酬。
秋山春雨闲吟处,倚遍江南寺寺楼。

新解

十载飘然绳检外,樽前自献自为酬——绳检,约束,多指世俗礼法。献,敬酒;酬,劝酒。这两句乃是对自己十载外放江南生活的总概括:十年,飘然于礼法的约束之外,日日都是自己给自己敬酒、劝酒。后句说的风趣、幽默,也隐含一丝孤寂的苦味,有如李白的《月下独酌》:"花间一壶酒,对影成三人……"

秋山春雨闲吟处,倚遍江南寺寺楼——上句说自己以酒为伴,此两句说以山水为侣、以诗文为俦,"秋山春雨"中"倚遍江南"无数"寺楼",而且"处处闲吟"、"闲吟处处",十年美好的青春时光就在这美好的情境中度过。诗人概括得多么具象又有意味呵。

其 二

李白题诗水西寺,古木回岩楼阁风。
半醒半醉游三日,红白花开山雨中。

新解

李白题诗水西寺,古木回岩楼阁风——上一首是对十年飘然生活的形象概括,这一首则是一幅具体的特写:诗人在李白题诗的水西寺游玩,但见古木森森挺立于千回万转的悬崖之上,幽幽楼阁静在山中,习习清风徐徐吹来。

半醒半醉游三日,红白花开山雨中——这明白如话的诗行却饱含着生活的情趣和诗意。

人心总是矛盾的。杜牧在说到他十年幕府生活时,有时以"促束"形容其不满,有时却如此诗似的予以美好的回味。这两种情感都是真实的,并无矫情之嫌。外国一位诗人说:"一切都是瞬息,一切都会过去,而那过去了的,就会成为亲切的怀恋。"我国中世纪诗人杜牧的这首诗也印证了这一点。

有 寄

这是一首念远怀人之诗,作诗时间难以确定。

云阔烟深树,江澄水浴秋。
美人何处在?明月万山头。

云阔烟深树,江澄水浴秋——此两句为对句。五绝本不要求对仗,但以对句出之却更见锤炼之功力。这寥寥十个字,不但写出了天空之云象,地上的树阴在烟霭笼罩中显出深绿的色调,而且写出江水的澄清和秋日的清爽。这里要特别注意"深"、"浴"两个动词("深"是以形容词作动词),前者把烟雾使树色加深的感觉和盘托出;后者则使秋人格化:她就像被清澄的江水洗浴过似的,清丽无比。古诗中之讲究炼句、炼字由此可见一斑。

美人何处在? 明月万山头——此两句写诗人在清秋澄明之境中对美人的思念,这里以设问的口气问美人今在何处,下句却并不作答,而只是现出眼前"明月万山头"的景象,这就将读者带入了独对明月思茫茫的意境之中,美人不知何处的缥缈难寻更增添了这境界的怅惘凄凉。按:古诗中之美人不单指女性,也包括所钟爱的美德之人。另外"明月万山头"也暗含美人在此明月下的万山之中的渺茫难觅之意。

此诗前两句为昼景,后两句为夜景,看似不统一,但正是在时空的距离与变化

中国家庭基本藏书

中写出诗人对美人的思念之切:他是在昼思夜想啊! 而且第二、第三、第四句之间,跳跃性很大,诗人从"江澄水浴秋",忽然想到"美人何处在",又突然出现"明月万山头",三者之间似乎无紧密关联,但正是在这"无所关联"的跳跃中使人产生想象:这美人不正如为"澄江水"所"浴"的"秋"那样清丽爽朗,她也像"万山头"的"明月"那样姣好呀! 诗的跳跃性之奥妙就在于此。

秋 感

题解

这首诗写女性怀人念远之情,与悲秋之感交融相渗,达到情景互现之境。

金风万里思何尽? 玉树一窗秋影寒。
独掩此门明月下,泪流香袂倚阑干。

金风万里思何尽? 玉树一窗秋影寒——绝句不要求对仗,但这两句对仗极工,毫无斧凿痕且意境极美。首句说,秋风起,引发对远方亲人的无尽思念,这秋风是从万里之外吹来的吧,这思绪也是万里悠长绵绵无尽。"万里"与"金风"、"思念"双关,使其具有无穷的意蕴。次句写出思妇所在的环境和思人的姿影:她依窗凝望,窗前一棵落叶飘零之树投来一道寒影。这可谓诗中之画的第一轮廓。

独掩此门明月下,泪流香袂倚阑干——这两句时空环境有了变化。前两句是白昼或黄昏,人物在室内;这两句时间到了夜晚,人物到了室外。时空的变化一是说明思之长久、执著;二是说明心绪烦乱,坐立不宁:思人虚掩闺门来到户外,此刻明月朗照,她倚着画廊的栏杆仍在对月凝思,不知不觉眼泪滚下面颊,湿了衣衫……

古代诗人善写思妇之诗,就唐代而言,李白、王昌龄乃至杜甫都写过这类"闺怨"之作。这一方面是诗人自己大抵是游子,写思妇,实际是己思人却对象化为人思己。另一方面是诗人善于体察女性心理,为女性代言或借女性口吻曲折地表现自身渴望为君所用的心思。我们可以将杜牧这首诗看作是他对闺中人的思念,因为他一生大半宦游于外,家眷很可能经常不能相随;也可以看作他是在满怀同情地写一位思念远方亲人的女性形象,因为他对女性一贯是同情怜惜的,这有其力作《杜秋娘诗》和《张好好诗》为证。至于他借香草美人思获君王青睐倒未必,因为其诗文中缺少这类旁证；就杜牧性格而言他也不会这样隐晦曲折；另外其忠君思想也不如杜甫那样强烈明显，他在仕途上的困惑主要来自牛李党争，并不太寄希望于明君。

题宣州开元寺水阁，阁下宛溪夹溪居人

题解

开成二年(837)秋，杜牧接受宣歙观察使崔郸的辟召，到宣州为团练判官，这首诗当为当年或翌年即开成三年(838)所作，因诗中所咏为秋景。开成三年冬杜牧便离开宣州，赴京任左补阙、史馆修撰去了。此诗即景生情，抒发对六朝兴亡的感慨，同时也表现了对功成身退的范蠡的向往。

六朝文物草连空，天淡云闲今古同。
鸟去鸟来山色里，人歌人哭水声中。
深秋帘幕千家雨，落日楼台一笛风。
惆怅无因见范蠡，参差烟树五湖东。

六朝文物草连空，天淡云闲今古同——这两句系诗人目睹宣州开元寺之景物而生发的古今之思。宣州，即今安徽宣城；开元寺，建于东晋，唐开元中改名为开元寺。杜牧有《题宣州开元寺》诗："楼飞九十尺，廊环四百柱。"可见其规模宏大。题中之宛溪，源出宣城东南峄山，向北与青弋江合流入长江。此两句前句中之"六朝"，指三国的吴、东晋，南朝宋、齐、梁、陈都在建康(吴时名建业，即今南京市)建都，史称六朝。诗人目睹六朝荒草连天的遗迹，想及当年的金粉繁华；古今的秋空都一样是天淡云闲，而世事的变化却如此巨大。大自然的永恒不变益发反衬出王朝更迭的频繁和荣华富贵的短暂。

鸟来鸟去山色里，人歌人哭水声中——这二句是继续上句的思路，言：大自然不管人世间的人歌人哭(悲欢苦乐)，它水照样流，鸟照样飞；多少朝代过去了，鸟飞依旧，涛声依旧。此两句为同音间隔对，节奏铿锵，语句浅显而感慨良深，是唐诗中名句、名联。

深秋帘幕千家雨，落日楼台一笛风——此两句是作者从怀古叹今中回过笔来，描写眼前开元寺水阁下"人居"的景象：深秋，阴雨连绵，千家帘幕遮窗掩门；好不容易黄昏时分雨过天晴，落日楼头一缕笛音随风飘来。景物描写极有生活意味，同时也表现出诗人一种落寞的心境，于是——

中国家庭基本藏书

惆怅无因见范蠡，参差烟树五湖东——这两句是诗人想起当地春秋时越王勾践的功臣范蠡，他帮助勾践灭吴即乘扁舟携西施向五湖而去。五湖说法有二：一为太湖别名；一为太湖之外还有滆、洮、射、贵四湖(皆在太湖附近)。诗人为何因不见范蠡而惆怅？范蠡是功成身退，而作者是壮志未酬，故思之不见而惆怅也。

由王朝更迭、历代兴亡而发出人世无常、生命短促之叹是古代诗人的普遍命题，但其主题却各有不同：有的是由人世之无常、生命之短促而归于虚无，有的则是由此益发珍惜生命之宝贵，力争在有限的光阴中干出一番事业；前者是消极的、避世的，后者是积极的、入世的。杜牧这首诗中所表达的感情属于后者。他惆怅的是在"烟树参差"的"五湖"不见功业成就而后隐退的范蠡，这就与一般追慕隐逸有着极大的差异，诗人向往的是既为苍生社稷建功立业又不恋栈功名权势的人物，而这也正是他所追寻的人生目标和所遵循的人生道路。

有　感

这首七绝当作于诗人在宣州任职期间，因诗中所咏之宛溪，源出宣城东南峄山，流绕城东。诗为写景，但寄寓了人生的意蕴，令人玩味沉思。

> 宛溪垂柳最长枝，曾被春风尽日吹。
> 不堪攀折犹堪看，陌上少年来自迟。

宛溪垂柳最长枝，曾被春风尽日吹——首句点出所感之对象："宛溪垂柳"之"最长枝"。这最长枝在这柳暗花明的暮春时节，虽然已失去初春"黄金缕"的鲜丽，但依然保留着旖旎的风姿。这第二句就是追寻其在"春风尽日吹"时的美韵亮丽。

不堪攀折犹堪看，陌上少年来自迟——攀杨折柳乃在春风杨柳万千条的早春之际，那是游子思妇临别时的送行之举，也是离愁别恨的象征之物。而今柳老不再飞绵，已不堪青春少年的攀折，但风韵犹存还堪一看。如果有所惋惜的话，那是由于大路上少年来迟的缘故。陌，阡陌，道路。

这首诗与《叹花》一样也是借景抒怀、以物喻情之作，不过《叹花》诗人的主观性更强，据《太平广记》所载，那即是杜牧亲身经历的"自叙传"；而此诗似乎有较大的客观性，其涵盖的人生面也较广泛一些。诗中有对"最长枝"的追念，也有对它的同情和惋惜，这既可以看作是对风尘女子的怜爱，也可看作对怀才不遇者的悯惜。古人云："诗无达诂。"这就是其艺术形象大于主体思想从而产生多义性的妙义所在。

自宣城赴官上京

　　杜牧于开成三年(838)冬内升左补阙、史馆修撰，翌年春初赴京上任。这首诗是离开宣州时的作品。诗中回顾了自己十馀年的外放生活，同时表达了对人生的追问和厌恶官场而又不能舍弃的矛盾心情。

> 潇洒江湖十过秋，酒杯无日不迟留。
> 谢公城畔溪惊梦，苏小门前柳拂头。
> 千里云山何处好？几人襟韵一生休。
> 尘冠挂却知闲事，终把蹉跎访旧游。

　　潇洒江湖十过秋，酒杯无日不迟留——杜牧自大和二年(828)十月随沈传师到江西幕中，转宣城，又应牛僧孺之辟到扬州，一度内升为监察御史，分司东都，不久，又到宣州崔郸幕中，前后共历12年(828—839)。十过秋，即十多秋。这两句说：自己潇洒地在外地过了十几年，没有一天不流连于酒杯。迟留，滞留，即流连。

　　谢公城畔溪惊梦，苏小门前柳拂头——谢公城，即宣城，南齐诗人谢朓，字玄晖，曾任宣城太守。宣州有谢公楼、谢公亭等古迹。有"馀霞散成绮，澄江静如练"之名句。"溪惊梦"当指此。苏小，即苏小小，南齐时钱塘名妓。这两句是对前联首句"潇洒江湖"的具体诠释：或是游览名胜古迹，或是流连歌楼妓馆。

　　千里云山何处好？几人襟韵一生休——这两句是在总结自己十年"潇洒"生活之后，对生命的考问质疑：千里山川到底何处算好？这几人能有的襟怀抱负难道一生就此休矣？诗人其实已在前两联中埋下伏笔：那所谓的"潇洒"不过是苦闷的象征和无奈的宣泄而已，故而才有这一联的发问质疑。

　　尘冠挂却知闲事，终把蹉跎访旧游——发问？质疑？到底该怎么办？这两句仍是一个矛盾的回答：明知挂却尘冠(辞官不做)是等闲(很平常)之事，可自己又做不到，只好仍旧囿于俗务虚度光阴(蹉跎)，而无法去寻访旧游的美趣。

中国家庭基本藏书

古来身在官场的文人,一般都有这种矛盾的心态:一方面,修齐治平,步入仕途,是他们终身为之奋斗的理想,"学而优则仕"是读书人人生的终极目标;但是步入仕途之后,官场的尔虞我诈、腐败黑暗、升沉凶险、机心陷阱无处不在,又往往使他们视为畏途,身心交瘁,而欲"归去来"。他们怀有抱负,期望通过仕途为苍生社稷建功立业;然而这抱负又往往落空,使他们惆怅苦痛仰天浩叹。真是欲进不得,欲罢不能,始终处于两难境地。杜牧这首诗就典型地表现了文人的这种"二重性格",联系他本人在牛李党争中的际遇,就更能理解他这一矛盾心情的由来了。

宣州送裴坦判官往舒州，时牧欲赴官归京

题解

这首送别友人的诗作于开成四年(839)春。当时杜牧已受命左补阙、史馆编修,将离宣州团练判官之任回京;友人裴坦(字知进,中进士第后为宣州观察使属下判官,与杜牧同事)即离职去舒州(今属安徽)。这首诗抒写了对友人裴坦的惜别之情。

> 日暖泥融雪半消,行人芳草马声骄。
> 九华山路云遮寺,清弋江村柳拂桥。
> 君意如鸿高的的,我心悬旆正摇摇。
> 同来不得同归去,故国逢春一寂寥。

新解

日暖泥融雪半消,行人芳草马声骄——这两句写送友人上路时的情景。首句写时令:日暖泥融,积雪半消,这该是早春时节,乍暖还寒;次句写行人:马蹄踏着芳草,得意春风送来马嘶。芳草,历来象征离愁别恨:"王孙游兮不归,春草生兮萋萋。"骄,得意。

九华山路云遮寺,清弋江村柳拂桥——九华山,在安徽青阳县西南;清弋江,即青弋江,在安徽省东南。此两句是送别友人时望中所见:诗人看到通向九华山的山路上,白云缭绕,山上的寺庙忽隐忽现;清弋江蜿蜒地流向远村,那平桥上飘拂着新芽初吐的绵绵柳丝。白云缭绕,柳丝绵绵,正像诗人与友人依依惜别的情意。

君意如鸿高的的,我心悬旆正摇摇——这两句全为比喻,前一句以高飞的鸿雁喻友人之别离,因其时正值早春,南雁正向北飞,乃即景之喻。的的,鸿雁高飞貌,

似有留恋难去意。后一句以悬挂之旗的摇摇不定喻与友人作别时忐忑不安，茫无所从的心态。悬旆(pèi)，即悬旗，可能是十里长亭之酒旗，抑或送行之车旗，亦即景之喻。

同来不得同归去，故国逢春一寂寥——此两句乃别时心中之感叹：我们当年一起来到这里，现在却不能一起回京，就是我回到京城正逢春暖花开，也和你离后的此刻一样寂寞。

与友人的赠别之诗，贵在写得感情真挚，语句动人。杜牧的这首诗就做到了这一点。他首先就眼前景写出早春积雪半消，"芳草才能没马蹄"的意境；然后就云与柳的缭绕缠绵自然地暗喻依依别情；接着又用两个明喻形容友人远去之际自己摇摇不定的心境；最后直吐胸臆，道出由于友人的离别即使返京逢春也一样寂寞。作为千年后的读者，我们从字里行间感到了诗人的情深意重，这情与意皆渗透于他信手拈来的一景一物之中，因而我们读到尾联两句时，方感到那是发自内心的肺腑之言———一片推心置腹的真诚。

南陵道中

唐南陵县(今安徽南陵县)属宣州。杜牧在大和四年(830)九月至大和七年(833)即二十八岁至三十一岁时，随宣歙观察使沈传师在宣州(治所宣城，今安徽宣城)幕中；开成二年(837)至开成三年(838)即三十五至三十六岁时，又应宣歙观察使崔郸之辟至宣州任团练判官。这首诗即作于来往于宣州的途中，具体时间难以确定。

> 南陵水面漫悠悠，风紧云轻欲变秋。
> 正是客心孤迥处，谁家红袖凭江楼。

南陵水面漫悠悠，风紧云轻欲变秋——此两句直写诗人在南陵道中骋目俯仰时之所见，勾勒出视野中的自然环境和季节行将变化的特定氛围：诗人放眼望去，四周是一片漫漫江水；抬眼仰视，云淡风紧，一派初来的秋意。这里"欲变"二字用得很妙，把季节变换临界点的感觉准确地现于字面。

正是客心孤迥处，谁家红袖凭江楼——这两句是由上两句之"所见"引发的

中国家庭基本藏书

057

"所感",后一句看似所见,亦系所感。"客心",指诗人在宦途漂泊中的心情;"孤迥",言其孤独、寂寞。正是在这客心孤寂之际,忽然望见临江的一处楼头,正有一位穿着红妆的少妇在凭栏而眺呢。诗人的所思所感正包含在这一画面之中,其所含的内容可由读者根据自己的人生体验与想象去领悟、解读。

这首七绝的诗眼在最后一句。诗人从首两句景物描写中托出第三句——客心之孤迥。孤迥,就一定会想起故乡,想起家园,想起妻儿;而诗人眼前突然出现的"红袖凭江楼"的画面,正是诗人此刻心中的画面,他想象家中那位娇美的人儿正在江楼凭栏望己……然而眼前的凭栏之"红袖"毕竟不是心中之"红袖",诗人幻觉中瞬间的温馨顷刻间就被现实的真实的失望所代替。有人解释这后两句诗时,认为杜牧秉性风流,在客旅途中随时都会为"红袖"所吸引。我以为这一见解即使成立,也是一种浅层次的"直观印象";它所包含的丰盈意蕴至少包括我上述的诠释。

题元处士高亭

此诗题下有诗人原注"宣州"二字,可知作于宣州。但诗人平生两次在宣州,第一次是在沈传师幕中,第二次是在崔郸幕中,故时间难于确定。元处士名字生平未详。处士,古人称有才德而隐居不仕者。此诗写出在高亭上游目骋怀的一种美的感受。

水接西江天外声,小斋松影拂云平。
何人教我吹长笛,与倚春风弄月明。

水接西江天外声,小斋松影拂云平——这两句皆就眼前之景物,由近及远地展开辽阔的境界。诗人伫立在高耸的亭前,极目远眺,但觉亭前之水与"天外"之西江相接,好像还听见隐隐的江水奔流之声;而小斋周遭的苍翠松影也仿佛与云齐平。这是诗人纵眺时的一种感觉,突现出抒情主体在远离尘世的环境中旷远、超然、闲适的心境。

何人教我吹长笛,与倚春风弄月明——在上述那种超然的心境中,诗人突发奇想：谁来教我吹奏长笛，使我乘着春风上天去弄那轮明月呵！据《文选·长笛赋》，长笛，七孔，长一尺四寸，为仙人所吹。杜牧这里"何人"系指元处士，希望随他"倚春风"而"弄月明"。

杜牧是一位现实主义诗人。前人称其为"小杜"就是与老杜（杜甫）并论，显示其关注现实人生的创作风格。但是现实主义诗人也常有其浪漫主义的一面，老杜就有《饮中八仙歌》、《房兵曹胡马》、《画鹰》等豪迈纵逸之作。

杜牧这首诗也极现其在想象中企求超脱现实羁绊的浪漫主义特征，其"何人教我吹长笛，与倚春风弄月明"，与李白"俱怀逸兴壮思飞，欲上青天揽明月"有异曲同工之妙。据《太平御览·外国图》："风山之首高三百里；春风穴方三十里，春风自此出也。"杜牧"倚春风"而"弄月明"系依此传说而生发的想象之驰骋吧？

初春雨中，舟次和州横江，裴使君见迎，李赵二秀才同来，因书四韵兼寄江南许浑先辈

开成四年初春，杜牧自宣州赴长安就职，将他害眼病的弟弟送到浔阳（今江西九江），依靠堂兄江州刺史杜慥。此诗是杜牧溯长江而上赴浔阳，经过和州（今安徽和县）时所作。横江，横汀渡，在和州，正对江南的采石矶。裴使君，古时称州郡长官为使君。此裴使君指的是当时和州姓裴的刺史。秀才、先辈：唐人极重进士科举，"通称谓之秀才，得第谓之前进士，互相推敬谓之先辈"（李肇《国史补》卷下）。许浑，字用晦，丹阳人，大和六年进士，官至睦州、郢州刺史。其《丁卯集》卷上有《酬杜补阙初春雨中泛舟次横江喜裴郎中相迎见》诗，即和杜牧此诗。许浑此时大概正作当涂或太平县令，所以诗中有"青小吏"、"鸟在笼"诸语。当涂、太平二县均属宣州，离和州不远。

芳草渡头微雨时，万株杨柳拂波垂。
蒲根水暖雁初浴，梅径香寒蜂未知。
辞客倚风吟暗淡，使君回马湿旌旗。
江南仲蔚多情调，怅望春阴几首诗。

中国家庭基本藏书

芳草渡头微雨时，万株杨柳拂波垂——这两句写诗人溯江而上来到和州横江渡口时的情景：渡头芳草萋萋，微雨霏霏，万株杨柳金线低垂，枝条轻拂着微波荡漾的水面。

蒲根水暖雁初浴，梅径香寒蜂未知——上两句已点明初春，此两句进一步细描这种乍暖还寒的感觉：前句可与"春江水暖鸭先知"这一名句媲美，南雁初春北飞，雁初浴可见水刚暖，只有蒲根可感；后句益发工丽典雅，梅开寒冬，此时梅径尚香，表明馀寒未去，因而蜂蝶未知，音信邈远。

辞客倚风吟暗淡，使君回马湿旌旗——此两句写诗人与友人在上述情境中的活动，点明诗题中"裴使君见迎，李赵二秀才同来"之事。辞客，不仅指诗人自己，包括唱和诗友在内。倚风而吟，写彼此相见即兴唱和。暗淡，一指初春之景尚未姹紫嫣红；一指心绪。后句写裴刺史亲自冒雨来迎，"湿旌旗"与首句"微雨时"相呼应。

江南仲蔚多情调，怅望春阴几首诗——此两句言寄许浑求友声之意。仲蔚，汉张仲蔚善属文，好诗赋，闭门养性，不治荣名。此处以之比许浑。"多情调"言许具有诗人丰富的才情，高超的格调，后句想象许浑此时也正怅望着这阴阴的初春寻章觅句，不知又写了多少好诗。"怅望春阴"与第五句中"吟暗淡"相照应，情境与心境双关。

一首好诗的主要标志是有情境。所谓情境就是情与境的契合，即情中有景、景中有情，使读者随着作者或写景、或写事、或写情的笔触，进入其所描写的境界，感受到诗人彼时彼地的心境，从而引起心灵的共振和共鸣。读这首诗我们就有这样的感受：我们仿佛和诗人一起来到初春微雨的渡口，杨柳拂波，雁初浴水，梅径香寒，蜂蝶未知……在这乍暖还寒的情境中二三诗友，倚风唱和；使君回马，旌旗半湿……他们在暗淡的心境中，遥想远方的诗友，以诗作书，驰寄怅思……此情此境可谓全然领略也。

途中作

开成四年二月，杜牧将他害眼病的弟弟杜颠送到浔阳(今江西九江)后，溯长江、汉水，经南阳、武关、商山而至长安就任左补阙、史馆修撰之职。这首诗即作于赴京途中。

> 绿树南阳道,千峰势远随。
> 碧溪风澹态,芳树雨馀姿。
> 野渡云初暖,征人袖半垂。
> 残花不一醉,行乐是何时?

绿树南阳道,千峰势远随——唐南阳即今河南南阳。这开首两句,即写出南阳道上绿树成荫夹路、春意盎然的景象;青山相伴左右、千峰远远一路相随,则把诗人以山为友的惬意心情投射于山,使山也成为有情有义之物了。

碧溪风澹态,芳树雨馀姿——前两句是宏阔的总摄,这两句是局部的细写:身边潺潺的溪水碧清见底,微风吹过,明净的水面波浪起伏;芳草花树在细雨将收未收之际,更加美丽多姿。“风澹态”、“雨馀姿”,对仗工稳、含蓄,引人浮想联翩。

野渡云初暖,征人袖半垂——此两句场景有所转换:前四句似写陆路所观,这两句系写渡口所见,“云初暖”是诗人视角中的触觉感,这是来自想象的通感;后句中征人自然是行旅中的自己,“袖半垂”与“日初暖”对仗自然,“半垂”既写出春暖而尚未热,也显现“征人”之行态。

残花不一醉,行乐是何时——此尾联含蕴较丰,从字面看,可解为:值此春半花残之时急应逞此一醉,否则行乐更待何时?从诗人自身看,诗人是年三十七岁,古人四十即叹老,此两句可解为诗人叹息青春已近凋谢,应及时行乐,时不我待。

这首诗看来主要是写途中所见之景,实际是表达了诗人的一种心情、一股情绪。他为南阳道上之“绿树”而喜,为“千峰”之“远随”而亲;他欣慰于“碧溪”之“风态”,流连于“芳树”之“雨姿”;“野渡”之云使他感觉温暖,将残之花引他乘兴一醉……这一切都烘托出他在赴阙途中一种乐观、开朗的心情,对于时当三十七岁盛年、而又外调回京的诗人来说是理当如此的。然而尾联两句却微有感伤情绪,这可能来自对未来的扑朔迷离,因为宦海向来险恶,朝中更是波峰浪谷之巅渊……因此诗人情不自禁地发出行乐待何时的喟叹!

中国家庭基本藏书

商山麻涧

开成四年(839)杜牧授左补阙、史馆修撰，将赴京供职，先于春初自宣州任所送弟杜颛至浔阳(今江西九江)，二月溯长江、汉水，经南阳、武关、商山而至长安。这首诗就是路经商山时所作。商山，在今陕西商县东南。麻涧，在商山之中，山涧环绕，宜于种麻，故名麻涧。此诗描写农家淳朴的生活和诗人的真挚情感。

> 云光岚彩四面合，柔柔垂柳十馀家。
> 雉飞鹿过芳草远，牛巷鸡埘春日斜。
> 秀眉老父对樽酒，蒨袖女儿簪野花。
> 征车自念尘土计，惆怅溪边书细沙。

云光岚彩四面合，柔柔垂柳十馀家——岚彩，山林中像云彩似的雾气。这两句是从远处观望麻涧的印象：在四面会合的山光岚气的映照下，柔柔垂柳中有十来户人家。

雉飞鹿过芳草远，牛巷鸡埘春日斜——这两句从远处移近一步写村外、村内的景象。前句说：在一望无际的绿草地上，野鸡(雉)在飞，麋鹿在跑。后句说：春天的太阳西斜时，牛儿进巷了，鸡也归窝了。埘(shí)，在墙上凿的鸡窝。

秀眉老父对樽酒，蒨袖女儿簪野花——秀眉，指老年人常见的秀出的长眉毛。蒨，同"茜"，茜草之根可作红色染料。蒨袖指红色衣衫。这两句由景物写到人物：长着长长秀眉的老父在斟酒对饮；穿着火红衣衫的大姑娘、小媳妇在对着镜子簪插野花。

征车自念尘土计，惆怅溪边书细沙——这两句由村中景物父老写到自己：想想我老是乘着车子风尘仆仆地为生计而奔忙，这惆怅的心情只能涂画在溪边的细沙上……

这是一篇诗体的《桃花源记》。诗人把在风尘仆仆的旅途中所见的村舍农家写得那样美好，实际是一种乌托邦式的理想化。仕途的坎坷，宦海的风波，官场的尔虞我诈，人际的倾轧相噬，已经使年近不惑的诗人身心交瘁，他渴望得到一块心灵憩息的绿洲，一片舐拭自身创伤的净土。于是，这商山中的麻涧就成了他理想的乐园——一个心造的幻影。本诗最后两句道出了幻影所来的缘由，这是灰色的现实的一笔，从而也使这篇诗体的"桃花源记"从高空落到大地，使人们看清了他心造幻影的心路历程。

商山富水驿

这首诗亦作于开成四年春诗人赴京任左补阙、史馆修撰途中，商山在陕西商县东；唐富水驿在今陕西商南县东二十馀里处。这首诗盛赞德宗时召拜为谏议大夫的阳城的刚直不阿精神，策励自己和他人都要向他学习。

益戆由来未觉贤，终须南去吊湘川。
当时物议朱云小，后代声华白日悬。
邪佞每思当面唾，清贫长欠一杯钱。
驿名不合轻易改，留警朝天者惕然。

益戆由来未觉贤，终须南去吊湘川——此两句及下两句都是以前人比附所要赞美的阳城大夫。"益戆"(zhuàng)两句是用汉汲黯与贾谊的故事说阳城以直谏被贬。汲黯，汉武帝时人，好直谏，常当面指责汉武帝的短处，汉武帝说："甚矣，汲黯之戆也！"(戆，愚而刚直也)后又说："观汲黯之言，日益甚矣！"首句就是说汲黯当时并未被皇帝认为是贤臣，阳城亦是。贾谊在汉文帝时因数论时政，为周勃等大臣排挤，被贬为长沙王太傅，经汨罗江，作《吊屈原赋》。阳城在德宗朝为谏议大夫，当时奸佞裴延龄很得德宗信任，诬陷大臣陆贽等，加以贬黜，无人敢救，阳城乃上书论裴延龄奸邪，陆贽等无罪，德宗大怒，将他贬官为道州(今湖南道县)刺史。道县与长沙都是湘中之地，用贾谊贬长沙作比十分恰当，次句既是说贾谊亦是说阳城，他俩终因直言而贬于湘川，与自沉汨罗的屈原命运相似。

当时物议朱云小，后代声华白日悬——这两句又以朱云比喻阳城之耿直。汉成帝时，大臣张禹行为诡佞，朱云上书求见成帝，说愿得尚方宝剑斩张禹之头。成帝大怒，要杀他，他攀住殿槛，殿槛都被折断，因大臣再三恳请，成帝才没有杀朱云。这两句说：当时众人都讥笑朱云，并不认为他伟大，而他在后代的声望却像太阳一样光辉永照，阳城亦是如此。

中国家庭基本藏书

邪佞每思当面唾，清贫长欠一杯钱——通过上面的比附、烘托，这两句直接写阳城之言行。首句指阳城反对裴延龄为相事。德宗想用裴为宰相，阳城公开对人说："如果朝廷用裴延龄为相，我一定要把任命宰相的白麻诏书撕毁。"并在朝廷恸哭表示反对。这就是"当面唾"的意思。次句指其为官清廉，清贫到常常连喝一杯酒的钱都没有。

驿名不合轻易改，留警朝天者惕然——杜牧在本诗题下有"自注：驿本名与阳谏议同姓名，因此改为富水驿。"后人改阳城驿为富水驿，大概是不愿犯他的名讳以示尊敬。但牧之的意见不同，他认为阳城是位清廉正直、反对权奸的人，正应当保留阳城驿的原名，使得所有到长安做官路过此处的人们都可以见其名而警惕自律。这就是最后两句的意思。朝天者，到长安朝见天子的人，即到朝廷做官者。

这是一首主题严肃的诗，由此可以看到杜牧的为人。他此次回朝中作"左补阙"，也正是谏官。他如此大赞特赞距离他生活的时代不远的谏议大夫阳城(杜牧生于德宗贞元十九年，即803年)，就是要立志效法他的刚直不阿，与邪佞作不妥协的斗争，这句句为金石声的诗篇可以看作他的就职书或任前宣言。他不仅策励自己，也盼望同道者都以阳城为表率，重振朝纲，挽国势之衰颓。诗篇不仅刻画出阳城的伟杰形象，也突现出了诗人自身疾恶如仇的灵魂和个性。

村　行

题解

杜牧于开成四年(839)二月离宣州返长安就左补阙、史馆修撰任。这首诗即在返京途中路经南阳(今河南南阳)村庄时所作。诗中写出春景的美好和农家的淳厚、淳朴。

> 春半南阳西，柔桑过村坞。
> 娉娉垂柳风，点点回塘雨。
> 蓑唱牧牛儿，篱窥蒨裙女。
> 半湿解征衫，主人馈鸡黍。

新解

春半南阳西，柔桑过村坞——起首两句非常平实，直说在早春二月间，经过南阳城西，见一个遍布刚长出嫩叶的桑树的小村子。春半，春天之半，约阴历二月半。

过,遍也;坞,原指小土堡,此处指山坡上的小村子。

娉娉垂柳风,点点回塘雨——这两句极度浓缩、简练,意境又极其优美:微风吹来,垂柳摇荡,如娉婷女儿起舞;微雨点点,洒在曲折池塘,水面泛出一圈圈涟漪。足见锤炼语言之功力。

蓑唱牧牛儿,篱窥蒨裙女——上面两联是远景、近景,这一联则是一组特写:由于下雨牧童穿着蓑衣骑在牛背上唱着小曲;穿着红裙的姑娘们隔着篱笆,从缝隙中偷偷地看他们路过这里。蒨,同"茜",其根可作红色染剂。此两句系主谓宾结构倒置,这种句法不仅达到凝练的效果,更显示出语言之张力——耐人回味。尤其是后一句突现村姑羞怯而又活泼的情态。

半湿解征衫,主人馈鸡黍——还是扣着下雨,那点点微雨一定是大了起来,它使诗人衣衫半湿,不得不在农家的屋檐下避雨,而热情厚道的乡亲不但把他请进屋里,还以饭食招待,说不定还会留宿……征衫,指旅途中所穿的衣服;馈(kuì),赠献食品;鸡黍,泛指农家盛情招待之上乘饭菜。

古代身为官吏的诗人们普遍都有民间意识,或曰"平民意识",这大概与"民为贵"、"民为本"的儒教有关,也与自《诗经》、《楚辞》以来的文学传统有关。以诗为生命的诗人们不管位居庙堂之高或身处江湖之远,都铭记"农乃衣食之母"的教诲,于是他们亲农、悯农、伤农、忧农,李绅、孟浩然、李白、杜甫、元结、白居易等如此,杜牧也如此,后来的苏轼、杨万里、陆游等也如此。这首诗以淳朴的情感写出了农家的淳朴,说明出身高门望族的诗人杜牧与下层劳动者的心是相通的。真正的诗人、文学家是绝不会以阶级和出身骄人视人的。

题村舍

这首诗由农家乳女啼饥的贫困现实,追问造成这一状况的原因,进而归结到贵族侯门,具有明显的百姓意识。

> 三树稚桑春未到,扶床乳女午啼饥。
> 潜销暗铄归何处?万指侯家自不知。

三树稚桑春未到,扶床乳女午啼饥——这两句是诗人在民间现实生活中捕捉

中国家庭基本藏书

到的一个普通镜头：门前的几株嫩桑还未抽芽，春天还迟迟未到；而家中刚能扶床还在吃奶的孩子已到中午尚饿着肚子故而啼哭。两句之间有意蕴上的跳跃，读者可以想象去补充：这当是一家蚕农，桑叶未绿，蚕儿还不知在何处，而灶火已经断炊，这样的日子要挨到何时？……

潜销暗铄归何处？万指侯家自不知——这两句是由上述目睹的事实引起的追问。潜销暗铄，是指不知不觉中的消耗亏损；万指侯家，指有无数奴仆的王侯之家。万指，一万个手指，即一千人。古代以手指来计算奴隶人数。这两句的意思是：农家为何那样贫困？他们劳动所得到底耗损到什么地方去了？那些富豪的王侯之家自然是不会知道的。这两句之间也有跳度，而且说得比较含蓄，实际上，这样一联系，人们都会明白的：万指王侯正是"潜销暗铄"之主，正是"乳女啼饥"之源。

这首诗的人民性即平民意识是很强烈的，诗人把贫富悬殊的两种现实和农家王侯两个对立的阶级集中于一起，并以"潜销暗铄"的质问将两者联系起来，含蓄地指出王侯之家的剥削压榨正是农民贫困的根源。这与《诗经》之《硕鼠》一脉相承，比《悯农》的针对性更加尖锐，同杜甫的"朱门酒肉臭，路有冻死骨"异曲同工，这种思想意识在封建时代的黑暗王国放射着夺目的异彩，而这对于出身于贵族之家、青年时代就步入仕途、一直混迹于官场的杜牧来说尤为难能可贵。其思想基础大概与他自幼受儒家民本思想的熏陶并一贯恪守、身体力行有关。

题武关

这首诗也是开成四年(839)春赴京任左补阙、史馆修撰途经武关时所作。武关，在陕西省商南县西北。当年楚怀王就是在此与秦昭王约会被扣留不归而死的。杜牧抚今思古而作此诗。

碧溪留我武关东，一笑怀王迹自穷。
郑袖娇娆酣似醉，屈原憔悴去如蓬。
山墙谷堑依然在，弱吐强吞尽已空。
今日圣神家四海，戍旗长卷夕阳中。

碧溪留我武关东，一笑怀王迹自穷——首句意明。次句用楚怀王入秦不返的典故。公元前299年，秦昭王致书楚怀王，约会于武关。楚怀王进入武关，秦伏兵断其归路，要挟割地。怀王不从，逃往赵国，赵不肯接纳，再到秦国死于秦（见《史记·楚世家》和《史记·屈原列传》）。此句意为：值得一笑的是当年楚怀王一到这里（武关），就走上了穷途末路。

郑袖娇娆酣似醉，屈原憔悴去如蓬——郑袖，楚怀王宠姬。公元前313年秦惠文王派张仪使楚，用愿献商於之地六百里之谎言哄骗楚怀王与齐绝交。事后，秦不肯割地，怀王大怒。翌年，秦要和楚讲和，怀王表示"不愿得地，愿得张仪而甘心焉"。张仪到楚后又以重金贿赂郑袖，郑袖劝怀王勿杀张仪，怀王竟又把张放走。这句说：郑袖姿态妩媚，浓艳得像醉酒似的。酣，此处作浓艳解。屈原，早年曾得楚怀王信任，官至左徒，后怀王听信谗言将其放逐，屈原形容枯槁憔悴行吟泽畔，乃赋《离骚》。这句说：屈原被放逐后形容憔悴，像蓬草般远去漂泊。

山墙谷堑依然在，弱吐强吞尽已空——这两句是说：如今在武关还可看到当年的墙垣和沟堑，但那弱肉强食的兼并形势都已成了遥远的过去……

今日圣神家四海，戍旗长卷夕阳中——圣神，指皇帝；家四海，即四海一家，天下统一。戍旗，边防营地、城堡上飘扬的旗帜。这两句意为：今日天下统一，愿戍守边疆的战旗常在夕阳中飘卷。

吊古伤今是咏史诗的创作动机也是目的。杜牧过武关而念及千年前楚怀王愚蠢颟顸而致身死国灭为天下笑的悲剧，当由其所处的现实状况触发。亲贤人，远小人，则国运昌；远贤人，亲小人，则国运衰乃至亡。本诗颔联二句乃全诗之"关键词"，亦是诗人创作的宗旨——影射现实的核心所在。至于末联二句看似一个光明的尾巴，实际上"戍旗长卷夕阳中"已无意间透出悲凉衰飒之气，它与李商隐的"夕阳无限好，只是近黄昏"不谋而合，成为唐王朝行将沉沦的谶语。

汴河怀古

汴河，即通济渠，隋炀帝时开凿的运河。此诗当为诗人路经汴河时，引发悼古伤今之感而作。

中国家庭基本藏书

锦缆龙舟隋炀帝，平台复道汉梁王。

游人闲起前朝念，折柳孤吟断杀肠。

锦缆龙舟隋炀帝，平台复道汉梁王——这两句每句都概括了一段史实。前句中"锦缆龙舟"指的是大业元年(605)三月，隋炀帝造龙舟、楼船数万艘，用锦缎做船帆、船缆。同年八月游幸江都(今江苏扬州)，舳舻相接，二百馀里，至汴，"帝御龙舟，萧妃乘凤舸，锦帆彩缆，穷极侈靡"(《隋遗录》)。大业十二年(616)又游幸江都，为宇文化及所杀，隋亡。后句中"平台"系指西汉梁孝王的行宫，在今河南商丘东北；"复道"是连接宫殿的架在空中的通道。梁孝王是窦太后的爱子、汉景帝之弟。他倚仗权势大造宫室——东苑，方圆三百馀里，有复道平台相连。

游人闲起前朝念，折柳孤吟断杀肠——这两句系上述旧事引起的感怀。前句中"闲起"二字看似是故作闲笔之语，实际是非常沉重的感慨，否则为什么会引出下句"折柳孤吟断杀肠"呢？"折柳"二字语意双关：一是汴河两岸盛栽垂柳(见《开河记》)，二是汉乐府有《折杨柳》歌，其辞甚哀。诗人徘徊于汴河两岸，手折垂柳，独自吟唱着《折杨柳》，不禁引起一腔断肠愁绪——这岂止是为悼古而哀？"断杀肠"，即"断肠杀"，杀，"极"、"很"的意思。

此诗名为怀古，实为伤今。如果仅为怀古，诗人是不会为之"断杀肠"的。杜牧在敬宗宝历元年(825)二十三岁时所作的《阿房宫赋》就是针对唐敬宗之沉溺声色、大治宫室的。他在《上知己文章启》中说："宝历大起宫室、广声色，故作《阿房宫赋》。"这首《汴河怀古》无疑也是有感于现实之"穷极侈靡"而借古讽今的。杜牧生活的时代已是"山雨欲来风满楼"的晚唐，在杜牧死后不到三十年便爆发了席卷全国的黄巢大起义，作为一位敏感的诗人、有远见的政治家、欲扶大厦之将倾的孤臣介士，他一定预感到了这一末日的临近，要不他怎会"断杀肠"呢？

题禅院

杜牧于文宗大和二年(828)进士及第，制策登科，不久即出为江西、宣歙、淮南诸使府幕僚，开成三年(838)内擢为左补阙、史馆修撰。其间"十年为幕府吏，每促束于簿书宴游间"。从本诗"十岁青春不负公"句看，很可能作于由外任回京任职之时。

> 觥船一棹百分空，十岁青春不负公。
> 今日鬓丝禅榻畔，茶烟轻飏落花风。

觥船一棹百分空，十岁青春不负公——觥(gōng)，古时酒器，以兕角或铜制成。觥船即载有酒的船。据《晋书·毕卓传》，卓放旷好酒，尝谓人曰："得酒满数百斛船，四时甘味置两头，右手持杯，左手持蟹螯，拍浮酒船，便足了一生矣。"此二句暗用上述语意，意思是说，在过去十年的青春岁月中，常常扁舟载酒，泛游中流，百忧悉忘，万事皆空，看来我未辜负酒仙之恩。此处"觥"、"公"同音双关，"公"即为"觥"，酒被诗人人格化了，成了友人、恩人。

今日鬓丝禅榻畔，茶烟轻飏落花风——上两句写昔日青春是落拓，这两句写今日鬓生华发时之潇洒。禅榻，僧人之床。斜躺在禅榻旁，品尝着香茶，煮茶的袅袅之烟轻漾于旋着落花花瓣的微风之中，此等闲情逸致亦令人惬意舒心。

这首绝句表面是写诗人今昔之落拓不羁、闲适潇洒，实际是在现实生活的苦闷中寻找一种排遣和解脱，我们所看到的只是浮在水面上的冰山的三分之一，那下面的三分之二我们可以凭借诗人当时"促束于簿书"的僚幕生涯想象得见，这字面上的洒脱、悠闲背后，该隐藏着几多酸涩苦衷……为何他在步向新的仕途前要在禅榻畔的茶烟袅篆间流连不去呢？宦海浮沉、仕途险恶呵！

雨中作

杜牧于会昌二年(842)春出为黄州刺史，时年四十岁。他在《祭周相公文》中说："会昌之政，柄者为谁？忿忍阴污，多逐良善。牧实忝幸，亦在遣中，黄冈大泽，葭苇之场。"可见杜牧之出守黄州，是受李德裕排挤之故，因而内心颇为不平。这首《雨中作》即作于他到黄州后的当年秋天，表面虽然旷达，但实际是借"酒"、借"醉"，掩自己的不平之气。

> 贱子本幽慵，多为俊贤侮。

中国家庭基本藏书

得州荒僻中，更值连江雨。
一褐拥秋寒，小窗侵竹坞。
浊醪气色严，皤腹瓶罂古。
酣酣天地宽，恍恍嵇刘伍。
但为适性情，岂是藏鳞羽？
一世一万朝，朝朝醉中去。

贱子本幽慵，多为俊贤侮——贱子，自谦之称。慵，懒。这两句说：我本是一个爱幽静、性懒散之人，却每每受俊贤的欺侮。俊贤，为反语，带讽刺性。

得州荒僻中，更值连江雨——得州，得到黄州。这两句意为：有幸还能得到这荒僻的黄州的刺史之职，更遇上这连江的冷雨(王昌龄有"寒雨连江夜入吴"之句)。

一褐拥秋寒，小窗侵竹坞——褐(hè)，兽毛或粗麻制成的短衣，古时贫贱者的衣服。坞(wù)，指四面高而中央低的山地。这两句是说：我用一件粗麻短衣披在身上抵挡着秋寒；小窗口伸进来四面山坡上生长的竹枝、竹叶。

浊醪气色严，皤腹瓶罂古——醪(láo)，指汁滓混合的酒。严，通"酽"(yàn)，液汁浓。皤腹，大肚子；罂，盛酒器，小口大腹。这两句说：有浓浓的浊酒盛在口小腹大的古瓶里。

酣酣天地宽，恍恍嵇刘伍——嵇刘，嵇康与刘伶，魏晋时竹林七贤中的人物，都好饮酒，刘伶曾作《酒德颂》。这两句说：我畅饮这浓浓的浊酒，酣醉中觉得天地变得更宽了，恍惚嵇康和刘伶都来到了自己身边，成了亲密的友伴。

但为适性情，岂是藏鳞羽——此两句紧接上两句说：我沉醉于酒中只是为顺适自己的性情，并非藏鳞掩羽，暂作韬晦待机而动。

一世一万朝，朝朝醉中去——朝，日，天。这最后两句说：人生一世不过一万多天，我愿在醉中把每一天打发去。

文人与酒似乎从来就结有不解之缘，自魏晋以来文人与酒的关系更加密切，嵇康、阮籍、刘伶就是饮酒的代表人物，就连一世之雄的曹孟德也要"对酒当歌"。唐代文人益发饮酒成风，杜甫的《饮中八仙歌》就描绘出一幅具有典型意义的图画，其中"长安市上酒家眠"的李白是其翘楚。文人并非酒徒，他们嗜酒是一种苦闷的象征，是以酒浇胸中之块垒，是一种无奈的宣泄和暂时的解脱。杜牧的饮酒诗并不多，此诗中对酒如此陶醉，对醉如此赞美，正表明他当时的苦闷之深，不得不借"酒"和"醉"加以发泄。人的心情是多面、复杂的，人的情感是丰富、起伏的，从此诗中我们可以了解诗人杜牧人性的一面。另外诗中说"一世一万朝",一生一世按六十岁计算也超过两万天,而杜牧只活了五十岁(一说五十一岁),还不足两万天。这句诗是否是诗人不幸而言中的谶语呢?

自　贻

这是一首写给自己的诗。贻(yí),致送、赠送。"自贻"则是"赠给自己"。诗中写出自己的秉性和遭际,发抒了命运不能由自己掌握的郁闷。

> 杜陵萧次君,迁少去官频。
> 寂寞怜吾道,依稀似古人。
> 饰心无彩绘,到骨是风尘。
> 自嫌如匹素,刀尺不由身。

杜陵萧次君,迁少去官频——这两句是以古人自比。萧次君,名育,西汉东海兰陵人(今山东峄城区东),因其父萧望之迁居杜陵(长安南),故曰"杜陵萧次君"。其为人严猛刚直,做官常被免去,很少升迁。杜牧亦系杜陵人,正好以其自况。迁,指升迁;去官,乃免官。杜牧"三守僻左,七换星霜","十年为幕府吏,每促束于簿书宴游间",与萧次君何其相似乃尔。

寂寞怜吾道,依稀似古人——这两句直接写自己,并以"依稀似古人"与上面一二句相照应("古人"即指萧次君)。"寂寞怜吾道",语出《汉书·扬雄传》,有"惟寂惟寞守德之宅"之句,意思是只有寂寞才是我守德的家宅。杜牧就是甘愿在寂寞中爱惜守护吾道吾德。怜,爱也。

饰心无彩绘,到骨是风尘——这两句继续以直抒胸臆的方式写自己。风尘,喻仕途不得意,生活充满艰辛。这两句是说,我不会用彩绘装饰我的心,所以人世的风尘不但吹满身而且侵入骨。

自嫌如匹素,刀尺不由身——这两句又用比喻描写自身:我这洁白之身就如一匹素绸或素布啊,把它剪裁成什么样子只凭刀尺而不由我自己呀!自嫌,说自己不以"匹素"自负,乃谦词。

外国的一位哲人说:性格就是命运。我国中世纪的诗人杜牧就深知这一命题,

中国家庭基本藏书

而且加以如此形象的表述：诗人借与自己有着类似遭遇的古人点出自己的刚直；又用"寂寞"的典故写出自己的守道；再用"无彩饰心"说出自己的坦诚……就是由于这诸方面因素构成的性格，才使他"迁少去官频"、"到骨是风尘"、"刀尺不由身"。诗人是有自知之明的，他写得这样冷静、平和，最后那个比喻用得那样贴切、新颖，就足以证明他透彻地认清了人生的这一规律，从而达到了"哀而不伤、怨而不怒"的哲理境界。

独　酌

这首五绝写一种生活情趣，独酌是一种对烦恼人生的调节，也是一种超脱世事的向往。

　　　　窗外正风雪，拥炉开酒缸。
　　　　何如钓船雨，篷底睡秋江。

窗外正风雪，拥炉开酒缸——这两句是对现实情景的描写：窗外正风雪交加，围炉取暖的诗人又打开了酒缸……外面是寒冷，里面是温暖；两相对照，更显出温暖之难得、美好、可贵。

何如钓船雨，篷底睡秋江——这两句是对联想情景的描写。"何如"二字不是说风雪中拥炉饮酒不如这秋闲中在船篷卧眠好，而是说两者相比如何——意思是都有情趣，都好！

生活中的美与趣是要人发现、珍惜的，但这需要有文化底蕴和审美素养。风雪中围炉饮酒、在秋江上听雨而眠都是美的、有趣的，但这只是在诗人的眼里，对于暴发户和庸俗之人都是不值一顾或无所谓的。

早　雁

武宗会昌二年(842)八月，回鹘乌介可汗率兵突入大同川(今山西大同一带)驱掠人口、牛马，给百姓造成很大的灾难。杜牧闻讯后，极为关心生民遭际，便以早雁为题,运用隐喻手法写下此诗。

金河秋半虏弦开,云外惊飞四散哀。
仙掌月明孤影过,长门灯暗数声来。
须知胡骑纷纷在,岂逐春风一一回?
莫厌潇湘少人处,水多菰米岸莓苔。

　　金河秋半虏弦开,云外惊飞四散哀——此诗通篇写雁,实际是通篇写异族侵扰中百姓的苦难,喻物与被喻物之间极为榫切贴切。这开头两句写大雁之"云外惊飞四散哀"鸣,乃是因"金河"之"虏弦开",开门见山地点明异族入侵乃百姓灾难之由。金河,在今内蒙古呼和浩特南,山西大同之北,与回鹘入侵地吻合;秋半,亦与入侵之时(八月)相符。而"云外惊飞"句则极其形象地写出雁阵被弦箭射击时四散惊飞的景象,一个"哀"既写出其被惊飞时的哀鸣声声,同时突显出百姓灾难深重的悲哀。

　　仙掌月明孤影过,长门灯暗数声来——前句中"仙掌"指汉武帝之建章宫承露盘上有仙人掌,用以承接仙露。后句中"长门"乃西汉长安之长门宫,汉武帝陈皇后失宠后退居长门宫。这都是借汉之故实指唐之宫苑。这两句是说,哀飞的大雁自北而来掠过京城长安皇宫禁苑,月明之中孤影而过,灯暗之时哀声传来,有影有声,简直使人看到了大雁夜飞的形影,听到了它自高空传来的哀音。这就叫诗的境界,即王国维所说的"有意境"。这里还隐含着这样的意思:边境的侵扰也给皇帝带来不安;或者是朝廷何以不能靖边造成百姓的灾难。我以为这两种意思都包含在内。这就是文学作品形象大于思想的妙用所在。

　　须知胡骑纷纷在,岂逐春风一一回——这两句仍是依着大雁南飞的思路继续咏叹:大雁呵,你秋来自北南飞,到春来就该自南北飞了吧?但金河之虏弦、纷纷之胡骑仍然存在,你怎能一队一队地回来?这里充满诗人对苦难百姓未来命运的关切,同时也寄喻着对朝廷的急切期盼:希望尽快将"胡骑"逐出"金河",恢复边境的安宁,使百姓能重返家园。

　　莫厌潇湘少人处,水多菰米岸莓苔——这两句承大雁南飞的思路,说它南来之后的情形:你暂时不能随春风北飞,就姑且在这里吧。你不要嫌这潇湘之地空旷人少,这里水中有的是菰米,岸上长的有莓苔,是可以供你栖息的呵。这两句从诗的内涵上来说是反衬:大雁自北飞来还暂时有栖身之所,有菰米莓苔;而陷于苦难中的北方老百姓呢?他们无家可归、无衣无食,而今正不知怎样呢!潇湘,本指湖南境内的潇水、湘水,此处泛指南方。

中国家庭基本藏书

【新评】

托物言情、借物咏事是我国古典诗歌的常用手法，其妙处是言在此而意在彼，使人在审美中产生联想，获得一种创造性解读的快感。比如这首《早雁》，它表面看来确实是句句咏雁，从始至终都是对雁的情态、活动、习性的描写。但是在这雁的形象背后却处处是在说沦陷地区的百姓，读者在一句句解读中寻找"象"与"意"的结合点，从而产生创造性的审美愉悦。此诗的高明之处，就在于其"象"与"意"完全贴合，融为一体。这与诗人的立意之妙和遣词造句之准是分不开的。

雪中书怀

【题解】

会昌二年(842)八月，回鹘侵扰北边，突入大同川，驱掠人口与牛马，攻云州(今山西大同)，朝廷下诏发陈、许、汝、襄阳诸处兵屯太原(今山西太原)等地以御回鹘。本诗中的"北虏坏亭障，闻屯千里师"即指此事。而"孤城大泽畔"则是说出守黄州。因此知此诗作于会昌二年。此诗写诗人对国防的忧念和渴望为国出力却不能施展抱负的怅意。

腊雪一尺厚，云冻寒顽痴。
孤城大泽畔，人疏烟火微。
愤悱欲谁语，忧愠不能持。
天子号仁圣，任贤如事师。
凡称曰治具，小大无不施。
明庭开广敞，才俊受羁维。
如日月缅升，若鸾凤葳蕤。
人才自朽下，弃去亦其宜。
北虏坏亭障，闻屯千里师。
牵连久不解，他盗恐旁窥。
臣实有良策，彼可徐鞭笞。
如蒙一召议，食肉寝其皮。
斯乃庙堂事，尔微非尔知。
向来蹋等语，长作陷身机。

行当腊欲破，酒齐不可迟。

且想春候暖，瓮间倾一卮。

腊雪一尺厚，云冻寒顽痴——此两句写时令：腊月的雪厚达一尺，天空的阴云好像已凝冻，大地持续寒冷。顽痴，以人态喻严寒之强势。

孤城大泽畔，人疏烟火微——此两句写环境：黄州治所在黄冈，"在大江之侧，云梦泽南"（见《杜牧集》卷十五《黄州刺史谢正表》），故曰"孤城大泽畔"。"人疏烟火微"则在前句的背景上更显出诗人处境的冷落萧条。

愤悱欲谁语，忧愠不能持——此两句写心情：悱，"口欲言而未能之貌"（朱熹语）。愠，含恨，怨恨。两句大意为：愤忿之情想说却不能也不知和谁说；幽怨憋在心中简直使我不能自持。

天子号仁圣，任贤如事师——此两句及以下八句都是冠冕堂皇的客套之辞，是掩饰牢骚的避祸之语。意为：天子仁爱圣明，对待贤德之人，像对师长一样尊重。

凡称曰治具，小大无不施——这两句意为：凡是称得上有治理能力的人，无论能力大小皇上无不予以任用。

明庭开广敞，才俊受羁维——延揽人才的大庭总是广阔地敞开着，才俊之士总在朝廷的掌握之中。羁维，网罗人才之意。

如日月缅升，若鸾凤葳蕤——前句用《诗经·小雅·天保》句："如月之恒，如日之升。"缅（gēng），弦也。意为皇帝像上弦之月，如初升之日。下句意为：人才像鸾凤般盛多。葳蕤，本指草木茂盛，枝叶下垂貌，引申为繁盛众多。此两句句式为"三—二"结构，与一般"二—三"结构不同，概受韩愈之影响。

人才自朽下，弃去亦其宜——人才是朽木的自然应居下位，就是弃之而去也是理所当然的。这里故意说自己是朽木，应当位居下行，实际含有极大牢骚，暗以反语泄愤。

北虏坏亭障，闻屯千里师——亭障，古时边防筑亭，置戍卒守望，谓之亭障。此二句及以下六句是说会昌二年八月回鹘侵扰北边事。北虏是对入侵者回鹘的蔑称。"闻屯"句是说我军大批兵马在千里外屯集抵御。

牵连久不解，他盗恐旁窥——前句意为战事胶着，久未解围；后句意为恐怕其他盗匪从旁窥察，乘虚而入。

臣实有良策，彼可徐鞭笞——这两句意为：我有战胜回鹘的良策，对其可用"徐徐鞭笞"之法。徐，缓也；鞭笞，打击也。时杜牧曾以论兵大计上书于宰相李德裕，李"颇采其言"，回鹘自退。

如蒙一召议，食肉寝其皮——这两句意为：如能得到朝廷召见，商议对策，一

中国家庭基本藏书

定可以将敌人征服。"食肉寝皮"言对敌之恨。

斯乃庙堂事,尔微非尔知——此两句及以下两句写良策不得为用的感叹:这都是朝廷处理的国家大事,你(指自己)地位卑微,不在其位,这些事不是你能过问的。

向来躐等语,长作陷身机——躐(liè)等,不按次序也。此两句紧接上两句:如果你不按既定的次序等级越位过问军国大事,那就给人以陷害你的机会。即授人以柄,被人陷害。"向来"、"长作"两个关联词语涵盖了这种情况的普遍性与必然性。

行当腊欲破,酒齐不可迟——这两句意为:眼看腊月将尽,造酒万不可迟。齐,通"剂",古时造酒有所谓"五齐",即分清浊五等。酒齐,可作造酒解。

且想春候暖,瓮间倾一卮——卮(zhī),古代的一种酒器。这两句是说:且想春暖之日,在酒瓮间倾一壶美酒畅饮,该多惬意啊!

据缪钺《杜牧年谱》:"会昌二年,杜牧四十岁,春出为黄州刺史。"杜牧少负济世经邦之志,最喜论政谈兵。然自二十六岁入仕,迄今十馀年,抱负未得施展,年届不惑,出守远郡。时值武宗初立,任李德裕为相,励精图治。适值回鹘南侵,北边多警,朝廷方拟诛讨,而杜牧素有论兵大计,正宜引参谋议,展其才华,却远守僻郡,此诗即将其时其地的情绪展露无遗:时令的严寒,环境的荒凉,心中的忧愤……至今读来仍力透纸背。然而在此情此境中,占据诗人心怀的主要是"北虏坏亭障"的担忧,他为战事的"牵连久不解"而焦虑,自信"臣实有良策",渴望"如蒙一召议"……这种不被个人遭际所压倒,始终忧国忧民的襟怀实为难能可贵。当然诗篇最后几句借酒浇愁之词乃是不得已而发的自我排遣之语,只是为浇胸中块垒而已。

河　湟

河湟,指黄河上游地区和湟水流域,即现今的甘肃、青海地区,唐时称为河西、陇右。肃宗时,吐蕃乘安史之乱占领其地。后来河湟一带在宣宗年间复归唐朝,杜牧曾作歌颂(见《今皇帝陛下诏征兵不日功集河湟诸郡次第降臣获觐圣功辄献歌咏》)。此诗约作于收复河湟前的唐武宗会昌年间,诗中表达了对恢复失地的殷切期望。

元载相公曾借箸，宪宗皇帝亦留神。
旋见衣冠就东市，忽遗弓箭不西巡。
牧羊驱马虽戎服，白发丹心尽汉臣。
唯有凉州歌舞曲，流传天下乐闲人。

元载相公曾借箸，宪宗皇帝亦留神——元载，唐代宗时宰相，曾作过西州(今新疆吐鲁番)刺史，熟悉河西、陇右的情况。他建议代宗收复河湟，未决。大历十二年(777)因罪下狱，代宗下诏赐他自尽。相公，对宰相的尊称。借箸(zhù)，是张良故事。一次刘邦与张良边吃饭边商议事情。张良说："请借前箸(筷子)以筹之。"后人用"借箸"代表策划事情。这首句意为：代宗时元载宰相曾经筹划收复河湟之事。次句意为：宪宗皇帝亦留神过这件事情。《新唐书》卷一四一《吐蕃传》曰："宪宗常览天下图，见河湟旧封，赫然思经略之。"

旋见衣冠就东市，忽遗弓箭不西巡——此两句紧接上两句说：不久元载就被处死，宪宗皇帝也忽然驾崩未能西巡失地。"衣冠就东市"，西汉晁错为御史大夫，穿着朝服被斩于东市。此处借指元载被处死。"忽遗弓箭"，古代神话传说黄帝成仙而去只留下弓箭，此处借指宪宗驾崩。

牧羊驱马虽戎服，白发丹心尽汉臣——此两句为唐诗名句，意为河湟一带人民虽然牧羊驱马穿着胡服，但他们心里却时时思念着祖国。戎服，指吐蕃之衣服；白发丹心，喻这里的百姓从幼到老都以耿耿忠心向着汉唐。据《新唐书·吐蕃传》，沙州人(即河湟之人)"皆胡服臣虏，每岁时祀父祖，衣中国之服，号恸而藏之"。沈亚之《沈下贤集》："自瀚海以东……皆唐人子孙，生为戎服奴婢者……及霜露既降，以为岁时，必东望啼嘘，其感故国之恩如此。"

唯有凉州歌舞曲，流传天下乐闲人——凉州，在今甘肃省，当时为吐蕃占领，其俗好音乐，开元时献《凉州新曲》于朝。这两句意为：如今只有《凉州》这样的歌舞乐曲在流行传唱，供闲人娱乐。言下之意是：凉州失地和凉州百姓——河湟一带的山川人民都被当局忘记了！

杜牧始终是一位关心苍生社稷的诗人，虽然他有风流放荡的一面，有"落魄江湖载酒行，楚腰纤细掌中轻"的"薄幸"之瑕，但就其总的思想趋向和其创作的基本旋律来看，忧国忧民还是占主要位置的。即如这首《河湟》，其关心国家边境失地的收复和边境人民的回归实在是刻骨铭心的。"白发丹心尽汉臣"这一千古

中国家庭基本藏书

名句，尤其表现了他对国家人民的一片丹诚，这不仅是我国各族人民对伟大祖国的拳拳之心的写照，也是诗人自己对时代历史的剖白，千百年来已成为一代又一代志士仁人信守的警句和格言。

史将军二首

题解

这是一首歌颂抗敌英雄的诗。史将军，生平未详，据《新唐书》，文宗时有史孝章拜右金吾卫将军；宣宗时有史宪忠，以振武节兼金吾大将军。《酉阳杂俎》亦载史论作将军。此史将军未知谁也。从本诗第二首"河湟非内地"一语，可知其作于大中三年(849)前，因该年河湟为唐所收复。

其 一

长铍周都尉，闲如秋岭云。
取蝥弧登垒，以骈邻翼军。
百战百胜价，河南河北闻。
今遇太平日，老志谁怜君。

长铍周都尉，闲如秋岭云——这首句是说史将军如汉朝的周都尉一样立过大功。长铍(pī)，长刃的兵器。周都尉指汉朝的周灶，他以一介士卒随刘邦征战，为长铍都尉，后立功封侯。次句有二意：一是说他现在被闲置如浮云一般；二又比喻他如闲云一样淡泊宁静超脱功利。

取蝥弧登垒，以骈邻翼军——蝥(máo)弧，旗帜。春秋鲁隐公十一年，齐、鲁、郑诸国伐许，围许都城，郑国颍考叔取郑伯之旗蝥弧首先登城。骈邻，并两骑为军翼。汉朝许盎以"骈邻"之身份跟随高祖立功封侯。这两句说：史将军打仗时就如颍考叔一样举蝥弧之旗首先登城；他又如汉朝的许盎一样以骈邻翼军的身份随从皇帝作战，屡立战功。翼军，辅佐军务。

百战百胜价，河南河北闻——价，指声望和地位。《汉书·韩信传》：成安君有百战百胜之计。此两句说：史将军有百战百胜之声望，他的名声远播河南河北。

今遇太平日，老志谁怜君——这两句是讽刺当今皇帝对这样的功臣不予关心更不予重用。其实，当时天下并不太平，吐蕃、回鹘之外忧，藩镇割据之内患日益严重。"太平"，不过是最高统治者自我感觉良好而已。

其　二

壮气盖燕赵，耽耽魁杰人。

弯弧五百步，长戟八十斤。

河湟非内地，安史有遗尘。

何日武台坐，兵符授虎臣？

壮气盖燕赵，耽耽魁杰人——燕赵，战国七雄之二，在今河北、山西、河南（黄河以北）一带。古称燕赵多慷慨之士，这句意为史将军的豪壮气概足可压倒燕赵之士。耽耽，同"眈眈"，垂眼下视貌，形容神态威武。这句说史将军虎视眈眈，威风凛凛，是人中豪杰。

弯弧五百步，长戟八十斤——这两句说：史将军弯弓射箭可达五百步之远；所用的长戟（杆端有枝状利刃的兵器）重达八十多斤。

河湟非内地，安史有遗尘——河湟，见《河湟》诗注，其时已为吐蕃所占。安史，指安史之乱。这两句说：河湟今日已非内地；而安史之乱又留下严重的后遗症。按：安史之乱平定后，肃宗贪图苟安，任命安史部将田承嗣、李怀仙等为节度使。他们表面归顺，实际拥兵自重，后又相继叛乱。

何日武台坐，兵符授虎臣——武台，汉未央宫有武台殿，汉武帝派兵征匈奴，曾在此召见带兵将领。兵符，古代发兵的凭证。这两句是希望皇帝再重用史将军：什么时候您坐在武台殿上把兵符授给史将军这位虎臣、这位猛将啊？

这两首五律集中表现了杜牧忧国忧民、干预现实的精神。他带着深厚的感情写出了这位史姓将军"百战百胜"的战功、闻名遐迩的威望、身先士卒的勇敢、武艺高强的本领以及虎视眈眈的威严和过人超群的膂力……然而这样的人才、英雄却被闲置一隅，而国事此刻又如此多变，内忧外患又如此严重，真可谓在典型环境中写出了典型人物；或者说通过典型人物写出了一个时代的面貌和本质。前人将杜甫称为"老杜"，将杜牧称为"小杜"，二杜诗史精神之一脉相承由此可证。

齐安郡晚秋

杜牧于会昌二年（842）春出守黄州，到会昌四年（844）九月迁池州刺史，在黄

中国家庭基本藏书

079

州约两年半。齐安郡即是黄州。隋代分全国为若干郡,唐高祖武德元年(618)改郡为州,玄宗天宝元年(742)又改州为郡,肃宗时又改郡为州。所以唐代每州都还有一个郡名。黄州的郡名是齐安。故知此诗作于黄州。诗中写了诗人一种欣赏自然、适应境遇的闲适心态,实际也是抒情主体的自解自宽。

> 柳岸风来影渐疏,使君家似野人居。
> 云容水态还堪赏,啸志歌怀亦自如。
> 雨暗残灯棋欲散,酒醒孤枕雁来初。
> 可怜赤壁争雄渡,唯有蓑翁坐钓鱼。

柳岸风来影渐疏,使君家似野人居——此开首二句写诗人所居的环境、状况和时值晚秋的情景。诗人的居处大概离江岸不远。岸边的柳树在风中摇曳着,柳枝已显得日渐稀疏,点明时令已到深秋。使君是汉代对刺史的尊称,以后用作州郡长官的称呼,这里是作者自称。诗人说自己的家似“野人居”,“野人”指当地穷苦农民,仅这三字就可以想见他居处的简陋。

云容水态还堪赏,啸志歌怀亦自如——此二句紧接上句说,居处虽然简陋但却好处多多:一则云的容颜、水的姿态可以供我时时观赏(因临近江岸);二则无人干扰监视,我啸咏歌唱、展舒襟怀、抒情言志亦可自由自在。

雨暗残灯棋欲散,酒醒孤枕雁来初——这二句写诗人闲适清静的生活:在落雨的夜晚下棋下到灯残漏尽才与棋友分散;黎明时酒醒了,孤枕上听到第一声雁唳。

可怜赤壁争雄渡,唯有蓑翁坐钓鱼——赤壁,是孙权刘备联合击败曹操之地,在今湖北蒲圻。杜牧所在的黄州治所黄冈也有赤壁,非孙刘曹争雄之处,杜牧也如宋代的苏轼一样,只是借此发思古之幽情而已。这两句意思是:在这当年英豪争雄的赤壁之地,如今只有坐在岸边钓鱼的披着蓑笠的渔翁,曾经有过的一切轰轰烈烈壮举都已在时间的长河中消逝⋯⋯这里“可怜”二字不作古文中通常的“可爱”讲,而近今义。

这首诗以柳岸、疏影、云容、水态、残灯、暗雨、孤枕、大雁等意象,描画出一种晚秋凄清、飒爽的境界,诗人散淡、闲适的心境便在这境界中得到完满充分的表现。此所谓凡景语皆情语也,情与景两相融合,互为表里。具有一双能对大自然审美的眼睛的诗人是有福的,你看他初来黄州时的不平之气(见《闲中作》)在这里已平静了许多。但这对大自然的审美是源于老庄的哲学思想，虚无之思净化了功名利禄之想，于是心理平衡了，心灵宁静了，从而有此作。有的注本中把尾联两句解作"诗人内心深处却仍然向往于英雄事业"，是"抒发了昔日英雄而今安在的感慨"，这种解释是与全诗的格调主旨相背离的。这两句诗其实和苏东坡的"大江东去，浪淘尽千古风流人物"和杨慎的"滚滚长江东逝水，浪花淘尽英雄"一样，是说人世间的"是非成败"都是"转头空"的，只有"江渚上"、"惯看秋月春风"的"白发渔樵"才活得自由自在，诗人要像他们一样"潇洒走一回"。

题齐安城楼

此诗作于杜牧任黄州刺史之时，诗人登上其治所黄冈城楼，顿生思家念国之情，立借眼前景耳中声谱写成此诗。

> 鸣轧江楼角一声，微阳潋潋落寒汀。
> 不用凭栏苦回首，故乡七十五长亭。

鸣轧江楼角一声，微阳潋潋落寒汀——此二句写眼前景。诗题虽未点出眼前景所处的季节，但从"微阳"、"寒汀"等字眼可知其在深秋或初冬。首句从听觉写凄清气氛。"角"即画角，系古时军中乐器，"鸣轧"（yà），乃画角所吹奏出的悲凉之声。这句意思是：我在这江城的城楼听到了军中画角的"鸣轧"之声。第二句从视觉再写眼前景象的凄清。"微阳"，光线微弱的太阳。潋（liàn）潋：水波闪动貌。寒汀（tīng）：寒冷的小洲。此句意为：光线微弱的夕阳就要落向水波潋潋的江中寒洲。这二句看似写景，实际是借景写出自己的悲凉心情。

不用凭栏苦回首，故乡七十五长亭——这二句是在上面借景抒情的基础上，径直吐露自己的心曲：不用再靠着栏杆苦苦地回头张望了，故乡远着呐，它离这里有七十五座长亭，再望穿双眼也是望不到的。长亭，古时设在路旁的驿站，三十里设一亭，齐安郡（黄州）距长安2250里，据此计算正好75长亭。杜牧家在长安，长安也是朝廷所在的京城。诗人之"思乡"，不仅是思家，而且也在念国，因为诗人对国事一直是关心的。

诗贵含蓄，但也不避直露，关键是能否给读者在"实"中留出"虚"的空白，使

中国家庭基本藏书

接收主体有驰骋想象的馀地。即以本诗来说，前两句含蓄，其妙在以听觉、视觉的典型意象写其时其地之凄清，读者从一声画角和微阳、潋波、寒汀中便可想见诗人望中的凄凉情景和凄凉心情。后两句虽然"直露"，但也给人以想象的馀地："不用凭栏苦回首"就意味着诗人已久久地"凭栏苦回首"了。一个"不用"，说出了此前的多少苦味；而"故乡七十五长亭"，虽是诗人心中早有之数，但不以里数而以亭数托现出来，就使读者能形象地在想象中排列其亭距，抽象的遥远通过想象就变成了具体的长度，这正回归到了形象抒情的诗的特质。

齐安郡后池绝句

这首诗也是杜牧在黄州任刺史时所作，诗中细腻地写出一种夏日的情趣。

菱透浮萍绿锦池，夏莺千啭弄蔷薇。
尽日无人看微雨，鸳鸯相对浴红衣。

菱透浮萍绿锦池，夏莺千啭弄蔷薇——这首诗以夏日池塘为描写对象，从各个侧面写出整体的美。首句写池塘本身的景象：菱叶透过浮萍，染绿了这锦缎般明亮的池水。"绿"作动词用，使菱叶与浮萍透出的绿意显得十分浓郁。次句写池塘周围的景致：黄莺儿在蔷薇枝头千啭百唱，弄颤了它一丛丛的花枝。前句色彩鲜明，后句馀音缭绕，"蔷薇"的嫣红与"浮萍"的碧绿也相互照应。

尽日无人看微雨，鸳鸯相对浴红衣——这两句又从池塘边回看池塘水面。"尽日无人看微雨"，实际是除了诗人自己以外，只有诗人站在池塘边独望着微雨点点落向池面，而池中一对对鸳鸯正静悄悄地浴着它们红红的羽衣(毛)。

这首诗像一幅工笔画，它集中园中池塘的局部加以细腻描绘，使读者不仅看到它的线条、色彩、声音，而且看到无人画面中生物的动态："菱透"、"萍绿"、"莺啭"、"鸳浴"。而"透"、"绿"、"弄"、"浴"四个动词用得特别精彩，耐人寻味。尤其是那个"浴"字，把鸳鸯拟人化，真切地写出它们在微雨中欢快地沐浴着的相互恩爱的情态。"相对"二字也非常传神，增添了"浴"的意味。

齐安郡中偶题二首

这是杜牧在黄州任刺史时所写的两首七绝,它们在极有特色的景物描写中曲折地表现了诗人当时的心情。

其 一

两竿落日溪桥上,半缕轻烟柳影中。
多少绿荷相倚恨,一时回首背西风。

新解

两竿落日溪桥上,半缕轻烟柳影中——绝句不要求对仗,但这两个严格的对仗句却因对仗而使极精练的十四字中包含了极丰富的意象:"落日"、"溪桥"、"轻烟"、"柳影"。而且以数量("两竿"、"半缕")、方位("上"、"中")勾画出一幅十分清晰的图画:落日偏西了,离地面似乎只有两竿光景(由"日出三竿"而来,以"竿"约估太阳离地面高度),悬挂在溪桥之上;若有若无的淡淡轻烟似乎只有半缕,飘漾在柳影之中。由此我们可知诗歌对仗的妙用,虽然是带着锁链的跳舞,但却舞出了极优美的步伐。

多少绿荷相倚恨,一时回首背西风——这两句是唐诗中名句。它是上面景物描写的继续,诗人接着上面的描绘,继续用语言的画笔完成他的画幅:荷塘风韵。但这两句却与上两句纯客观的描写不同,它带了作者极浓厚的主观色彩,即把自己的主观感觉化入景物描写之中:池中多少荷叶相倚相偎,当秋风从地面刮过,她们便立刻同时回过头去,让背对着西风。"绿荷"本无恨与不恨,这只是诗人的一种感觉,一种感情的移植,是诗人心中怅恨情绪的外化。但难得的是外化得好:"一时回首背西风",恰恰客观景物形象正能体现这"恨"的情绪。诗人巧妙地把"绿荷"人格化了,"绿荷"对"西风"有恨,一时都背过脸去;诗人的主观感觉正好和客观景物相吻合、对应。

其 二

秋声无不扰离心,梦泽蒹葭楚雨深。
自滴阶前大梧叶,干君何事动哀吟?

新解

秋声无不扰离心,梦泽蒹葭楚雨深——梦泽,即云梦泽,在湖北境内,广数百里，齐安（黄州）在其境内。蒹葭(jiān jiā)，芦苇之别称。这两句说：秋雨秋风之声无时无处不在扰乱我这个背井离乡之人的心，特别是在这云梦泽畔，绵绵秋雨洒在密密深深的芦苇上之时。

自滴阶前大梧叶，干君何事动哀吟——这两句是逆前两句之意的反说。前两句是直说：秋风秋雨扰己之离心，泽畔蒹葭之雨更动离情。这两句反其意而说：秋雨它自管自滴在石阶前的大梧桐叶上，这与你有何相干，又何必发此哀吟？一正一反，从两个角度吐尽秋风秋雨中的离愁别恨。

王国维在《人间词话》中说："有有我之境，有无我之境。有我之境，以我观物，故物皆著我之色彩。"第一首诗便是"有我之境"的典型作品。前两句尚不明显，但黄昏、暮烟意象的选择已透露出诗人的低沉黯然之情；而后面的两句"有我"之"色彩"则非常明显，流露出诗人仕途坎坷的心境，但这也表现得非常含蓄、形象：诗人在灵感一闪中发现了准确的情绪对应物：绿荷回首背西风。这正是诗人才情之所在——具有一双"能发现"的眼睛。

第二首诗与前一首写法不同：前一首是诗人抒情主体隐在幕后，借写景而表现秋心，虽然后二句主观色彩明显，但亦是借景抒情。这一首诗人便从幕后站了出来，直说"秋声无不扰离心"，而且最后还对自己说："干君何事动哀吟？"但是如果都是感情的直接表露，那也有失于诗的特质，这里以第二三句两组意象群，一现阔大的烟雨朦胧之境，一现微观的具体生活之境，使诗人情感的表露得到了生发的实际情境，虚实互补，"意""象"结合，从而成就了一首好诗。

题安州浮云寺楼寄湖州张郎中

这是一首思念友人的诗。唐安州治所在安陆县，即今湖北安陆。此诗可能作于诗人任黄州刺史期间(842—844)。

> 去夏疏雨馀，同倚朱栏语。
> 当时楼下水，今日到何处？
> 恨如春草多，事与孤鸿去。
> 楚岸柳何穷，别愁纷若絮。

去夏疏雨馀，同倚朱栏语——此二句系回忆去年夏天与友人在一起的情景，行文自然，明白如话：在疏疏的细雨将停未停之际，你我一起倚着朱栏谈心，说个没完没了。

当时楼下水，今日到何处——这二句字面上是说水：当时楼下水今日不知到何处去了。实际是说光阴已如流水似的一去不返，昔日那欢快的时光再难追踪、重温了。

恨如春草多，事与孤鸿去——古人往往将离恨与春草连在一起："离恨恰如春草，更行更远还生。"友人远去，离恨就如一望无垠的春草那样连绵不断；往事也如飞向天边的孤鸿无影无踪了。

楚岸柳何穷，别愁纷若絮——上二句已是就眼前之景"春草"、"孤鸿"，表达对友人的思念之情，这二句就更为鲜明：这楚地岸边的柳树是这样多，那纷飞的柳絮就如我满怀的别绪离愁。

朴素、自然是美的最高境界，所谓"归真返璞"、"美在天然"是也。杜牧这首寄赠友人的五律，感情是朴实的，语言是自然的，正合五律高古的准绳。诗人从去夏的相逢，写到今年的别离。以当时的"楼下水"写出昔日欢聚时光的永逝和难再；又以眼前的"春草"、"孤鸿"、"柳絮"托出心中的别恨离愁。全诗像一股清泉淙淙地、自然而然地流泻了出来，没有丝毫修饰、雕琢的斧凿痕迹，而对友人深挚的感情却句句弹拨着读者的心弦，这就是"最大的技巧是无技巧"的奥秘。

赤 壁

此诗可能与《齐安郡晚秋》作于同时，即杜牧任黄州刺史之时，即会昌二年(842)至会昌四年(844)，因黄州治所黄冈有赤壁，虽非曹操与孙刘争雄的实地(实地在今湖北蒲圻县境内)，但诗人以之发思古之幽情，吟出这一千古传诵的名篇。

折戟沉沙铁未销，自将磨洗认前朝。
东风不与周郎便，铜雀春深锁二乔。

中国家庭基本藏书

折戟沉沙铁未销，自将磨洗认前朝——这二句乃引发诗人追思赤壁之战的由头。诗人可能是在这里看到了一件从江中打捞出来的历史遗物——当年沉入江沙的铁戟(戟，古兵器名。折戟，折断了的兵器，这里是泛指)，经过打磨擦洗认出是三国时战争的遗物，因而便联想起当时在这里发生过的赤壁之战。这个引起诗人诗情和感兴的物品是极其具体而且意味深长的，作者选择这一典型意象加以咏叹是极具慧眼的。

东风不与周郎便，铜雀春深锁二乔——赤壁之战是人所共知的，读者可以在脑海中展开充分的联想，聪明的诗人便不作赘笔，他只是将他对这一战争的评价——理性认识融入美的感性形象之中，而这一"融入"是通过逆向思维完成的：假如春风不给周瑜以方便，铜雀台里是会将二乔锁于其中的。铜雀台，在邺城(今河北临漳县)，曹操所建，楼顶立有丈五高的铜雀，故名。曹操的姬妾都住其中，供其享乐。二乔，东吴著名美女，大乔是孙策之妻，小乔是周瑜之妻。诗人从反面设想如果曹胜孙刘败的局面，点出赤壁之战的重大历史意义，而将此义纳入"铜雀春深锁二乔"这样一个美的意象群中，这就是天才诗人的妙思妙笔。

诗，总是以具体的形象抒发感情、表现思想。这首诗涉及到对一个具有转折意义的重大历史事件的评价，诗人形象地将它概括于"沉沙"、"铁戟"与"铜雀"、"二乔"等特定意象之中，令人产生丰富的审美联想和深长的历史思考，因而成为不朽之名作。但宋·许颢《彦周诗话》却说作者"社稷存亡、生灵涂炭都不问，只恐捉了二乔，可见措大(对读书人之贬称)不识好恶"。这种迂腐之论，就是由于他不懂诗的特质，更不懂此诗巨大形象概括力的缘故。

汉 江

题解

此诗约作于杜牧任黄州刺史期间，即会昌二年(842)至会昌四年(844)。因黄州治所黄冈(今湖北黄冈县)临近汉江。本诗对汉江春景作了极为新颖的描绘，同时也抒发了人生易老的感慨。

溶溶漾漾白鸥飞，绿净春深好染衣。

南去北来人自老，夕阳长送钓船归。

溶溶漾漾白鸥飞,绿净春深好染衣——这二句用两组意象描写了春天汉江的景色。第一个意象群是在"溶溶漾漾"的水面上,"白鸥"在飞翔。"溶溶漾漾"四字写出了日光与水光交相辉映同时波浪流动的情态。第二个意象群是对江水颜色的描写:由于春深,江水益发碧绿、明净,其绿的程度似乎可以染衣。白居易有"春来江水绿如蓝"之句,此句似乎更有新意。

南去北来人自老,夕阳长送钓船归——江水年年绿,人却岁岁老,这二句是由上述景色引发的感慨。南去北来,既言人生之忙碌,又言人世之匆促。人们就这样在南来北往中一年年地老了,正如夕阳一天天要送钓船归去一般。这里夕阳就成了永恒的时间和"渐老"的象征,而钓船的归去则成了人生最终归宿的写照:人就像钓船一样总是要在夕阳的相送中归去的。

古往今来仁人志士都有"日月忽其不淹兮,春与秋其代序。惟草木之零落兮,恐美人之迟暮"(屈原《离骚》)之叹。杜牧这首诗的主旨亦在于此,不过其触发点却极具创新意识:诗人从自然景物的美丽、常新与永恒,唤起对忙碌人生短暂的自觉,这就更具一种悲剧意识和凄怆的感染力,从而引深读者对人生意义的沉思。而且以景语结尾更有一种意味深长的艺术魅力。

题桃花夫人庙

桃花夫人(作者题下原注:"即息夫人。")庙在今湖北黄陂县东三十里。息夫人是春秋时陈侯之女,姓妫,嫁给息国君主,故称息妫。楚文王听说她生得很美,便灭掉息国,将她抢回作了自己的夫人。息夫人在楚宫生了两个儿子,但始终不开口说话(见《左传·庄公十四年》)。这首诗约作于会昌二年至会昌四年(842—844)杜牧任黄州刺史期间,因黄州唐时辖境相当今湖北长江以北、京汉铁路以东、巴水以西地,黄陂在其境内。诗中对息夫人的悲剧命运寄予同情和怜惜。

> 细腰宫里露桃新,脉脉无言度几春?
> 至竟息亡缘底事,可怜金谷堕楼人。

细腰宫里露桃新,脉脉无言度几春——此二句乃双关之语,既是写细腰宫露

中国家庭基本藏书

井旁之桃花，亦是写桃花夫人即息夫人，因桃花自是脉脉无言，桃花夫人自入楚宫后亦是脉脉无言。不过桃花夫人早已去世，而桃树至今犹存，诗人当是触目此树而思及其人，故得此妙句。细腰宫，楚灵王好细腰，故"细腰宫"即指楚宫。脉脉，无言相视貌，古诗十九首《迢迢牵牛星》："盈盈一水间，脉脉不得语。"度几春，度过多少个春秋。这里我们应注意这个"新"字，千年之桃树至今花瓣犹新，而桃花夫人早已音容邈然，此乃借物伤人之笔法。

至竟息亡缘底事，可怜金谷堕楼人——此二句是由桃花夫人而思及息亡之事。历来人们认为：息国之亡是息妫貌美而招致楚王之兵伐，此乃一贯的"女人是祸水"的陈腐之论。杜牧在此提出质疑：息国到底是为什么灭亡的呀？言下之意是另有其他复杂的原因，即对祸水论予以否定。后一句则以金谷堕楼人——绿珠之刚烈比喻桃花夫人，意为：她是和金谷园里因被逼而堕楼自尽的绿珠一样可敬可爱啊！据《列女传》："息夫人者，息君夫人也。楚伐息，破之，虏其君使守门，将妻其夫人而纳之于宫。楚王出游，夫人遂出，见息君，谓之曰：'人要一死而已，何至自苦？'遂自杀。"可见息夫人即桃花夫人乃绿珠之流亚也。

历来封建统治者及其御用文人总是将女子诬为祸水，如纣王之妲己，陈后主之张丽华，唐明皇之杨贵妃……对息妫亦是如此。杜牧此诗对此腐论提出针锋相对的质问："至竟息亡缘底事？"至竟，到底也。缘底事，因何事也。这一追问就是对祸水论的彻底否定，把原罪者(君王)的罪过还诸其本身，这种为女性鸣不平的声音发自一千二百年前真可谓空谷足音。今天的选注者认为杜牧的这句诗"言外之意息国是为了息夫人而亡国的"，还说"在歌咏息夫人的诗中，提出绿珠来和她相比，对息夫人有所责难，是不够公平的"，这完全是对文本的误读所致。实际上作者是将息夫人与绿珠一同礼赞的。

遣　怀

杜牧三十一二岁时〔大和七年至八年(833—834)〕，在扬州为牛僧孺淮南节度使掌书记。据《太平广记·杜牧篇》："牧少隽，性疏野放荡，虽为检刻而不能自禁。会丞相牛僧孺出任扬州，辟节度掌书记。牧供职之外，唯以宴游为事。扬州，胜地也，每重城向夕，倡楼之上，常有绛纱灯万数，辉罗耀列空中，九里三十步街中，珠翠填咽，邈若仙境。牧常出没其间，无虚夕。"可见当时杜牧生活之放浪。会昌二年(842)杜牧在任黄州刺史期间送弟杜颛至扬州依从兄杜悰(时为淮南节度使)，前后正好十年,这首诗可能作于这次返扬州之时。诗中回忆当年的浪漫生活,流露出岁月蹉跎、功业未成的慨叹。

落魄江南载酒行,楚腰肠断掌中轻。
十年一觉扬州梦,赢得青楼薄倖名。

落魄江南载酒行,楚腰肠断掌中轻——这起首二句即是对当年生活的回忆。诗人曾于文中说:"十年为幕府吏,每促束于簿书宴游间。"这种看似放浪的酒色行为乃是"促束"(即刻板、拘束、枯燥、忙碌)所致。从"落魄"、"肠断"等字眼来看,这一回忆也带有自责、忏悔意识在内。落魄,倒霉不得志之意。楚腰,古时楚灵王好细腰,楚腰指女子的细腰;掌中轻,亦是用典:汉成帝的皇后赵飞燕身轻,能在掌上舞。此二句意为:当年落魄江南,时时以酒浇愁,常常游冶于妓馆青楼。这里"肠断"有双关意:一指腰细(细得到了肠断的程度),与"纤细"同义;二亦含别后每每思念令人肠断之意。

十年一觉扬州梦,赢得青楼薄倖名——这二句的怅惘、自悔意识更为明显。诗人把当年那种放浪生活看作一梦,而这梦并不令人缅怀不已而是与薄倖(即负心)的名声连在一起。这里并无丝毫的夸耀或沾沾自喜,而是一种深沉的悔恨和叹息。赢得,一作"占得",即落得的意思。

纵观杜牧的一生,其青年时代较为浪漫,中年以后忧国忧民意识逐步加强,因而在回顾往昔的生活时,就不是一种低回惜逝的怀旧,更不是曾经拥有的炫耀自得,而是带有一种惆怅和哀愁心绪的自我解嘲。这首诗所表现的,就是这种"叹往昔"的心境和情绪。其实,当时杜牧之放浪形骸并不是一般的沉湎酒色,那实际上是其仕途坎坷,理想抱负不得实现的"苦闷的象征",这也正是他十年之后能够坦率地自悔自责的基因。

兰 溪

此诗亦作于杜牧任黄州刺史期间。兰溪,在黄州治所黄冈城东南七十里,此地多兰花,为古楚国之地。杜牧由此想到披发佯狂、怀石自沉的伟大诗人屈原,在同情感慨其命运、遭遇的同时,也寄寓了自身怀才不遇、远贬江郡之叹。

中国家庭基本藏书

兰溪春尽碧泱泱,映水兰花雨发香。

楚国大夫憔悴日,应寻此路去潇湘。

兰溪春尽碧泱泱,映水兰花雨发香——这二句由兰溪之水写到兰溪之花。兰溪之水在这春尽之时依然是碧清而又深广;兰溪之花——兰花盛开在溪边,映着水波,雨后发散着幽香。由水写到花写得多么美,过渡得多么自然,真是行云流水,毫无凿痕。泱(yāng)泱:形容水深且广。

楚国大夫憔悴日,应寻此路去潇湘——承上面的水与兰花,诗人自然地又想到屈大夫——屈原。一则屈原在作品中多用兰、芷等香草比喻忠贞君子,或以自喻,所以杜牧由兰想到屈原。二则《史记·屈原贾生列传》中说:"屈原至于江滨,披发行吟泽畔,颜色憔悴,形容枯槁。"所以杜牧由溪水而想到"行吟泽畔颜色憔悴"的"楚国大夫"屈原(屈原作过三闾大夫)。潇湘,潇水、湘水,均在湖南,屈原怀石自沉之汨罗江即在湖南境内。这两句意为:被楚王贬谪的、形容憔悴的三闾大夫屈原,离开郢都(在今湖北境内,距兰溪不远)之后,大概就是寻经此路去汨罗江的吧?

本诗题下有杜牧原注:"在蕲州西。"蕲州,唐辖境相当于今湖北长江以北,巴河以东地区,战国时楚之都城郢都即在其境内。此注已为诗中吟叹屈原埋下伏笔。诗人由水而兰,由兰而屈原,思绪是层层递进、自然发展的。至于为什么对屈原着力吟叹,一方面是由于屈原的人格才华历来为文人所敬重,对他悲剧的命运又无不同情;另一方面是杜牧有借题发挥之意。杜牧也是一个有经邦治国之志的才士,但由于受权贵排挤,"三守僻左,七换星霜",内心一直是"拘挛莫伸,抑郁谁诉"(见《樊川文集》卷十六《上吏部高尚书状》)。因此他至兰溪而咏叹屈原是必然的。此正是"惺惺惜惺惺"也。

江上偶见绝句

此诗写春日江上景色,从诗中"楚乡"二字揣测,可能作于诗人任黄州刺史时。会昌二年(842)春,杜牧出为黄州刺史,黄州又名齐安郡,治所黄冈县,即今湖北黄冈,古为楚地。

楚乡寒食桔花时，野渡临风驻彩旗。

草色连云人去住，水纹如縠燕差池。

楚乡寒食桔花时，野渡临风驻彩旗——寒食，清明节前一日为寒食节。《荆楚岁时记》云："冬至后一百五日，谓之寒食，禁火三日。"相传晋文公为纪念介子推被火焚于绵山而定此节。此二句写楚地寒食之日，桔花初放；江边渡口，彩旗临风飘拂。一个"驻"字，点出诗人此刻正在江上漂流，此乃以静写动之法也。

草色连云人去住，水纹如縠燕差池——此两句写诗人在江上之所见：楚地平旷，当春天来临，碧绿的春草便一望无垠地铺到天边。"草色连云"，极为准确地描写出这一景象，而在此背景上再点染一二或行或止的人物，就使画面更富有生动的人气；下句中的"縠"(hú)，本指一种有绉纹的绸子；"差池"，形容燕飞时的样子。此句系描写江水波浪如縠，紫燕贴水翩飞的景致。

这是一首景物诗。好的景物诗，应写出一种独特的、使人如临其境的意境，带人走入一个富有动感的立体画面。读这首诗，我们便仿佛闻到了桔花的芳香，看到了野渡口飘扬的彩旗，而连云草色中的人行人止、如縠波纹上的紫燕翩飞，更使我们神往迷恋……由此，我们也能体味到千年前漂泊于江上的诗人的心境：恬静、闲适，自然美与生活美都使他感到一种由衷的快慰，连云的草色、差池的燕舞即是他心境的表征和外现；而被他带入诗境的我们，心境也为其快慰所感染。

寄　远

这也是一首念远怀人之诗，写作时间亦难考。

前山极远碧云合，清夜一声白雪微。

欲寄相思千里月，溪边残照雨霏霏。

前山极远碧云合，清夜一声白雪微——这二句看似写景，实际是写对远方之人的思念：诗人在白昼痴痴地望着眼前的远山和极目处的碧天；清寂的夜里被一

中国家庭基本藏书

欲寄相思千里月，溪边残照雨霏霏——明月，在古代，永远是引起诗人思念家园、妻孥、友人、情人和寄托这种刻骨铭心之思的传统意象，李白对王昌龄，就有"我寄愁心与明月，随君直到夜郎西"的诗句。这里的上句之妙在于"相思"与"月"之间的"千里"二字，它既与"相思"相连，又与"明月"有关，巧妙地写出以千里明月寄托千里相思之意念。下句之妙在于以眼前景写出"明月寄相思"之愿之难圆：残照已是黄昏，又值细雨霏霏，那明月还会出来吗？明月寄相思本来就是一个虚幻的梦，而今连梦也休矣！

这首诗与上一首《有寄》相比，其时空变化的特点就更为明显，这里不仅有昼夜的变化，还有季节、阴晴的变化：第一句的情境像是秋之昼；第二句便变成了冬之夜；第四句又变成了春之夕。而"残照"与"雨霏霏"又是不同时间的不同景象……这种时空的跨越和交错，不但能够表现不同情境中的抒情主体的思念之情，而且可以使接受主体想见由诗人之思所生发的不同环境氛围，从而使短短的二十八字中蕴含了更为丰富的意象和意蕴，这在杜牧的七绝抒情诗中是比较独特的。

秋浦途中

杜牧于会昌四年(844)九月由黄州刺史迁池州刺史。唐池州治所为秋浦县(今安徽贵池)，这首《秋浦途中》当作于由黄州赴池州任所之时。诗中描写了途中所见和由景物所生发的思乡之情。

> 萧萧山路穷秋雨，淅淅溪风一岸蒲。
> 为问寒沙新到雁，来时还下杜陵无？

萧萧山路穷秋雨，淅淅溪风一岸蒲——这二句以寥寥十四字，描绘渲染出一幅水墨画般的深秋山路上的萧索图画：草木萧条的山路上下着连绵的秋雨，淅淅沥沥的雨声中溪风吹着满岸的蒲草。有的注本中将"萧萧"解作"潇潇"的雨声，把"淅淅"解作风声，我以为是没有根据的。"萧萧"就是"无边落木萧萧下之"萧萧"；"淅淅"即是"淅淅沥沥"的雨声，只有如此解释，"穷秋雨"的形象才能笼罩全篇。这里要特别注意"穷"、"一"二字，"穷"即尽，"一"即全。"尽"即天地完全被秋雨笼罩；"全"则满岸全是蒲草。如此方能渲染出深秋又雨的萧索景象，此景象亦象征着诗人内心的萧索，乃仕宦途中落寞心情的外射。

　　为问寒沙新到雁，来时还下杜陵无——这二句是诗眼，是全诗的闪光之处。诗人在秋雨连绵的旅途中，忽然看到江边的沙滩上新落下来的大雁，便立即生发了一种意识：这由北方飞来的鸿雁可曾在家乡杜陵停留过吗？杜陵，汉宣帝陵墓，在长安城南五十里处，此处借指长安（杜牧自幼居长安城内）。诗人因北来的大雁引起对家乡的思念，但不直说，而是设问于大雁，这既写得含蓄，又显得风趣、俏皮，而且也符合人刹那间产生的内心的语言，堪称妙笔、妙思。

　　杜牧在《上宰相求湖州第二启》（见《樊川文集》卷十六）中说："某幼孤贫，安仁旧第置于开元末，某有屋三十间……"安仁是长安城中坊名，安仁坊在长安朱雀大街东第一街从北第三坊。后来，他虽然几经迁徙，但对生于斯、长于斯的故宅是没齿难忘的。长安，永远是诗人心灵的家园。有的注本中说，本诗后二句"寄托了诗人虽身在旅途，但对朝廷仍然关切的感情"，这没有错，因为"朝廷"在长安，思念长安自然包括思念朝廷——关心国事；但长安同时也包括家园，思念长安实际上是涵盖了诗人的家国之思。无家而思国是单一的、理性的，只有思家而又思国才是感情与理智交融为一体的、欲罢不能的人性之必然，心灵之指归。否则是不会一见雁就想到"来时还下杜陵无"的！

清　明

　　这首众口传诵、家喻户晓的七绝当作于诗人任池州刺史的会昌四年（844）至会昌六年（846）间，因池州治所在今安徽贵池县，而诗中提到的以酿酒闻名的杏花村即在贵池县城西。本诗典型地写出清明时节的自然景象和人们的特定心态，与千百年来读者的体验相共鸣，因而流传不绝，妇孺皆知。清明，二十四节气之一，一般在每年阳历4月5日前后，有踏青、扫墓的习俗。

清明时节雨纷纷，路上行人欲断魂。
借问酒家何处有，牧童遥指杏花村。

中国家庭基本藏书

清明时节雨纷纷,路上行人欲断魂——这二句语言虽然平实,但却极典型地描画出清明节的氛围和人们的心情。清明节这一天,无论北方或南方,常会有霏霏细雨,"雨纷纷"三字把春雨的特征形象地描绘了出来。在纷纷细雨中,"路上行人"定然是感到非常凄清。加之这一天俗称"鬼节",人们都要到坟地去祭祀死去的亲人,也许这路上的行人正是去坟地或从坟地回来的人吧,逝者的面影还浮在他们脑际,心中尚悲痛不已,在这纷纷细雨中,他们怎能没有"欲断魂"的感觉呢?

借问酒家何处有? 牧童遥指杏花村——这一天诗人杜牧倒不一定去上坟,因为他在这数千里外的异地做客,想去给亲人上坟,也是可望而不可即。但他的心境也一定是凄凉的,在这纷纷细雨中更会思家念亲。他大概也是在这"行人"的队伍中吧,他想去借酒浇愁,但新来乍到,不知酒家在何处。于是便问骑着牛儿迎面而来的牧童。天真的牧童顽皮地不回答,只用手一指附近那个开满杏花的村庄:呵,原来酒家就在那纷纷细雨笼罩下的杏花的掩映之中。

这首诗的语言通俗浅近,但意境鲜明深远,让人玩味无穷。这是为什么? 除了我们上面说过的写出了典型的情境和能引发人们的同感两点外,另外一点就是以寥寥二十八个字画出了一幅富于动感的、有情节的图画:"雨纷纷"是动的;"路上行人"是动的;"借问"、"牧童"、"遥指"不仅有动作,而且还有情态和声音。这是一幅由细雨、道路、行人、牧童、杏花等意象绘成的有色彩有线条的图画,又是一个有问话、有回答、有情态、有动作的故事。它集描写、叙事、抒情于一炉,何能不为绝唱?

题乌江亭

这首咏史绝句以项羽兵败自刎地乌江亭为题。乌江亭,在今安徽和县东北的乌江镇,项羽在垓下之围中败北即自刎于此。诗中对历来为人所同情的项羽提出批评,具有别开生面之新意。

胜败兵家事不期,包羞忍耻是男儿。

江东子弟多才俊,卷土重来未可知。

胜败兵家事不期,包羞忍耻是男儿——这两句说:胜败乃是战争中不能预料的常事,能够忍辱负重才是真正的男子汉。不期,不能预料。

江东子弟多才俊,卷土重来未可知——江东,指长江南岸一带,项羽与其叔项梁起兵于此,项羽兵败垓下后,以"无面目见江东父老"而自刎。这两句说:项羽起兵之地江东多才俊之士,如果项羽不死,再组织人马卷土重来,也未必是不可能的。

在晚唐诗人中,李商隐与杜牧是最突出的两位,他们的咏史诗也最为历代诗家称道。但他们又各有特色:有的学者认为李商隐的咏史诗是诗的史,杜牧的咏史诗是论的诗,而且认为杜牧是第一个大量采用七绝形式写作咏史诗者,有"二十八字史论"之誉,这确实指出了杜牧咏史诗的特点。但需要补充的是,在"二十八字史论"前应加"形象的"三个字。正因为其诉诸形象思维,方使人读来兴味盎然,得到美感享受,前面的《赤壁》如此,这首《乌江亭》也如此,都是在形象思维中运用逆向思维而获得审美的新意。

题横江馆

横江馆是长江重要渡口横江浦之驿馆。横江浦在今安徽和县东南、长江西北岸,历来为兵家必争之地。杜牧涉足此地,生发思古之幽情而成此诗。

> 孙家兄弟晋龙骧,驰骋功名业帝王。
> 至竟江山谁是主?苔矶空属钓鱼郎。

孙家兄弟晋龙骧,驰骋功名业帝王——首句中的"孙家兄弟",指三国时东吴政权的建立者孙策、孙权。孙策攻打扬州时先夺横江,而后取胜。"晋龙骧",西晋大将王濬封龙骧将军。王濬领兵伐吴,由益州沿江东下,直取吴都建康(今南京市),吴主孙皓投降,吴国遂亡。这两句是说:创立吴国的孙策、孙权兄弟和灭吴的西晋龙骧将军王濬都是驰骋于功名之场、建帝王之业的人物。

中国家庭基本藏书

至竟江山谁是主？苔矶空属钓鱼郎——这两句是由上述史实引发的感慨。诗人问道：究竟这大好河山谁是主人啊？如今这长满青苔的石矶不过是白白属于钓鱼郎而已。至竟，究竟。

古往今来失意的文人总是把功名富贵放在历史的长河中加以审视，从而以一种老庄式的虚无对自身在仕途上的失落和坎坷加以安慰，借以求得暂时的心理平衡。从李白的"功名富贵若长在，汉水亦应西北流"，到杨慎的"滚滚长江东逝水，浪花淘尽英雄"，莫不如此。杜牧的这首诗亦属此类，它是渴望功名而不得或不满而生的变相怨叹，只不过是表现于豁达超然的言辞中而已。其所不同于前后人的是这前后二句，他将究竟江山谁是主的质问与"钓鱼郎"连结起来，倒无意中道出一个或许他当时未悟的真理：普通百姓——人民大众实际是江山真正的主人：世界历史由他们所创造，他们永远生活在这大地上劳作繁衍，而煊赫一时的帝王将相终究不过是过眼烟云罢了。

九日齐山登高

这首诗是杜牧在池州任刺史，诗人张祜来访时的唱和之作。会昌四年(844)九月，杜牧由黄州刺史迁池州刺史(池州又名池阳郡，治所秋浦县，今安徽贵池)。翌年，张祜来池州访晤杜牧，他们一起盘桓游憩，吟咏唱和。齐山在贵池之东，他俩于重阳佳节登临此山，赏菊畅饮，即兴赋诗(张亦有《和杜牧之齐山登高》之作)。此诗于豁达豪爽之中寄寓了沉郁的人生感慨，令人沉吟遐思。

> 江涵秋影雁初飞，与客携壶上翠微。
> 尘世难逢开口笑，菊花须插满头归。
> 但将酩酊酬佳节，不用登临恨落晖。
> 古往今来只如此，牛山何必独沾衣！

江涵秋影雁初飞，与客携壶上翠微——本诗开头两句即写出九九重阳节天高气爽的清秋情景和主客登高的畅朗兴致：明净的江水倒映着秋空云影，刚刚南来的雁阵飞向天边。当此良辰美景，与诗友携一壶芳醇登上了青青的远山。前句中的"涵"字用得极妙，令人目睹水中的天光云影；后句中"翠微"代指山峦，但亦附丽着青绿的色彩。

尘世难逢开口笑，菊花须插满头归——此二句一抑一扬，于沉郁中寓旷达，于旷达中孕沉郁。前一句说：尘世之间不如意事常八九，难逢笑口常开的赏心乐事；因此后一句紧接着说：乘佳节挚友相逢、诗侣欢聚，必然头上插满菊花尽兴而归。菊花傲霜，是高人逸士的象征，又正逢肃秋而开，古人重阳登高要饮菊花酒。菊花满头，取意双关，既合重阳，又寓高洁。

但将酩酊酬佳节，不用登临恨落晖——前句与首联"与客携壶"相照应。酩酊，形容大醉。这两句意为：我们只用畅饮酩醉来酬谢这佳节良辰吧，不要在登临之际面对落日而怅恨斜晖。此亦旷达中寓沉郁，沉郁中求旷达，字里行间流露出对坎坷人生的潜在叹喟。

古往今来只如此，牛山何必独沾衣——这最后两句把上述感喟向历史的纵深加以延伸拓展。前一句涵盖了古往今来志士仁人"一样悲欢"的凄美襟怀，后一句用一典故反向印证了悲怆人生必须乐观放达的主旨。牛山，在山东省淄博南。据《韩诗外传》载：春秋时，齐景公登牛山，北望齐国说："美哉国乎！使古而无死者，则寡人去此而何之？"于是泣下沾襟。这两句说：古往今来人生就是如此，何必像齐景公那样登牛山而泪沾衣呢？

杜牧与张祜可谓互相倾慕的知己。杜牧激赏张祜的宫词，并为其怀才不遇不平。《唐诗纪事·张祜》云："杜牧之守秋浦，与祜游，酷吟其宫词，亦知乐天有非之之论。"张祜对杜牧亦是心向往之，《江上旅泊呈杜员外》诗即是来池州访杜牧途中所作："牛渚南来沙岸长，远吟佳句望池阳。野人未必如毛遂，太守还须是孟尝。"他自谦为"未必如毛遂"的野人，把杜牧比为礼贤下士、广纳人才的孟尝君，倾慕之情溢于言表。因此当他们相逢相聚时才如此亲密无间，才能有这样深情动人的诗。缪钺《杜牧年谱》中说："杜牧此诗外视旷达，内含愤慨，隐寓杜、张二人怀才不遇、同病相怜之感。"可谓的论。而朱碧莲、王淑均《杜牧诗文选注》认为："这首诗表现了人生无常及时行乐的态度，是消极的。"这种说法乃数十年前反历史唯物主义的教条主义陈说，它否认人性的丰富性与复杂性，以政治理念化了的"今人"要求古人，所谓"人生无常及时行乐的态度"是毫无根据的。

登池州九峰楼寄张祜

杜牧于武宗会昌四年(844)至会昌六年(846)任池州(治所在今安徽贵池)刺史，

中国家庭基本藏书

这首诗即作于其在池州任职时。九峰楼在池州九华门上。本诗所寄之张祜是唐代著名诗人，一生未仕，以宫词著称。诗中表现了杜牧对友人张祜的思念，对其命运的不平以及对他诗作的高度评价。

> 百感衷来不自由，角声孤起夕阳楼。
> 碧山终日思无尽，芳草何年恨即休？
> 睫在眼前常不见，道非身外更何求？
> 谁人得似张公子，千首诗轻万户侯。

百感衷来不自由，角声孤起夕阳楼——首句直抒襟怀，说自己登上九峰楼后，不由自主地百感交集。为何呢？因会昌五年(845)，张祜曾来池州，与自己唱和甚欢，而今却是人去楼空，只有"角声孤起夕阳楼"。这第二句诗，系写如今登楼的情境：夕阳残照，危楼孤耸，还有远处传来的戍军的画角声声……此情此景更加烘托出氛围的凄清和心境的孤寂，其中的一个"孤"字突出地点出友人去后的形单影只。角声，指军乐声。角是军中的一种吹奏乐器，其声悲凉凄厉。

碧山终日思无尽，芳草何年恨即休——这两句写自己对友人张祜的思念，但不直说却"移情于物"：碧山也像自己一样终日思念而无止境；芳草也像离恨一般时时生发而无休歇。这样就使抽象的思念之情具有了诗的特质的形象性，同时也使自然物的"碧山"、"芳草"具有了人格化的灵性。这里"芳草"还暗用了典故："芳草兮萋萋，王孙兮不归"、"离恨恰如春草，更行更远还生"。古人把芳草(或春草)与离愁别恨联结在一起，成为离恨的代名词或象征。

睫在眼前常不见，道非身外更何求——前一句用《史记·越王勾践世家》典故：齐国使者对越王说，有人能看到毫毛却看不到自己的睫毛。意指有人只看到别人的缺点，却看不到自己的过失。据《唐诗纪事》载：白居易任杭州刺史时，张祜与徐凝都求白举荐其应进士试，白试以诗赋，以徐凝为首，张祜愤而退隐。杜牧用《史记》这个典故，历来以为是隐喻白居易对张祜不够公平，同情张怀才不遇，并用"道非身外更何求"一语劝慰：道理不在身外，要由内心体察领悟，又何必向别处寻求呢？

谁人得似张公子，千首诗轻万户侯——这最后两句是在上联对张祜的同情和劝慰后，进一步对他的赞扬和高度评价，前句以反问语气写出张祜的人品非常人可比，后句以"万户侯"做反衬，道出他敏捷诗千首的才情和永恒的艺术价值。一个"轻"字既点出诗之重、侯之轻，又点出诗人轻王侯之傲骨。这同时也反映了杜牧本人轻藐王侯的高傲性格。

前人亦有帮派门户之见。白居易与元稹为好友。据《唐摭言》，当令狐楚表荐张祜时，穆宗曾问元稹张祜的诗怎么样？元稹认为"张祜雕虫小巧"，不值得"奖激"，因此穆宗就未用张祜。是"英雄所见略同"，还是事先"互通款曲"？张祜恰巧也得不到白居易的赏识。杜牧的诗，有讽白之意，但我以为其意并不局限于私人恩怨，他所涵盖的更为深邃广阔：当今之世乃至古今之世，那些当权者哪一个不是"睫在眼前常不见"，哪一个不是拿手电筒只照别人不照自己？无怪古往今来常有"世无伯乐"之叹，而鲜选贤任能之例。

酬张祜处士见寄长句四韵

这首诗与《登池州九峰楼寄张祜》约作于同时。会昌五年(845)，杜牧为池州刺史。据缪钺《杜牧年谱》："张祜之来池州访晤杜牧，盖在本年，张祜《江上旅泊呈杜员外》诗盖张祜来池州访杜牧途中所作，杜牧《酬张祜处士见寄长句四韵》即答此诗者。"张祜诗曰："牛渚南来沙岸长，远吟佳句望池阳。野人未必如毛遂，太守还须是孟尝。"诗中把杜牧誉为广纳贤士的孟尝君，自谦不及毛遂，但相信会得到赏识重用。杜牧这首答诗高度评价了张祜的才华，对他的怀才不遇也寄予满腔同情。酬，酬答。处士，指隐居不做官的人。

> 七子论诗谁似公？曹刘须在指挥中。
> 荐衡昔日知文举，乞火无人作蒯通。
> 北极楼台长挂梦，西江波浪远吞空。
> 可怜"故国三千里"，虚唱歌辞满六宫。

七子论诗谁似公？曹刘须在指挥中——七子，指汉献帝建安年间著名文人孔融、陈琳、王粲、徐干、阮瑀、应瑒、刘桢，并称"建安七子"。曹刘，指曹植和刘桢。这二句是赞誉张祜：论起做诗来建安七子哪位能与您相比？就是曹氏父子中最有诗才的曹植和七子中最突出的刘桢也当在您手下为您所指挥驱遣。

荐衡昔日知文举，乞火无人作蒯通——这二句全用典故。上句中"荐衡"，指孔融(字文举)推荐祢衡之事。祢衡，字正平，东汉著名辞赋家，孔融深爱其文采而上疏推荐。下句中"乞火"，西汉蒯通把向丞相曹参推荐人才比作乞火：民间故事

中国家庭基本藏书

说有一家丢了块肉,婆婆以为是媳妇偷吃了,便把她赶出家门。这媳妇向邻居老妈妈告别,老妈妈嘱咐她慢慢走,她婆婆定会追她回家的。于是老妈妈便拿了一捆草到这家去借火,说昨夜家里的狗为争一块肉而相斗,其中一只狗被咬死了,现在要借火去煮狗肉。婆婆一听立刻去追回媳妇。这"乞火"的故事后来便成了替人说好话的典故(见《汉书·蒯通传》)。杜牧这句诗后有原注:"令狐相公曾表荐处士。"令狐相公即令狐楚,曾任宰相,故称相公。据《唐摭言》,当令狐楚表荐张祜时,穆宗曾问元稹张祜的诗怎样?元稹认为"张祜雕虫小巧",不值得"奖激",故穆宗就未任用张祜。这两句诗是以古人比今人,意为张祜曾得令狐楚的推荐,可惜没有遇到蒯通般说好话的人,因此终不得进用。

北极楼台长挂梦,西江波浪远吞空——北极,北极星,指朝廷。西江,指长江。这二句意为:张祜虽然隐居江湖但仍然长挂念国家大事;他依然激情满怀,像长江之水,波浪吞空。

可怜"故国三千里",虚唱歌辞满六宫——这两句诗后杜牧有原注:"处士诗曰:'故国三千里,深宫二十年,一声《河满子》,双泪落君前。'"《河满子》为词曲名,一作《何满子》。这是张祜之名诗。六宫,泛指后宫。这二句意为:可惜"故国三千里"的歌词虽然传满后宫,人人都唱,但一个"虚"字点出:它的作者张祜却不得重用,流落江湖……

古人说:惺惺惜惺惺。这话是确切的:只有共同遭遇、相似命运和相同志趣的人才能互相理解,彼此同情。杜牧身为官吏,张祜身为"处士",两者之间虽有地位的差距,但一来二人当时已诗名满天下,共同的志趣使他们心灵能互相沟通;二来杜牧在官场也不甚得意,他也有怀才不遇的牢骚,故而同情友人的命运;三来当时士人的价值观念还未如今天似的完全为权钱所污染,他们仍以骨气、才华、品德、作品为重。为官者不以势骄人,隐逸者不以卑谄人,他们在人格和心理上是平等的,故而能够惺惺相惜。这首诗正是古代为官者与隐逸者即仕人与布衣间真情挚谊的代表作品,从而可见古人之势利远不及今人之超前和登峰造极。

春末题池州弄水亭

这是会昌六年(846)杜牧在池州任上题于弄水亭上的一首诗。弄水亭在贵池南通远门外,为杜牧所建,取李白《秋浦歌》"饮弄水中月"诗句为名。这首诗写得潇洒自然,真诚坦率,富于情趣,既写出了诗人在池州为官时的生活,也写出了他当时的思想情绪。

> 使君四十四，两佩左铜鱼。
> 为吏非循吏，论书读底书？
> 晚花红艳静，高树绿阴初。
> 庭宇清无比，溪山画不如。
> 嘉宾能啸咏，官妓巧妆梳。
> 逐日愁皆碎，随时醉有馀。
> 偃须求五鼎，陶只爱吾庐。
> 趣向人皆异，贤豪莫笑渠。

使君四十四，两佩左铜鱼——使君，系诗人自称；左铜鱼，铜鱼是铜制的鱼符，分左右两半，唐代刺史时佩左鱼符以为凭证。这两句是说：我今年四十四岁（按：会昌六年，杜牧四十四岁）了，做过两任刺史。

为吏非循吏，论书读底书——循吏，指奉公守法的好官。底书，什么书，底(dǐ)，当时俗语。这二句是自谦之语，说我做官并不算治理地方有政绩的好官；常常谈书论文但又读过什么书？

晚花红艳静，高树绿阴初——这二句和以下二句系描写弄水亭及其周围的景色。不仅对仗工整、意境幽美，而且写出春末的特征：晚花红艳而娴静，高树碧绿而初阴，一个"静"字、一个"初"字点化出一种微妙的心理感觉，与视角的色彩形象相映衬。

庭宇清无比，溪山画不如——此二句一写亭园建筑，一写周遭山水，虽用"无比"、"不如"两个否定的抽象词，但一与"清"、"画"二字相连，就在夸张中令人想见其清幽如画景色，使抽象词具有了形象性。

嘉宾能啸咏，官妓巧妆梳——环境描写过后，接着写人物活动。嘉宾即佳宾；官妓，指专门供奉官府的歌妓，在筵席上让她们歌舞侑酒。这两句是说来往的佳宾都是能吟诗作赋的高人雅士；筵席上侑酒的歌妓也都是巧梳俏妆的美姬娇娃。这里真实地写出了封建时代官场生活的某些侧面，虽有士大夫阶级的烙印和气息，但不失其认识价值与美学价值。

逐日愁皆碎，随时醉有馀——此二句系倒装，前者为果，后者为因，因"随时醉"，方"愁皆碎"。这与上面二句紧密相连：有啸咏、有侑酒，方"醉有馀"；"醉有馀"乃因嘉宾之啸咏、官妓之歌舞而臻于"随时"。然而"醉有馀"是为了"愁皆碎"，

中国家庭基本藏书

这表明诗人实际是借酒浇愁,心中有难平的块垒……

偃须求五鼎,陶只爱吾庐——这二句写出两种人生态度,诗人实际是皈依后者。前句中的"偃",指西汉时热衷于功名富贵的主父偃。据《史记·主父偃列传》,他曾说:"丈夫生不五鼎食,死则五鼎烹耳。"后句中的"陶",指东晋大诗人陶渊明,他不为五斗米折腰,隐居不仕,其《读山海经》诗有"众鸟欣有托,吾亦爱吾庐"之句。这两句意为:我不像主父偃那样热衷功名,追求富贵;而愿如陶渊明一样清静淡泊,归隐田园。

趣向人皆异,贤豪莫笑渠——趣向,即志向;渠,为第三人称"他"。这两句的大意是:人的志向各有不同,你等贤人豪杰切莫耻笑他呀!这里的他,指陶渊明,实际是说自己。贤豪含有讽刺意味。

杜牧是一位有忧国忧民情怀和经邦济世抱负的诗人,他继承祖父杜佑作《通典》的家学传统,很注意研究"治乱兴亡之迹,财赋兵甲之事"(《樊川文集》卷十二《上李中丞书》)。他关心当时国计民生中的重要问题,主张削平藩镇,抵御外族侵凌,严惩官吏贪暴,大力修明政治。他特别注重军事,认为用兵之道直接关系国家的兴亡,曾有不少论兵著述。可见他是一个积极入世、恪守经世治国之道的人。但是由于仕途的挫折、官场的失意以及古代知识分子儒道并存的思想影响,往往在坎坷困顿之时,则以老庄退隐避世之道寻求精神解脱,维持心理平衡。这首心仪自然、向往陶令、落拓不羁、并带自嘲味道的诗,就是这种心境的流露。"仕"与"隐"、"进"与"退"、"入世"与"避世",是贯穿于古代知识分子一生的普遍矛盾心理,不独杜牧如此。有的选注本中认为这首诗"交织"着他"一面不满足于官卑职小,一面又向往隐居生活的矛盾思想",这种解释是不确切的。

池州清溪

这是杜牧在池州任刺史期间所写的一首七绝。诗人酷爱这里的一条清溪,终日在其身边徜徉流连,由此引出一番感慨和感触:既悲且喜。

> 弄溪终日到黄昏,照数秋来白发根。
> 何物赖君千遍洗?笔头尘土渐无痕。

弄溪终日到黄昏,照数秋来白发根——本诗开始并未描写清溪清澈流漾之美,而是写了诗人自己的一个行动:"弄溪终日到黄昏。"一条小河竟然能使人一直盘桓到黄昏。终日在其身边流连忘返,便可想见其魅力,这比用多少华美的形容词描写要经济得多、含蓄得多也有力得多。接着诗人写他的第二个行动:"照数秋来白发根。""照数"就是以溪为镜照着数自己头上的白发,由此可见清溪之清。照数白发,乃诗人在顾影自怜。其时诗人已年逾不惑"早生华发",华发,既是老之将至的标志,也是饱经忧患的象征。"秋来"乃双关之语:从字面了解为入秋以来新增的白发;而实际是说自己已到生命之秋,诗人是在这生命的秋天检点自己头上的华发。至于那个"根"字,可作叠词"根根"解,言"一根根白发",形容其多,不可作"根部"讲。

何物赖君千遍洗?笔头尘土渐无痕——如果说上一句是借清溪抒发自己的迟暮之感,带有一丝感伤,一缕悲音;那么这两句却是以自豪之情赞美清溪对自己的惠赐和恩德。诗人先以设问突出清溪,并将其人格化(称其为"君"),引起接受对象的悬念,然后才以最后一句重笔一语道破:原来自己的一枝染尘或尘封之笔是由于清溪的千遍洗涤才渐无尘痕! 这一句也很含蓄,但聪明的读者完全可以领会其意:是这清溪洗涤了自己的生花之笔,使诗的灵感、文的才情涓涓流于笔下,清溪呵,你是我才思的源泉、文采的母亲!

人类社会生活是文学艺术的源泉,但并不是唯一的源泉。比如诗,就不但以社会生活为源泉,而且以大自然为源泉。古往今来写大自然的山水诗可谓多矣,而且名家辈出,名篇充栋,但像杜牧这样把山水和自己的文笔联系起来吟诵的,似乎还不多见。大自然,确实是净化、哺育人类的源泉,它不仅净化人的心灵,而且给人以灵感、才思和美感,因此它也是佳思美文的源泉。杜牧的"何物赖君千遍洗? 笔头尘土渐无痕"这两句诗的美学和哲学价值,就在于一语道破了文学艺术与大自然的关系。

池州春送前进士蒯希逸

这是作者在池州刺史任上所作的一首送别诗。所送之友人蒯(kuǎi)希逸,字大隐,于会昌三年(843)中进士,唐代称进士及第者为前进士。此诗较深切地表达

中国家庭基本藏书

103

了对朋友的惜别之情，同时也自然而然地宣泄了自己异乡为宦、"有家归不得"的苦闷心情。

> 芳草复芳草，断肠还断肠。
> 自然堪下泪，何必更残阳。
> 楚岸千万里，燕鸿三两行。
> 有家归不得，况举别君觞。

芳草复芳草，断肠还断肠——这开首二句就眼前之景，写惜别之情。诗人一定是依依不舍地将友人送到郊外的十里长亭。其时正当春天，眼前芳草连天，不见尽头，正如惜别之情连绵无尽。古人把芳草(春草)当成离愁别恨的象征。《楚辞·招隐士》："王孙游兮不归，春草生兮萋萋。"南朝梁·江淹《别赋》："春草碧色，春水渌波。送君南浦，伤如之何？"唐·王维《送别》："春草明年绿，王孙归不归？"因此这前后二句便有紧密的有机联系：眼前是一片芳草呵，再望还是芳草；令人肠断呵，再望还使人肠断。芳草真成了使人肠断的信号和条件反射物。

自然堪下泪，何必更残阳——这二句紧接上二句，是离情别恨的进一步抒发，意思是说：眼前的自然情景就足以使人下泪了，何况更当残阳夕照、暮色将临之时？这里"自然"、"何必"两个词用得极好，它把诗人愁上加愁的心境借助自然景物的渲染恰当地表现出来了，而且使人身临其境地看到送别的情景：芳草惨绿，残阳如血，离人远去，子影依稀……情中见景，景中含情，这就是有情境，或者说有境界。

楚岸千万里，燕鸿三两行——如果说上四句是一半写情一半写景，这两句字面上纯为写景：放眼远眺是千万里绵延不绝的江岸；抬头仰望忽见三两行向北飞去的鸿雁。楚岸，泛指楚地，池州一带春秋时属楚国；燕(yān)，泛指北方。而实际上这些景物描写一方面是情的过渡，即由上面的送友人的离别之情过渡到下面的"有家归不得"的悲己思乡之情；另一方面在景中暗示了身在"楚"地的自身"独在异乡为异客"的孤茕，以及由"燕鸿"引发的乡思，因杜牧家在京兆万年(今陕西西安)。当然各种景物描写也扩大了送别空间的描绘，使读者能更真切地进入诗的意境。

有家归不得，况举别君觞——这二句总汇了本诗的全部意蕴：既惜别，又伤己；因友去，更孤茕。这正是本诗不同于一般送别诗的特色。一般送别诗只是抒发离别思念之情，而本诗把自己"有家归不得"的情思融入进去，就使友人去后的孤独、寂寞显得更加深入；而将离情与乡思扭结在一起，则更能表现出异乡为宦的复杂情怀。

新评

杜牧虽然家世显贵，本人二十六岁又进士及第，制策登科，但一生仕宦并不很得意。他在京城为弘文馆校书郎不久，即出为江西、宣歙、淮南诸使府幕僚，度过"十年为幕府吏，每促束于簿书宴游间"的岁月(见《樊川文集》卷十六《上刑部崔尚书启》)。后虽内擢为左补阙、史馆修撰，旋即又受排挤，外放黄州、池州、睦州……其心情正如他在《上吏部高尚书状》中所说："三守僻左，七换星霜，拘挛莫伸，抑郁难诉。"(见《樊川文集》卷十六)因此他在池州写的这首送别诗中所流露的"有家归不得"的情愫就绝不仅仅是一种乡思，而是包含着愤懑、委曲、怨怼等诸多复杂情绪，更多的是在政治上的不满。所以我们不能仅仅把这首诗当作送别诗，其"断肠"、"下泪"不仅仅是为友人，也为他自己。他是真挚地为友人送别，同时也是借送别之酒浇自己的块垒。这正是本诗特点之所在。

寄浙东韩乂评事

题解

大和八年(834)，杜牧在扬州做淮南节度使掌书记时，曾有事到越州，会见韩乂(《樊川文集》卷十六《荐韩乂启》)。本诗有"跳丸日月十经秋"之句，自大和八年下数十年，应是会昌四年(844)。但通常诗中所谓"十年"，往往是约略之词，不一定恰是十年。所以本诗写作时间当是会昌四年左右。杜牧在沈传师宣州幕时曾与韩乂同事，对他很佩服，后来又推荐他当御史，韩这时可能在浙东观察使府为幕僚。评事，即大理评事，是韩乂的京衔(唐代幕职常带京官衔)。

一笑五云溪上舟，跳丸日月十经秋。
鬓衰酒减欲谁泥？迹辱魂惭好自尤。
梦寐几回迷蛱蝶？文章应广畔牢愁。
无穷尘土无聊事，不得清言解不休。

新解

一笑五云溪上舟，跳丸日月十经秋——五云溪即若耶溪，在今浙江绍兴东南。这第一句是回忆当年与韩乂在五云溪荡舟。一笑，形容当时欢聚的时光很短暂。跳丸日月，形容时光过得很快，韩愈有"日月如跳丸"之句。这第二句意为：消逝快速如跳丸的日月不知不觉已过了十年。

鬓衰酒减欲谁泥？迹辱魂惭好自尤——泥，软缠。尤，过错。这二句说自己鬓衰酒减，还会缠着谁去买酒呢？行迹受辱，魂魄常惭，只好自己责备自己的过失。

梦寐几回迷蛱蝶？文章应广畔牢愁——前句典出《庄子·齐物论》："昔者庄周梦为蝴蝶，栩栩然蝴蝶也。"后句中的"畔牢愁"，汉扬雄作文模仿屈原《惜诵》以下至《怀沙》为一卷，名曰"畔牢愁"。这二句说：自己几回如庄子似的梦见蝴蝶，不知自己是蝴蝶，还是蝴蝶是自己；而我的文章应是和扬雄一样，有着深广的"畔牢愁"。

无穷尘土无聊事，不得清言解不休——这二句带有总括性质：自己为无穷的尘世之土包围壅塞，干的原是无聊之事；我得不到你的清言的解劝，就永远解不开心中的郁结。

这首寄友人的诗完全是倾泻自己心中的苦闷。其时诗人正离开京城在黄州、池州为刺史。仕途的颠踬，宦海的浮沉，使他心中壅塞了过多的郁闷；从"迹辱魂惭好自尤"这句分量不轻的话语，可以看出诗人当时的痛苦是极为深重、难以言说的。此外以扬雄比己文的"牢愁"之广，以庄周梦蝶慨叹人生的荒诞和虚无，都是心灵之苦衷的泄露；而"无穷尘土无聊事"之结语，更把对现实的不满和心中的忿激吐露无遗！

新定途中

杜牧于会昌六年(846)九月，由池州刺史改授睦州刺史。唐睦州治所为建德县(今浙江建德)。这首诗就是在赴睦州刺史任途中所作的。新定是睦州郡名。诗中隐含着对仕途坎坷的感叹。

> 无端偶效张文纪，下杜乡园别五秋。
> 重过江南更千里，万山深处一孤舟。

无端偶效张文纪，下杜乡园别五秋——开头一句引用典故：张文纪，即东汉张纲，因弹劾权奸梁冀及其弟梁不疑，被贬为广陵太守。这里杜牧以张喻己。杜于开成四年(839)至会昌元年(841)在京城长安任左补阙、史馆修撰，因直言敢谏，于会昌二年(842)春出为黄州刺史。杜在《祭周相公文》(见《樊川文集》卷十四)中说："会昌之政，柄者为谁？忿忍阴污，多逐良善。牧实忝幸，亦在遣中，黄冈大泽，葭苇之场。"据此可知杜牧之出守黄州，乃是受人排挤之故，因此以张文纪自比。此句意为：只因我效仿东汉仗义执言的张文纪，便无端遭到外放贬官的下场。第二句中的"下杜"，为城名，在杜牧家乡杜陵附近。五秋，即五年。杜牧自会昌二年离京至赴睦州任之会昌六年整五年。这一句紧接上句，意为：从那时离开京城离开家园到现在已整整五年了。

重过江南更千里，万山深处一孤舟——上两句看似说事，但不满、怨望已溢于言表。此二句看似写景，但仍是怨气的继续宣泄。前一句"重过江南更千里"，要注意"重过"及"更"二词。杜牧于大和三年(829)至大和八年(834)即二十七岁至三十二岁六年间，已在江西、宣州、淮南幕中任职；开成二年(837)因视弟眼疾赴扬州；开成三年(838)又赴宣州幕中。因此这里说"重过江南"。"更千里"是指现在所赴的睦州(浙江建德)较以前所去的地方还在千里之外。据《祭周相公文》云："东下京江，南走千里，曲屈越嶂，如入洞穴，惊涛触舟，几至倾没。万山环合，才千馀家，夜有哭鸟，昼有毒雾……"可见当时睦州之荒辟。所以下句"万山深处一孤舟"就决不仅仅是一句景语，而是包含着许多苦涩内涵的"隐话"，竟至是诗人对自己处境和前程的一种"谶言"了！

杜牧虽然出身高门显贵，本人亦少年得志，二十六岁便进士及第，但一生仕途却不太得意。在他五十年短暂的生涯中，有二十四年蹭蹬于政治舞台，其间在朝中做官的时间仅仅几年，其馀都外放做职位不高的地方官，还有"十年为幕府吏"，因此他内心一直是不平的。如今由池州而睦州，比原地更荒僻、更遥远，诗人心中何能不起痛苦的波澜？但这满腔的言语却浓缩于这寥寥四句二十八个字之中，而且表面显得这样平静、这样雍容，好像是在一般地写景叙事，这就叫成熟、老到的艺术功力：愈简练愈觉容量巨大，愈克制愈加扣心感人，愈平淡愈有强烈的震撼力！

初春有感寄歙州邢员外

此诗是杜牧为睦州刺史时作。邢员外即邢群，字涣思。杜牧在《唐故歙州刺史邢君墓志铭》中说："涣思由户部员外郎出为处州，时某守黄州岁满转池州……涣思罢处州，授歙州；某自池转睦。歙州相去直西东三百里。"(见《樊川文集》卷

中国家庭基本藏书

八)可见邢与杜同为由京外放，仕途播迁，有惺惺相惜之意。此诗就乍暖还寒的初春景象，抒发宦游中之感怀，以寄友人，互通款曲。

> 雪溺前溪水，啼声已绕滩。
> 梅衰未减态，春嫩不禁寒。
> 迹去梦一觉，年来事百般。
> 闻君亦多感，何处倚栏干？

　　雪溺前溪水，啼声已绕滩——本诗题为"初春有感"，这开始二句就紧扣题目描写初春景象：前面刚刚融化的溪水浸溺了这里的残雪，它那淙淙的响声已绕过河滩。这把冰河解冻、残雪未化的初春特征写得十分准确。

　　梅衰未减态，春嫩不禁寒——这二句是从另一角度描写初春的特征：冬天盛开的梅花有点衰谢了，但还未失其风姿体态；春意还像嫩芽一样娇弱，禁不住残冬的馀寒。这里这个"嫩"字用得十分新颖、形象，诗人是把可爱的春人格化、感情化了。

　　迹去梦一觉，年来事百般——这两句有点感叹的味道，大意是说：过去的事情（陈迹）就像一觉醒来已消失全无的梦境，而眼前（"年来"，初春乃新年刚过）百般扰人之事又接踵而来。这很有点像李白"弃我去者昨日之日不可留，乱我心者今日之日多烦忧"的意思。

　　闻君亦多感，何处倚栏干——此二句点明诗题之后半"寄歙州邢员外"。前一句有二解，既可解为：听说你也是多思善感之人；也可解为：听说你也如我一样屡屡播迁，便引起我几多感慨。后一句既为想象之语，又包含眼前的实际：我这里正凭栏念你，不知你现在在何处，大概也在凭栏念我吧！

　　初春是一个"乍暖还寒最难将息"的季节，诗人杜牧在遥远荒僻的睦州一定更有一种深切的、别样的体味。这首五律以简朴凝练之笔，独特而又准确地写出了初春的景象，和诗人对初春的感觉，以及由此而产生的一种心绪，而且在寄远中拉开了空间距离，使人有遥相呼应之感。

朱坡三绝句

题解

据本诗"江城三诏换鱼书"句,知作于睦州。杜牧自黄州刺史迁池州,又迁睦州,三州之城皆临江,故曰"江城三诏"。朱坡在长安城南,有杜牧故园(其祖父杜佑在此有别墅)。这三首绝句在对故园的深情怀念中寄寓了外放江城、不能归朝的怅恨。

其 一

故国池塘倚御渠,江城三诏换鱼书。
贾生辞赋恨流落,只向长沙住岁馀。

新解

故国池塘倚御渠,江城三诏换鱼书——首句中"故国"即故园;御渠,从皇宫流出的水渠。这句意为:我那故园的池塘紧靠着皇宫的御渠。次句中的"鱼书"即鱼符。唐代新受命的刺史都要领左鱼符以为凭信,除左鱼之外又有勒牒,总名为"鱼书"。这句意为:我已领了三次诏命换了三个地方当刺史。二句之间跳跃性较大,许多想说而不能明言的话都留在这空白之中。

贾生辞赋恨流落,只向长沙住岁馀——此二句用典。贾生指贾谊,汉文帝时被贬为长沙王太傅,曾作《鵩鸟赋》,自伤贬谪,后文帝思贾生又将他召回。本诗末句后有原注:"文帝岁馀思贾生。"这二句是说:贾谊以辞赋表达他被贬谪的怨恨之情,但他只在长沙待了不久就被召回了。诗人借这典故含蓄地表露自己在外做官流落江城的苦衷,和想被召回京城在朝中任职的厚望。

其 二

烟深苔巷唱樵儿,花落寒轻倦客归。
藤岸竹洲相掩映,满池春雨鸊鹈飞。

新解

烟深苔巷唱樵儿,花落寒轻倦客归——这第二首诗是忆当年在朱坡故园时的情景。首二句写得极有生活气息:在烟柳深深、苔痕处处的村巷中,打柴的孩子唱着山歌;我这个疲倦的他乡游子在花落寒轻的暮春时节回到了故园。

藤岸竹洲相掩映,满池春雨鸊鹈飞——接着上句"倦客归",这二句即写归来

中国家庭基本藏书

故园所见：岸上的藤萝和水洲的翠竹交相掩映，亮晶晶的春雨洒在碧水满满的池塘上，鹏鹈(pì tí)(水鸟名，似野鸭而小，善潜水)还在水面款款地飞……

其 三

乳肥春洞生鹅管，沼避回岩势犬牙。
自笑卷怀头角缩，归盘烟磴恰如蜗。

乳肥春洞生鹅管，沼避回岩势犬牙——这第三首是写故园的泉石池沼。第一句是写池边的溶洞。乳肥，指溶洞内粗大的石钟乳；鹅管，指石钟乳中轻薄如鹅翎管的洞孔。这句是说：溶洞中也春意盎然，洞中有巨大的石钟乳，石钟乳上还有鹅翎管似的洞孔。第二句写池边上的岩石，意思是：池沼好像避开似的绕过岩石；而岩石则犬牙般地参差不齐交错曲折。

自笑卷怀头角缩，归盘烟磴恰如蜗——这二句是以自嘲的口吻写自己在溶洞岩石下行走的模样，非常有趣而寓深意。意思是说：我自己也感到可笑，向回走时，弯腰缩头，沿着水汽蒙蒙的石阶盘来绕去，恰似蜗牛爬行一样。这正是对自己在权势压力下不得伸展抱负的自嘲。

杜牧的这三首绝句可视为组诗，因其具有内在联系。第一首以思念故园引起，但主要是借古人之事含蓄地宣泄自己三次被诏流落江城不得归朝任职的哀怨。第二、三首乃正面抒写朱坡故园在记忆中的美。第二首写得最有情趣，把自己当年在"花落寒轻"的暮春时分、在"烟深苔巷"的山歌声中回到故园的情景——岸洲藤竹相掩映、春雨池满水鸟飞——水彩画般托现出来，令人如同身临其境。第三首进一步突现故园泉石池沼的特色：岩洞中石钟乳之奇瑰，沼岸上岩势之嶙峋，皆给人以非同一般的深刻印象，更妙的是即景生情、信手拈来的自嘲——以"卷怀头角缩"的蜗牛自喻，又曲折地宣泄了自己在官场中不能伸展个性的怨愤，与第一首之主旨相呼应，从而使三首诗构成一个完整的整体，诗人之匠心于此可见。

忆游朱坡四韵

朱坡是杜牧的故园，在长安城南四十里处，杜牧的祖父杜佑在此建有别墅。

此诗与《朱坡绝句三首》可能作于同时,即在睦州任刺史之时。诗中萦绕着对故园深情的怀念,并流露了"如今归不得"的喟叹。

秋草樊川路,斜阳覆盎门。
猎逢韩嫣骑,树识馆陶园。
带雨经荷沼,盘烟下竹村。
如今归不得,自戴望天盆。

秋草樊川路,斜阳覆盎门——樊川,在长安城南三十馀里,朱坡即在樊川,杜牧少年常在此游玩,晚年从湖州刺史调入京都为考功郎中、知制诰,又出俸钱将樊川别墅修治,说愿老为樊川翁,把自己的诗文著作也命名为《樊川文集》,可见其对樊川感情之深。覆盎门,汉长安城南之东门,旧址在樊川附近。这二句说:樊川路上如今长满秋草,覆盎门上也披了一缕斜阳。樊川——朱坡,而今是荒凉了,可它更使我难忘。笔者认为杜牧这里所忆的不是儿时樊川的景象,而是如今的面貌。诗人曾屡次回京任职,樊川故园他是不能不去的。

猎逢韩嫣骑,树识馆陶园——此二句用典:韩嫣是汉武帝的幸臣。一次去上林苑打猎,汉武帝先使韩乘自己的副车率数百骑兵驰入上林苑,百官以为是皇帝来了都伏谒道旁。馆陶公主是汉武帝之姑母,曾将其长门园献给汉武帝,长门园在长安城东南。此二句是说:樊川朱坡一带乃豪门贵胄游憩之地并多有贵人亭园。

带雨经荷沼,盘烟下竹村——此二句写自己当年在朱坡游玩的情景:在零星细雨中我走过开满荷花的池沼;在炊烟缭绕下我来到翠竹丛中的小村。

如今归不得,自戴望天盆——望天盆,见司马迁《报任安书》:"仆以为戴盆何以望天。"意为头戴盆则不能望天。杜牧此两句是说:自己在外供职,不能回到故园,就如戴盆不能望天一样。

故园是生命中永恒的记忆,是心灵中不凋的绿洲,它随着年齿渐增而日益梦绕魂牵。杜牧的这首忆故园之作,情绪比较复杂,既有对其"秋草"、"斜阳"的怜惜,又有对其家世高门的骄矜,还有儿时憩游的欢欣……诗人把他不同年龄、不同时间的记忆交织在一起,既见出朱坡的沧桑,也荡出情绪思想的跌宕起落,因而与一般的怀旧、忆昔诗不同。

中国家庭基本藏书

睦州四韵

题解

这是杜牧在做睦州刺史期间所写的一首景物诗。诗中描写了睦州的秀丽景色以及诗人对美景的沉醉。四韵,指律诗。

州在钓台边,溪山实可怜。
有家皆掩映,无处不潺湲。
好树鸣幽鸟,晴楼入野烟。
残春杜陵客,中酒落花前。

新解

州在钓台边,溪山实可怜——首句中"钓台"指东汉著名隐士严子陵钓台,它高踞于风景秀丽的富春江畔,距睦州桐庐三十里,故云"州在钓台边"。第二句中"可怜"是可爱之意。此一起联平实,但于拙朴中引起人的想象:似有严陵钓台之美。

有家皆掩映,无处不潺湲——此二句及以下二句具现睦州之秀丽景色。"有家皆掩映"是说家家的房屋都掩映于葱茏的树荫中;"无处不潺湲"是说潺湲的流水无处不在,它缓缓地流过家家门前,潺湲之声如音乐般悦耳。

好树鸣幽鸟,晴楼入野烟——上二句写了人家、流水,像是近景;这二句视野放宽,写树写鸟,写楼写烟,像是中景和远景:树上不时传来幽幽的鸟鸣;晴光辉耀下的楼阁鳞次栉比地融入远处的烟云。这两句和上两句均系朴实的描写,睦州淳朴的自然之美已嵌入读者心中。

残春杜陵客,中酒落花前——前句中"杜陵客"系诗人自称。杜陵在长安城东,杜牧是长安人,家住杜陵,而今客居异乡,故自称"杜陵客"。后句中"中酒"乃醉酒之意。这二句意为:值此残春时节,我这个杜陵客被美景和美酒醉倒在缤纷的落花前了。

对于诗人来说,欣赏大自然的美就是对心灵的最大安慰。在来睦州途中(见《新定途中》)杜牧确实牢骚满腹,而且心怀忐忑。但来到睦州之后倒也安然恬适,这首《睦州四韵》便是此种心境的具现,而其原因即是大自然风物之美对他心灵的慰藉。此诗为五律,五律的常见章法是首尾两联抒情言事,中间两联写景。本诗不仅章法严谨,而且在平仄粘对上也无不合乎五律的规格,同时在形式的整饬中写出一种清新淳朴的意境。前人对杜牧的七绝、七律多有分析、赞誉，殊不知其五律亦可望王维、孟浩然之项背。

书怀寄中朝往还

此诗亦是在外游宦时所作，借寄语朝廷之契机，宣泄自己悲凉的心境，同时也婉转地流露出内心的不平和对现实处境的不满。中朝，指朝廷。

平生自许少尘埃，为吏尘中势自回。
朱绂久惭官借与，白头还叹老将来。
须知世路难轻进，岂是君门不大开？
霄汉几多同学伴，可怜头角尽卿材。

平生自许少尘埃，为吏尘中势自回——此二句说：平生以一尘不染自许，不料在官场的滚滚红尘中势所不免为尘所染。自回，言自己回到尘网，为尘俗所累。

朱绂久惭官借与，白头还叹老将来——朱绂(fú)，指红色官服。此二句意为：自己早就羞惭于因做官而必穿的这身官服(指未给百姓黎民办多少好事)，而现在鬓发已白，不知不觉老之将至。

须知世路难轻进，岂是君门不大开——上面四句写自己为宦半生的苦恼与失意，这两句便言其因由：这全是因为世上的路难于轻松地前进，并非君王未大开门而使自身颠沛。前句实际是说官场凶危、仕途险恶，令人心怀忐忑、举步维艰。后句是避嫌之语，事实上杜牧仕途不得意之根本原因就是皇帝对他未加重视。

霄汉几多同学伴，可怜头角尽卿材——霄汉，本指云霄、天河，此处是比喻当年的同学、友伴多在朝中身居高位，如在霄汉一般；可怜，可爱。卿材，公卿之材。两句意为：可爱的他们头角峥嵘，个个都是公卿之材。这二句明似颂赞，实含讽刺之意。

"冠盖满京华，斯人独憔悴"，这似乎就是中国从来的社会状况，也是历久弥新的正直文士的慨叹。杜牧这首诗也未脱离这一永恒主题，他哀叹自己为世尘所污、为尘网所累以及岁月空抛和世路行进之艰难……说的无非是一个"斯人独憔悴"；而"同学"的"霄汉"、"头角"峥嵘，正是"冠盖满京华"之谓。中国的现实古往今

中国家庭基本藏书

来为何如此？一句话，就是专制主义的独裁者总是喜欢唯命是从，而聪明的奴才总是能投其所好，故能青云直上，而"平生自许少尘埃"即不入尘俗，难与世俗仰如杜牧者，世路自然是"难轻进"也。用人唯亲，君门不开，乃是专制社会知识分子悲剧命运的根本原因。诗人用"岂是君门不大开"一语故意加以否认，也许正是他已有认识却特加掩饰而已。

<h1 style="text-align:center">春尽途中</h1>

题解

　　杜牧家在京城长安，但自登进士第步入仕途之后，一生中大都在外地为官，除在江西、宣州、淮南、扬州幕中外，历任黄州、池州、睦州、湖州刺史，在京任职之日累计不过数年。这首诗就是他在外地做官时的感叹。

　　　　田园不事来游宦，故国谁交尔别离？
　　　　独倚关亭还把酒，一年春尽送春诗。

新解

　　田园不事来游宦，故国谁交尔别离——这起首二句便用自问自责的口气，发泄在外地为官——"游宦"的牢骚。诗人非常懊悔地说："家有田园不去料理却远远地来这外地做什么官，是谁教你抛别故园、远离故土的啊！"这里的"故国"与"故园"、"故土"、"田园"同意，两次重复是为加重懊悔游宦、留恋家园之意。以己为"尔"，是拟己为他人责问自身，亦是为加重自责之度。

　　独倚关亭还把酒，一年春尽送春诗——关亭，关外之长亭。长亭，路旁的亭舍，为行人休息与饯别之处。古有"十里一长亭，五里一短亭"之说。这二句写诗人在"游宦"途中的落寞景况与寂寥心情：他独自倚亭借酒浇愁，看看一年又将春尽，只能写几首送春诗聊以排遣心中之寂寞。

新评

　　杜牧出身仕宦之家，少年时便名登金榜，然而受牛李党争的影响，他一生的仕途不甚得志：在朝之日少，游宦之日多；一般官职多，权位官职少，因而他内心深处一直有一种怀才不遇、难展宏愿的牢骚，此诗就是其直抒胸臆的坦诚之作。诗人想象陶渊明似的"归田园居"，却又不甘寂寞；而游宦奔波又非所愿，他只能在这终生难解的矛盾中消磨岁月，在把酒与吟诗的无奈中耗费有限的生命。古往今来的知识分子大概都是在这功名的怪圈中一代代地轮回的吧，比起大多数求取功名而不得的知识分子,杜牧还算是很幸运的。

寓　言

这首诗是诗人宦游江南时所作。诗人先是为江西、宣歙、淮南诸使府幕僚;后又出为黄、池、睦、湖等州刺史,他一生大半时间供职于江南,因而此诗作于何时,难以确定。诗中讴歌了江南醉人旖旎的春景,并以此为对照,吟叹了自身憔悴的形容和惆怅的心情。"寓言"乃寓情感抒发于景物描绘中,非今文体之一的寓言之谓。

> 暖风迟日柳初含,顾影看身又自惭。
> 何事明朝独惆怅,杏花时节在江南。

暖风迟日柳初含,顾影看身又自惭——首句七字便描绘烘托出春日融融的美好氛围:暖风轻轻地吹;太阳落得迟了,白昼也变长了;杨柳的枝条抽出了嫩芽,在春风里摇漾,远望去好似含烟。古诗词中常以"含烟"形容初春的柳色,远眺如笼烟雾,此处略一"烟"字。在如此的良辰美景中,诗人该是欢快的吧?然而他却在"顾影看身又自惭"。是春日的美景使他自惭形秽了吧:他顾顾自己的影,看看自己的身,是如此憔悴、寒碜,他又在惭愧自己的形象不配这美丽的春天。这里要注意这个"又"字,表明其自惭频频,已不止这一次。

何事明朝独惆怅,杏花时节在江南——这两句继续加深主观(诗人)和客观(春景)的对立,不过作为主观的诗人不再以其外形而是以其内心来参与这种对立:什么事使得我独自为明天这般惆怅啊?是因为我"杏花时节在江南"。这最后一句是唐诗中的名句,但它好像并未说明"何事明朝独惆怅"的缘由,但正是这不像回答的回答,这笼统和朦胧,这类似前两句的"语意重复",才产生了诗:让接受主体调动其审美想象力,予以创造性的填充和解释。

这首七绝前后两句均以客观的美景和主观的"自惭"、"惆怅"作比衬或对比。这正是王国维所说的:以乐景写哀情则更增添哀情之哀。诗人仕途不太得意,其心情总是郁郁寡欢,面对如此美丽的春景,他不但快乐不起来,反而倍添伤春之感,春使他"惭",使他愁,使他对明朝的前途担忧。本诗反复描写对比就是要托出这

中国家庭基本藏书

种心境。有的注本中把本诗解释为：诗人"为明朝春老江南而独自惆怅，表现了在春色恼人天气中的淡淡哀愁"，这是不恰当的。

初冬夜饮

此诗写诗人远离京城长安，在外地游宦时的抑郁心情。约为任黄州或池州、睦州刺史时作。

> 淮阳多病偶求欢，客袖侵霜与烛盘。
> 砌下梨花一堆雪，明年谁此凭栏干？

淮阳多病偶求欢，客袖侵霜与烛盘——据《汉书·汲黯传》：西汉汲黯因刚直敢言，不得久留于朝廷，出为东海太守。汲黯多病，又一次被任命为淮阳太守。汲黯对武帝说："臣常有狗马病，力不能任郡事。"杜牧此处言"淮阳多病"是以汲黯自比。这句意为：自己多病，偶尔夜饮求欢。《易林》云："酒为欢伯，除忧来乐。"下句中一个"客"字点明自己是客居外地；另外以"袖"之"侵霜"，点出时令为"初冬"，以"烛盘"点出夜饮，这给"求欢"中增添了几许凄凉和孤寂的因子。

砌下梨花一堆雪，明年谁此凭栏干——题目既是"初冬夜饮"，上句中又有"侵霜"二字，为何这里又是"砌下梨花一堆雪"呢？是诗人夜饮得醉意朦胧把砌下的雪花看成梨花了吗？还是以梨花喻雪、雪喻梨花？反正不管怎样，诗人想的是：明年自己又不知流落到何处去了，在此凭栏的还不知是谁呢？

此诗托出了诗人长年游宦生活中的一个镜头：在凄凉的寒夜，独自一人自斟自饮，以排遣难耐的孤独与寂寞。如果说这叫"求欢"，那这"欢"中就有太多的苦涩和辛酸。然而就是这样的"求欢"也只是暂时为之，明年今日不知又在何方呢。联系"淮阳多病"的典故，这一切都是刚直敢言、诤谏不阿所致。性格就是命运，从他以汲黯自比可知，他对这一定律是理解的，而且无怨无悔。至于"砌下梨花一堆雪"，也许又是一个有意识的时空变化，诗人也许是告诉人们不仅初冬如此，梨花零落的暮春也如此，他的寂寞是恒定的，"求欢"是偶尔的，宦游生涯总是漂泊无定的……

秋晚早发新定

宣宗大中二年(848)，杜牧由睦州刺史内升为司勋员外郎、史馆修撰。九月即由睦州启程赴京。此诗是他离睦州时所作。诗中表露了他由外任归朝的喜悦心情。

解印书千轴，重阳酒百缸。
凉风满红树，晓月下秋江。
岩壑会归去，尘埃终不降。
悬缨未敢濯，严濑碧淙淙。

解印书千轴，重阳酒百缸——本诗开首二句就直抒其离开睦州的喜悦心情：解去这刺史的官印，带上我的千轴书卷；今日正逢重阳佳节，我要痛饮百缸美酒。这有点像老杜"白日放歌须纵酒"、"漫卷诗书喜欲狂"的劲头(见杜甫《闻官军收河南河北》诗)。这两句的第二、第三字之间都省略了一个实质性的动词，一是"携"，一是"饮"，但读者完全可以凭感觉补充，这是诗人有意留下的语言空白。"书千轴"，就是书千卷。唐时的书都如画似的以轴卷起来，成为一卷。

凉风满红树，晓月下秋江——上一句"重阳"已点了题中的"晚秋"，这二句继续以"凉风"、"红树"点晚秋，以"晓月"点早发，如彩画似的描绘出一个在深秋之晨的习习凉风中挂帆远去的场景：其时一钩晓月已快下沉到江面，江岸上的满树红叶在风中摇曳。这风、这树、这月、这江，都有一种活泼的动感，而且色彩鲜亮明丽，这都是诗人欢快心情的一种外现。

岩壑会归去，尘埃终不降——这二句既是在江行中的所见所感，又是一种语意双关的隐喻。船在往前走，似乎感觉两岸的山峦在往后退，这便是"岩壑会归去"的语句来源。但它内里的语意不正是"千重阻碍(千岩万壑)总会过去的吗"？连接下句意思更为明白：小人奸佞(尘埃)给我带来的厄运终有不降临的一天(字面是说一路上风平浪静没有尘土，这也正是江行的感觉)。联系《新定途中》"万山深处一孤舟"一语，更能体会"岩壑会归去"的深沉含义。

悬缨未敢濯，严濑碧淙淙——这二句意味颇深。前句用《孟子·离娄》中的典故："沧浪之水清兮，可以濯我缨；沧浪之水浊兮，可以濯我足。"后句中"严濑"，指《睦州四韵》中所说的高隐严子陵钓台边的飞瀑山泉。睦州桐庐有桐溪，自桐溪至于潜有九十六濑，第二即严陵濑。此两句意为：严濑碧清见底(淙淙，水声)，我想濯我冠上之缨,但又未敢。为什么呢?因为严濑如严陵一样高洁,我如今尚在官场奔走,恐仕途浊气亵渎了这碧清的净水。

诗贵有饱满的内涵。既要有晓畅的语言、自然的结构、引人入胜的意境,又要有含蓄的意蕴、深沉的情思,如此才能令人沉吟、玩味。即如此诗,有鲜活的激情,有彩绘的画面,有语意双关的隐意,又有一个朦胧多义的结尾。古人说"诗无达诂",就是承认诗的内涵的多义性。我以为:杜牧是十分崇敬严子陵的,但为自己未能达到他那样高的境界而有愧,故而未敢在严濑濯缨,这就显出了他与热衷功名利禄之徒的差异,同时也符合他入世与出世的矛盾心理。

江南怀古

大中二年(848)九月,杜牧离开睦州刺史任,赴京任职。途中路过金陵(今南京),联想起三百年前的戊辰年发生在金陵的侯景叛乱,并且想到诗人庾信而作此诗。诗人借对古人旧事的咏叹,表达了对时局的关切,切望当今朝廷修明政治,励精图治。

车书混一业无穷,井邑山川今古同。
戊辰年向金陵过,惆怅闲吟忆庾公。

车书混一业无穷,井邑山川今古同——这起首二句既有诗的形象特质又高度概括。首句"车书混一业无穷"是说统一天下确是无比伟大的事业。但诗人不直说天下统一,而说"车书混一",这就有了可感的形象性。古人用"车同轨"、"书同文"表示天下统一;庾信《哀江南赋》序中说:"混一车书,无救平阳之祸。"这里用"车书混一"既为后文引出"庾公"予以铺垫,又弹出了弦外之音:统一了天下如不励精图治,还是免不了亡国的。第二句中"井",古制八家为井,此处引申为乡里、家宅;邑,指城市。这句意为:城乡和山川古今是相同的。此句与前句跳跃较大,旨在紧密振起下文。

戊辰年向金陵过,惆怅闲吟忆庾公——前句紧接上句,意为:金陵的山川城乡还和当年一样吧,今年这个戊辰年我来到金陵,不觉想起三百年前那个戊辰年的往事:南朝梁武帝太清二年(548),降将侯景发动叛乱,攻破建康(今南京),次年攻下台城(宫城)，武帝饿死。庾信《哀江南赋》序说："戊辰三年，建亥(十月)之月，大盗移国，金陵瓦解。"后句中庾公即指庾信，他初仕梁，后出使西魏，出使期间西魏灭梁，被强留在长安，常怀故国，写下《哀江南赋》等思乡的作品。杜牧由三百年前梁亡而想见庾信，庾信哀吟故国，杜牧也"惆怅闲吟"，其时藩镇割据之势日炽，吐蕃回鹘侵扰不断，统一的大唐帝国面临瓦解、分裂的危机。这便是"忆庾公"的缘由。

历史是现实的变相书写，怀古亦是当今的借题咏叹。杜牧的这首《江南怀古》当然也是有感于现实社会的种种危机而借相似的史实加以讽喻，其弦外之音、意外之味是再明白不过的。而它较之一般怀古诗的特点是把当今现实状况置于背景位置，把古今一贯的常理和古今山川风物的相似性推到前景，而将史实约略地一笔带过，这样就给读者留下较大的思索联想空间，从而增加审美创造的快感。就以最后两句来说，作者并未直说三百年前的史实，只用"戊辰年"、"金陵过"、"忆庾公"几个字，就使人一下浮想起南朝梁末的史实和亡国之臣庾信的悲哀，从而引发对现实的警戒，让人更易领会到诗人杜牧忧国忧民的情怀。一首绝句的思想容量之大由此可见。末句"惆怅闲吟"的主体应是诗人杜牧，他因忧国而"惆怅"，"闲吟"当为反语。有的注本将"惆怅闲吟"的主体当作庾信，说"……我从金陵经过，不由得想起了那位忧愁伤感、吟诗作赋的庾信"，这种解释是错误的，这大大降低了本诗的现实意义和诗人杜牧关心、讽喻当今社会的思想分量。

长安杂题长句六首(选二)

大中三年(849)，杜牧由睦州刺史调任回京为尚书司勋员外郎、史馆修撰。大中四年秋即出为湖州刺史，在京仅一年。据缪钺考证，此组诗为大中四年(850)春间作，时年四十八岁。

其 二

晴云似絮惹低空，紫陌微微弄袖风。
韩嫣金丸莎覆绿，许公鞲汗杏黏红。
烟尘窈窕深东第，轮撼流苏下北宫。
自笑苦无楼护智，可怜铅椠竟何功。

中国家庭基本藏书

晴云似絮惹低空，紫陌微微弄袖风——紫陌，指京都的道路。此二句写帝都长安春日的自然景色：晴空里白云似絮低低地飘在空中，走在京城的大街上，微风轻轻拂着衣袖。"惹"、"弄"二字值得注意，它使"云"和"风"都富有了生命和人情，写出了诗人当时微妙的感觉。

韩嫣金丸莎覆绿，许公鞯汗杏黏红——此二句用典。韩嫣，汉武帝之幸臣，常随武帝去上林苑打猎，他好弹射，以金为弹丸。许公，北周宇文述封许国公，喜炫耀，所制马鞯(马鞍)之后角缺方三寸，以露白色，时人仿效，称为"许公缺势"。这里以韩、许二人影射当时长安的达官贵人，说他们打猎用金制的弹丸遮覆了莎草之绿；他们所骑的马鞍上的汗黏着杏花花瓣。由此形容其得意骄纵奢靡之势。

烟尘窈窕深东第，轮撼流苏下北宫——此二句继续形容达官贵胄住、行之豪奢。窈窕，幽深貌。东第，指王侯住宅。《史记·司马相如列传》有"位为通侯，居列东第"之语。流苏，贵人车上以五彩羽为垂状之装饰。北宫，汉代长安有北宫，即桂宫，因在未央宫北，故名北宫。这二句说：王侯们的住宅幽深似有紫烟轻笼；那由北宫出来的饰着流苏的锦车轮声阵阵撼人。

自笑苦无楼护智，可怜铅椠竟何功——楼护，西汉末年人，善谈论，能交结贵人，为王氏王侯上客。铅椠：扬雄同时也在长安做官，他不善逢迎奔走，唯喜研究学问，常怀铅(铅粉笔)提椠(木牍)著书，因而多年不得升迁。此二句杜牧以扬雄自比，说他不能像楼护那样交结权贵，虽有学问而宦途滞踬。

其　三

雨晴九陌铺江练，岚嫩千峰叠海涛。
南苑草芳眠锦雉，夹城云暖下霓旄。
少年羁络青纹玉，游女花簪紫蒂桃。
江碧柳深人尽醉，一瓢颜巷日空高。

雨晴九陌铺江练，岚嫩千峰叠海涛——这二句写长安雨后初晴的景象。九陌，汉代长安有八街九陌。江练，南齐·谢朓有"馀霞散成绮，澄江静如练"之句。前句意为：长安大街平整而宽阔，在雨霁之时，阳光映着街上之水光，有如澄江之练。后句形容雨后之岚气簇拥千峰，如海涛浪叠，一个"嫩"字写出岚光使千峰更加青翠柔媚之态。

南苑草芳眠锦雉，夹城云暖下霓旄——唐长安城东南角有曲江，曲江西南有芙蓉园，谓之南苑，是皇帝游赏之地。玄宗开元二十六年(738)，从兴庆宫(靠长安东城墙)筑夹城向南通到南苑。霓旄，即霓旌，皇帝仪仗的一种，以羽毛染五彩，有似虹霓。此二句形容南苑之华美：锦雉静眠芳草，皇帝常常通过夹城来此游幸，连云也好像变得温暖了。

少年羁络青纹玉，游女花簪紫蒂桃——此二句描写长安仕女春游曲江的情景：公子王孙所骑马之缰绳、缨络都配着华贵的青纹美玉；豪门游女头簪紫蒂桃那样的名贵花饰。紫蒂桃亦名紫文桃。《西京杂记》云："汉武初，修上林苑，群臣各献果，有紫文桃。"

江碧柳深人尽醉，一瓢颜巷日空高——江，指曲江池，在长安东南，池畔多柳树。一瓢颜巷，孔子弟子颜回很穷，居住在陋巷，一箪食，一瓢饮。杜牧在此以颜回自比。二句意为：在水碧柳深的曲江池畔，游春的人们都逸乐醉饱了，只有我如家居陋巷一瓢饮的颜回空望着高空的太阳……

这组诗是杜牧的重要作品之一，它不仅比较真切地写出了当时帝都长安的景象，而且反映了王侯贵族豪奢的生活和骄纵的淫威。就以我们所选的这二首而言，诗人以他所描写的境界，将我们带到千年前"晴云似絮"和"雨晴岚嫩"的长安，看到了"金丸覆绿"、"鞯汗黏红"的贵胄的骄横，也看到了"羁络青玉"、"花簪紫桃"的奢靡。此外，"东第"的幽深，曲江的人醉，南苑的锦雉，夹城的霓旌……都色彩鲜明地点染出一幅九世纪中叶中国帝都的图画，这在整个唐诗中是很少看到的。另外诗人以"怀铅提椠"的扬雄与"穷居陋巷"的颜回自比，活脱脱地对照出自己确是"冠盖满京华"中的一个"异类"，是"尽人皆醉"中的一个醒者，是"苦无楼护智"的一个"傻子"，这也正揭示出他仕途不畅、"斯人独憔悴"的根源。

独　酌

这首诗写诗人独自饮酒时的心情和思绪，从诗中"隋家寺"三字推测，可能是在朝中为官时所作。

长空碧杳杳，万古一飞鸟。
生前酒伴闲，愁醉闲多少？
烟深隋家寺，殷叶暗相照。

中国家庭基本藏书

独佩一壶游,秋毫泰山小。

长空碧杳杳,万古一飞鸟——这二句既是眼前之景,也是诗人对自身的写照:长空碧蓝而远杳,只有一只飞鸟在盘旋、弋翔,这不正是我在这茫茫大千世界上的影像吗? "万古"二字加得奇妙,它既可理解为时间长河中的一瞬,也可理解为"此鸟"的生命可存在于万古。

生前酒伴闲,愁醉闲多少——诗人既以"万古一飞鸟"自喻,于是进而想象此鸟(即自身)生前一定是以酒伴闲,闲愁、愁醉该有多少。这实际是说诗人自己目前的心境,以酒伴闲,以酒浇愁,借此打发日子。

烟深隋家寺,殷叶暗相照——这二句是诗人从想象中回到现实后,眼前所见的情景。隋家寺,据清·冯集梧《樊川诗注》推测,可能指的是长安靖善坊大兴善寺。殷,红黑色。这二句意为:烟霭使隋家寺显得幽深缥缈;阳光照在红黑色的树叶上仍然暗淡未见亮色。

独佩一壶游,秋毫泰山小——前句用刘伶的典故,《晋书·刘伶传》:"常乘鹿车,携一壶酒,使人荷锸而随之。"后句用《庄子》语:"天下莫大于秋毫之末,而太山为小。"意思是说:大小是相对的,秋毫虽小,但比秋毫小的东西还多,这样一比秋毫又算大了;太山虽大,但比太山大的东西还有很多,这样一比太山又算小了。这二句说:我要像刘伶那样带上一壶酒去漫游,对待事物也要像庄子一样,看秋毫为大,看太山为小。

这首诗完全是表现诗人独自饮酒时的一种心绪。他即景生情,把自己想象为一只万古凌空的孤独的飞鸟,想象自己生前定然是酒闲为伴……但从想象的天空回到现实时一切还是如此黯淡,于是他又想象刘伶那样携酒远游,像庄子那样灵活辩证地看待事物……总之诗人的这一切幻想都是想挣脱现实生活的苦闷,得到心灵的暂时解脱。

题永崇西平王宅太尉诉院六韵

这首五言排律(两两对偶)是赞颂唐代平淮西叛乱之名将李诉的。永崇指唐代长安朱雀街东第三街永崇坊,李诉之父李晟的宅第在此。西平王即李晟,唐德宗时他因平定朱泚叛乱有功被封为西平王。太尉诉即李诉,宪宗时平淮西吴元济叛乱，封凉国公，死后赠太尉，赐第长安朱雀街东第五街兴宁坊，赐第前仍住永崇坊李晟旧宅。六韵，排律隔句押韵，一韵两句，六韵是十二句。

> 天下无双将，关西第一雄。
> 授符黄石老，学剑白猿翁。
> 矫矫云长勇，恂恂郤縠风。
> 家呼小太尉，国号大梁公。
> 半夜龙骧去，中原虎穴空。
> 陇山兵十万，嗣子握雕弓。

天下无双将，关西第一雄——李诉是洮州(今属甘肃)人，洮州在函谷关以西，故称他为"关西第一雄"。"无双"也暗比李诉为李广。《汉书·李广传》："李广材气，天下无双。"这两句以"无双"、"第一"给李诉以最高评价。

授符黄石老，学剑白猿翁——前句用汉张良故事：张良在下邳(今江苏睢宁北)圯上遇一老翁授《太公兵法》，并约十三年后再见，自称是济北谷城下黄石，后人称他为黄石公。这里以李诉比张良，言其得高人传授精通兵法。次句用传说：白猿翁为神猿所化，擅长剑术。这里说李诉的剑术(泛指武艺)也得高人指点，不同凡响。

矫矫云长勇，恂恂郤縠风——前句说：李诉勇如关云长。矫矫，勇武貌。关云长即三国时蜀将关羽。后句说：李诉品德学问像郤縠(xì hú)。郤縠，春秋时晋国人。晋文公问赵衰谁可做元帅，赵说郤縠可以，有学问，又厚道。

家呼小太尉，国号大梁公——小太尉，因李诉之父李晟曾为太尉中书令，李诉在元和十五年又拜检校左仆射，同中书门下平章，官位亦近其父，故呼小太尉。大梁公，《新唐书·李诉传》：李诉以平淮西封凉国公。凉，同"梁"。

半夜龙骧去，中原虎穴空——龙骧，晋朝大将王濬曾封龙骧将军。这里以李诉比之，喻其地位举足轻重。去，去世。虎穴，语意双关，李诉既为虎将，则其宅即为虎穴。李诉一去，即宅空，中原亦无人。

陇山兵十万，嗣子握雕弓——此二句下原注云："今凤翔李尚书，太尉长子。"李诉长子李玭曾任凤翔节度使，大中三年收复秦州(今属甘肃)。此二句说李诉后继有人，其子在陇山(绵亘陕甘)带十万精兵镇守边陲，他雕弓在手，百发百中，亦有乃父乃祖之风。

中国家庭基本藏书

杜牧喜论兵，他认为用兵之道直接关系国家兴亡。他在《注孙子序》中说："……树立其国，灭亡其国，未始不由兵也。主兵者，圣贤材能多闻博识之士，则必树立其国；壮健击刺之徒则必败亡其国。"他对藩镇割据之祸非常痛心疾首，因愤于河北三镇之桀骜而朝廷专事姑息而作《罪言》，详细陈述削平河北三镇的上、中、下三策。这首赞颂李诉的诗就是他论兵之道的感情抒发和形象体现。李诉不仅是一位削平藩镇割据的英雄，而且是一位"勇如云长"、"德如郤縠"的将帅，有了这样的主兵者才能树其国。诗人满怀深情咏赞李诉，其用意就在这里，其思想光彩也在这里。

今皇帝陛下一诏征兵，不日功集，河湟诸郡次第降，臣获睹圣功，辄献歌咏

题解

从前面《河湟》诗，知河湟一带地方自唐肃宗以来即渐为吐蕃所侵占。大中三年(849)二月，吐蕃内乱，陷于吐蕃的秦、原、安乐三州及七关，陆续由泾原节度使康季荣等攻取光复。八月，河湟老幼千馀至长安，宣宗登延喜门接见，众欢呼跳舞，山呼万岁。杜牧此时在京为司勋员外郎、史馆修撰，当目睹此盛况，故作此诗。

> 捷书皆应睿谋期，十万曾无一镞遗。
> 汉武惭夸朔方地，宣王休道太原师。
> 威加塞外寒来早，恩入河源冻合迟。
> 听取满城歌舞曲，凉州声韵喜参差。

新解

捷书皆应睿谋期，十万曾无一镞遗——睿谋，皇帝的谋略。睿，圣智也，古人常以"睿"字恭维皇帝。首句说：河湟一带捷报频传，这都是由于皇帝睿智的谋略所致。次句说：这次兴兵十万，但没有遗失一个箭头。这种故意的夸张是形容取胜很快。

汉武惭夸朔方地，宣王休道太原师——汉武帝元朔二年收复匈奴所侵占的河套地区，设立朔方郡。周宣王南征失败，乃料民于太原，重整旗鼓，最后获胜(见《国语》)。这两句说：收复河湟的历史功绩非常重大，汉武帝建朔方郡，周宣王组太原

(指甘肃固原,不是山西太原)师的历史伟业在它面前都会惭愧。

　　威加塞外寒来早,恩入河源冻合迟——这二句系颂赞皇恩、皇威:对塞外的敌区,皇威使严寒更早地降临;面对光复的河湟,皇恩如暖日推迟了结冰的时间。

　　听取满城歌舞曲,凉州声韵喜参差——这二句写长安百姓庆祝河湟光复满城欢腾的场面:到处都在载歌载舞,那动听的《凉州曲》今天听来悠扬婉转更给人增添喜气。凉州曲乃来自河湟地区的民间乐曲。

　　这并不是一首为皇帝歌功颂德的诗,其中虽然有"睿谋"、"威恩"之类的字眼,但并不掩其爱国主义激情的光辉。诗人早就期盼被吐蕃占领的河湟地区的回归(见《河湟》),如今即将成为现实,他怎能不歌之舞之。如果说颔、颈二联有所夸张,那也是诗人为国为民的喜悦之情的自然流露,与拍皇帝马屁的应制之作风马牛不相及。本诗的结尾二句与他五六年前写的《河湟》结尾相照应。那时是"唯有凉州歌舞曲,流传天下乐闲人"(意思是:如今只有《凉州》舞曲供闲人娱乐,凉州河湟之地却被人遗忘在吐蕃铁蹄之下),而今却是"听取满城歌舞曲,凉州声韵喜参差"了。乐曲相同而心情、情境各异,这就更突出地反映了诗人忧国忧民的情思。

长安秋望

　　这是杜牧在京城长安时所写的一首五绝。杜牧自幼生活在长安,步入仕途后又四次在长安任职,因此此诗写作时间难于确定。但就其炉火纯青的艺术功力和高远明澈的审美境界来看,可能是晚年之作。

楼倚霜树外,镜天无一毫。
南山与秋色,气势两相高。

　　楼倚霜树外,镜天无一毫——这第一二句就把长安之秋的特色和诗人秋望中的感受精妙无比地显现了出来。"楼倚霜树外",楼是诗人的观察点,诗人这时定然是站在一座高楼前凭栏远望,首先进入视野的是那红于二月花的"霜树"。诗人把"楼"置于"霜树"之外是为写出境界的辽阔,而一个"倚"字又写出"霜树"的密集和一望无际,好像楼与霜林紧紧相倚相接。"镜天无一毫"是诗人"远瞩"后的"高瞻"。他抬眼一望,碧蓝的天空就像镜子一样明亮,没有一丝一毫云影,较之

中国家庭基本藏书

名家选集卷

"天高云淡"，又是别一种秋色，另一种境界。

南山与秋色，气势两相高——上两句已用"霜树"、"镜天"等意象写出长安秋色之清艳、之明丽。但这似乎还缺点什么，这两句就进一步写出秋色的空旷高远。"南山"与"秋色"，一为实一为虚，一为具象一为抽象，但将其放在一起，并言其"气势两相高"，这就化虚为实，使抽象化为具象，使虚无缥缈的秋色也似乎具有了形象：它的气势就如南山一样，或比南山还高呵。"两相高"，两者相互竞高，由于秋高气爽，终南山（即南山）显得很高很高，秋空也显得更高。"两相高"，使终南山与秋色也具有了灵性，它们也像人似的，互相比赛。

这首诗为五绝，也是唐诗五绝中的上乘之作。五绝在初唐即曾出现过许多成熟的作家，至盛唐更进入它的兴盛期，王维、孟浩然被誉为"五绝圣手"。五绝形式短小，既有律诗的和谐，又不像律诗那样束缚过严。它善于小中见大，浅中见深，近而致远。就杜牧的这首五绝而言，通首止于言景，而其内涵又岂止于景物？诗人的志趣、性格，甚至人生态度都包含在这短短的四行诗之中了，诗人的襟怀不也如这秋色一般清爽、明洁而又空阔高远吗？与秋色相高的岂止终南山，诗人杜牧的气势不也在与它们相高吗？

登乐游原

此诗是杜牧在长安时所作，时间难以确定，从诗中所表露的衰飒之气来看，可能作于他晚年在长安之时。此诗表现出一种苍茫的历史感，诗人像是伫立于超越时间与空间的制高点鸟瞰历代的兴亡，同时也预感到时代萧索秋风的来临。

> 长空淡淡孤鸟没，万古销沉向此中。
> 看取汉家何事业，五陵无树起秋风。

长空淡淡孤鸟没，万古销沉向此中——这两句诗是诗人站在地势高敞的乐游原上所看到的情景和瞬间的感受。他看到，纤云淡淡的长空有一只鸟远远飞去，霎时便消失了踪影；于是他立刻产生了一种联想：自古以来的一切不也是像这鸟一样没入永逝的时间了吗？这真是一种奇妙的、贴切的联想，如同"大江东去，浪淘尽，千古风流人物"一样，给抽象的、无形无影的时间流逝，找到了一个十分恰

杜牧集·诗

当的、形象的载体，使永逝的时间有了一种消逝的具体质感。而在这抽象感受的具体描绘中，一种"一切都是瞬息、一切都会过去"、一切都是虚无的悲怆感也同时流露了出来。

看取汉家何事业，五陵无树起秋风——这两句诗看似怀古，实系伤今。前句中"汉家"即汉朝，"何事业"犹言何等的事业；后句中的"五陵"系指西汉高帝的长陵、惠帝的安陵、景帝的阳陵、武帝的茂陵、昭帝的平陵。当时每个陵附近设一县，并迁来富豪或外戚，负责供奉，因此五陵成为繁华之地。这两句意思是说：看那汉朝历代皇帝建立了何等煊赫的事业呵，而今五陵连秋风吹动的树叶都没有了。昔日的繁华已沉埋于永恒的荒芜和废墟下面。

唐人多借汉代之名咏唐代之事。如白居易《长恨歌》："汉皇重色思倾国。"杜甫《兵车行》："边庭流血成海水，武皇(汉武帝)开边意未已。"这里杜牧亦是以西汉王陵之萧索，影射当朝。敏感的诗人目睹国家的内忧外患，已经预感到它"秋风萧杀而无叶可落"的局面。与杜牧同时代的诗人李商隐亦有登乐游原诗，其中有"夕阳无限好，只是近黄昏"之句。两位著名诗人有着共同的感受，他们都预感到晚唐末日的来临，"无树"、"秋风"——"夕阳"、"黄昏"都成了唐王朝即将沉沦的预言。

将赴吴兴登乐游原一绝

这是大中四年(850)杜牧将离开京城长安赴湖州刺史任时所写的一首绝句。湖州治所为吴兴(今浙江湖州)。乐游原在长安城南，地势甚高，四望宽敞。杜牧自大中三年返京任尚书司勋员外郎、史馆修撰后，即屡次上书于宰相，请求外放，原因是刺史官俸厚，可以赡养病弟孀妹，但其中可能另有隐衷，即是不满于当时朝政，这种情绪从本诗中就可以觉察出来。

清时有味是无能，闲爱孤云静爱僧。
欲把一麾江海去，乐游原上望昭陵。

清时有味是无能，闲爱孤云静爱僧——这开首两句就具有讽刺味道，暗含着一种不满现实的情绪。诗人故意说道：在这清平盛世过最有趣味的生活是要自己

中国家庭基本藏书

无能,你可以闲得去爱孤云静得去追高僧。这是两句反语,实际上当时政治并不清明,既是宦官专权,又有牛李党争,唐王朝已到日暮途穷的晚期,三十多年后就爆发了黄巢大起义。而诗人自己也并非无能闲散之辈,他有治国才能又有强烈的忧患意识,他既不能闲得去爱孤云,更不会去追慕高僧。顺便说一句:杜牧对佛教的态度是否定的,他赞成武宗禁止佛教,使僧尼还俗,这既可增加农业生产,又可减轻农民的平均负担(见《樊川文集》卷十《杭州新造南亭子记》)。

欲把一麾江海去,乐游原上望昭陵——前句中之"把"当"执"、"持"讲;麾(huī),一种旌旗,古人外出任郡守时所持之物;江海,指吴兴,吴兴靠近太湖,离东海也很近,故称。后句中昭陵是唐太宗陵墓。登乐游原望昭陵,就是向往太宗时清明的"贞观之治"。这二句是说:我将持着旌麾远离朝廷到外地赴任了,但这京城也难舍难分呀,临走前我还要来这乐游原上望望昭陵,曾经有过"贞观之治"的唐王朝,你还有复兴之日吗?

杜牧一生二十五年的仕宦生涯中在朝中曾四次任职:第一次是二十六岁进士及第后任弘文馆校书郎,试左武卫兵曹参军,仅半年;第二次是三十三岁任监察御史,仅二年;第三次是三十八岁任膳部、比部员外郎,皆兼史职,仅二年;第四次是四十七岁任尚书司勋员外郎、史馆修撰,仅一年半。前后加起来总共不到六年。其原因或为排挤,或为难在,总之是因性格耿直,不善于阿谀逢迎,趋炎附势。一位名人说过:性格就是命运。此话确是古今中外无数人验证了的真理,杜牧当然也不例外。也正是因为他明白自己的性格,不愿违己交病,这最后一次还朝,还"主动"请求外放,而且情绪又如此洒脱,尽管其中流露出不满的因子,也是因为关心国事难忘宗庙社稷所致。

将赴湖州留题亭菊

杜牧于大中四年(850)秋,出为湖州刺史,这首诗是他临行前,留赠给自己亭院中之菊花的。诗中咏菊诵兰,勉励自己要永葆菊兰一样的高风亮节。

陶菊手自种,楚兰心有期。
遥知渡江日,正是撷芳时。

陶菊手自种,楚兰心有期——这二句大意易解:菊花呵,你是我亲手所种;兰花呵,你与我一样心有所期(盼)。但"菊"前加"陶","兰"前加"楚",就具有了深意。"陶菊",当是陶渊明式的菊。晋陶渊明爱菊,他住宅旁常种有许多菊花,并有"采菊东篱下,悠然见南山"等名句。杜牧谓之"陶菊",是指菊有陶渊明般的高洁气质。"楚兰"当是屈原式的兰,屈原常以兰、蕙喻君子贤士并以自况,《离骚》中有"既滋兰之九畹兮,又树蕙之百亩"。此谓之"楚兰",是指杜牧景慕屈原的人格才华,心如屈原一样期盼国家强盛。

遥知渡江日,正是撷芳时——撷,采摘。这二句说:想我由京城出发渡江赴任之日,正是采摘菊兰之芳华之时呵。

好诗应是馀味无穷。这首五言绝句在凝练的二十字中蕴含了丰富的内容,前两句如上所说,在"陶菊"与"楚兰"中熔铸了那样的深意;而在后二句中亦蕴藏了不尽的意蕴。它是说:遥想我来日渡江之时,已远离了我这亲手种的兰菊,有谁来"撷"其"芳"呵!这表现了诗人对这心中之花的无限留恋。它也是说:即使我远离了它,来日渡江赴任时,我也要遥"撷"其"芳",将它永远携带身边,我要永葆兰菊之风节呵。这就是好诗的馀味无穷!

沈下贤

此诗是杜牧任湖州刺史时凭吊沈下贤之作,应作于大中四年或五年。沈下贤即沈亚之,字下贤,唐代吴兴人,元和十年进士,累官殿中丞、御史内供奉等。工诗,善古文,亦喜作传奇小说。李贺赞他"工为情语,有窈窕之思"。

> 斯人清唱何人和?草径苔芜不可寻。
> 一夕小敷山下梦,水如环珮月如襟。

斯人清唱何人和?草径苔芜不可寻——这两句先写杜牧对先辈文豪沈亚之的景慕和追怀。首句说:此人之诗文如清歌绝唱,何人才能与他相和?意为沈公曲高和寡,鲜有人能与他匹配。次句说:如今斯人已去,连坟茔也草径苔芜难以寻

中国家庭基本藏书

找。寄寓着诗人对沈公的无限悼情。

一夕小敷山下梦,水如环珮月如襟——小敷山,在湖州乌程县西南二十里,沈下贤曾在此住过。这第一句说:我在这小敷山下沈公的故居住了一夜,沈公竟入我梦。下句"水如环珮月如襟"即是梦中情景:沈公身上之环珮如水一样清明,襟袖却像月色似的朦胧。这两句写得空灵恍惚真如梦境,同时又以"水"、"月"托出沈亚之襟抱之高洁、才情之风雅。

一首佳作往往在有限的文字中蕴含着不尽之意、无限之情。即如这首七绝,我们不仅看到了杜牧对沈亚之诗文的高度评价,对他深情的怀念,而且也体味到对他身后寂寞("草径苔芜不可寻")的同情,以及对他性格、风格的形象概括。李贺赞沈"有窈窕之思","水如环珮月如襟"不正是这"窈窕"的具象写照吗?真正的诗人是"不薄今人爱古人,清辞丽句必为邻"的。杜、李、沈这三位同时代人之间的神交与共鸣,当使"文人相轻"者愧恶。文人相重才是我国文学的优良传统。

入茶山下题水口草市绝句

这首诗是杜牧在湖州任刺史时所作,诗中描写了浙东山村景物,同时也微妙地表现了当时诗人的一种心境。茶山,在湖州所属的长兴县西,盛产名茶,附近有箬溪。水口,镇名,在长兴县西北,唐时有贡茶院在此。草市,乡村集市。

倚溪侵岭多高树,夸酒书旗有小楼。
惊起鸳鸯岂无恨,一双飞去却回头。

倚溪侵岭多高树,夸酒书旗有小楼——这二句写出了浙东山村景物的特色。第一句写茶山下的箬溪边长着高高的树木,这树一直延伸到岭上,从溪边到岭上连成碧绿的一片。一个"侵"字写出树木的繁茂和它扩展的态势。第二句写茶山下水口镇乡村集市的景象:飘飘的酒旗上大书着夸说美酒的文字。箬溪之水可酿美酒,所产之名酒叫"箬下春",故可"夸酒书旗"。

惊起鸳鸯岂无恨,一双飞去却回头——诗人在"水口草市"盘桓之际,忽然发现了箬溪中一个有趣的镜头,便成了这一联有意味的诗句:在溪水上一对悠悠戏水的鸳鸯突然被惊起,它们能不恨惊吓它们的人(或某种人为的恐惧)吗?它们在惊恐中飞走了,却还不时地回头……

诗要写出特色,并要有令人咀嚼的馀味,这首七绝就具有这两点长处:首二句再现了浙东山村的特色,千百年后的今天犹令人想见其"高树侵岭"、"夸酒书旗"的情景。后二句不仅以慧眼妙笔捕捉住生活中一个特有的镜头,而且大有意味,令人生发联翩的浮想:是留恋那惊起时的地方和惊起前的美妙时光吗? 还是想瞅瞅惊吓者为谁? 对其投以仇恨的目光? 或者这两种意识兼有。所妙者是这一镜头显示了人生的一种境遇,人在生活中不也有这种以爱恨交织的眼光回眸过往时日的心境吗? 诗人有这种心境,我们也有。此诗写出了这种人类的共感,因此它常新不朽。

叹　花

此诗未见于《樊川文集》,而最早见于晚唐人高彦休《唐阙史》中。《太平广记》卷二七三"杜牧"条引《唐阙史》载此诗及其故事:杜牧佐沈传师江西、宣州幕时曾游湖州,见一民间女子十馀岁,极美,遂与其母约定十年后来娶,并以重币结之。大中四年,杜牧授湖州刺史,距其时已十四年,其女已嫁三年生三子,因赋此诗以自伤。此故事真实性不一定可靠,但从杜牧平生风流倜傥的性格来看,此诗作为一首伤逝之作是有其真实性和较高艺术价值的。

自是寻春去较迟,不须惆怅怨芳时。

狂风落尽深红色,绿叶成荫子满枝。

自是寻春去较迟,不须惆怅怨芳时——这首诗题目既是《叹花》,那句句都得扣着"花"字来写,否则即谓离题。诗人说:既然是自己寻春去得迟了,那就不要埋怨错过了花儿盛开的时候,也不要为此惆怅悔恨了。这二句看似豁达,实际是故作开朗之语,这有下两句为证。

狂风落尽深红色,绿叶成荫子满枝——这两句仍扣着"花"字来写:姹紫嫣红的花儿被狂风吹得落红成阵了,那树已绿叶成荫,枝枝叶叶之间已挂满青青的果实。这是何等令人遗憾的事呵。"狂风"二字贬抑中包含着深深的恨意;"子满枝"三字冷峻中透露出隐隐的无奈。

中国家庭基本藏书

131

诗贵含蓄。此诗表面是叹花,实际是叹人;句句看来是写花,句句实际是写人,显在的花的意象与潜在的人的意象完全叠合,由花想及人,由人想及花;人就是花,花就是人。历来以花喻女子者可谓多矣,此诗的独特新颖之处在于:"花"这一意象在变化、发展,象征了人生的沧桑,包含了一种美易零落、毁灭,美只在瞬间的悲剧意识。因而此诗就不仅写出诗人自己的怅恨,而且写出了人人在生活中都能体验到的美的短暂性与不可重复性的悲怆感受,故而成为历代传诵的不朽名篇。

湖南正初招李郢秀才

题解

据冯集梧《樊川诗集注》,李郢有《和湖州杜员外冬至日白𬞟洲见忆》诗,其与杜牧此诗用韵并同。可知此题"湖南"当是"湖州"之误。此诗当是大中四年(850)冬杜牧任湖州刺史时之作。李郢,字楚望,大中时举进士及第,官至侍御史。唐代凡投考进士的人通称"秀才",李郢其时还未中进士,所以杜牧称他为"秀才"。

> 行乐及时时已晚,对酒当歌歌不成。
> 千里暮山重叠翠,一溪寒水浅深清。
> 高人以饮为忙事,浮世除诗尽强名。
> 看着白𬞟芽欲吐,雪舟相访胜闲行。

新解

行乐及时时已晚,对酒当歌歌不成——此二句系感慨年华老迈,心境悲凉:人说"及时行乐",现在时已晚了;人说"对酒当歌",如今也无心唱歌了。

千里暮山重叠翠,一溪寒水浅深清——此是眼前景,以景现心境:暮山千里,重重叠翠;一溪寒水,深浅皆清。尽管心境悲凉却还淡泊、平静。

高人以饮为忙事,浮世除诗尽强名——这二句是诗人对自己,也是对友人(李郢)的安慰之辞:高人以饮酒为忙、为乐;浮生一世除了吟诗其馀都为强求功名。因此我们就以诗酒相伴度年华吧。

看着白𬞟芽欲吐,雪舟相访胜闲行——白𬞟,指李郢诗题中所指之白𬞟洲。白𬞟,一种水生植物,冬至因阳气上升而吐芽。雪舟,晋王子猷(徽之)居山阴,一夜大雪,他忽然想到好友戴安道,于是就在夜间乘小船去看他。(见《世说新语》)

此二句意为:正当白蘋将吐芽的时候,我像晋代的王子猷一样在雪夜乘舟去白蘋洲看望你,这比闲游更使我高兴呀!

这首诗写于诗人晚年,心境苍凉而沉静。面对暮山、寒水,回顾平生所历,深感功名利禄皆为强求之事,只有与诗酒为伴,才能获得心灵暂时的自由与安宁,于是他想学晋人之放逸、潇洒,在与同气相求的友人之交往过从中静度天年……这大概就是专制时代有抱负也有才能的知识分子期望"致君尧舜上,为使风俗淳",然而最终为残酷的现实撞击、挤压而志气消磨、壮心蒿莱的共同结局吧!

八月十二日得替后移居雪溪馆因题长句四韵

此诗是大中五年(851)杜牧内擢为考功郎中、知制诰,将离开湖州刺史任时所作。唐代为官者新旧交代,谓之"得替"。雪(zhà)溪,在唐湖州治所乌程县东南一里,凡四水合为一溪。雪为四水激射之声。四水总聚,雪然有声,故名雪溪。

> 万家相庆喜秋成,处处楼台歌板声。
> 千岁鹤归犹有恨,一年人住岂无情。
> 夜凉溪馆留僧话,风定苏潭看月生。
> 景物登临闲始见,愿为闲客比闲行。

万家相庆喜秋成,处处楼台歌板声——这二句是诗人移居雪溪馆后所看到的民间风情:家家户户都在欢庆丰收,处处楼台都传出歌声和伴奏的板乐之声。

千岁鹤归犹有恨,一年人住岂无情——前句用典:古代神话载,辽东人丁令威随师学仙,暂归,化为白鹤,集华表柱头说:"有鸟有鸟丁令威,去家千年今始归,城郭如故人民非,何不学仙冢累累。"这二句意为:神仙离家千年,归来后尚有怅恨,我在这里整整住了一年,临别时岂能无情。按:牡牧于大中四年(850)出守湖州,至大中五年八月去职,恰是一年。

夜凉溪馆留僧话,风定苏潭看月生——这二句写暂居雪溪馆的惬意:夜晚凉爽,留老僧在馆中闲话;风定清幽,坐苏潭边看明月初升。按:苏潭,在唐湖州乌程

中国家庭基本藏书

县，潭水甚深。苏颋少时作乌程尉曾误落于潭水中，后来苏颋在玄宗时作了宰相，乌程人为纪念他，将此潭取名为苏公潭。

景物登临闲始见，愿为闲客比闲行——这前一句写诗人在休憩中的一种感受：登高临远，观赏景物，只有在悠闲时才"看见"，这实际是说只有在悠闲的心境中才能发现景物的美。此语看似平淡，却富有哲理。后一句"比"应作"并"讲；"闲行"即是"漫游"。此句意为自己以后愿做一位闲散之人到处去漫游。

杜牧写此诗时已四十九岁。他翌年回到长安以后便溘然辞世。诗人大概是已经十分疲倦于人生的劳碌，因此对这"得替"间的暂时闲适觉得分外珍贵，并吟发出"愿为闲客比闲行"的期愿。但是诗人对生活并不厌倦，他既感受到了万家丰收的喜悦，也对这栖居一年的湖州分外留恋；他在馆中留僧夜话，他在苏潭边欣赏冉冉升月之美，孰料渴望在人生长途中休憩一下的诗人，在一年之后却走到了人生的尽头，坠入了永恒的休息……

隋堤柳

据《太平广记》卷一四四徵应十引《感定录》云：杜牧自湖州刺史拜中书舍人题汴河云："自怜流落西归疾，不见春风二月时。"知此诗系大中五年(851)秋由湖州赴京途中作。诗中表现了一种游宦归来喜悦而又急切的心情。

> 夹岸垂杨三百里，只应图画最相宜。
> 自嫌流落西归疾，不见东风二月时。

夹岸垂杨三百里，只应图画最相宜——此二句写隋堤柳春日的壮美景象。据《大业杂记》："(炀帝)发淮南兵夫十馀万，开邗沟，自山阳至扬子入江，三百馀里，水面阔四十步，两岸为大道，种榆柳。"这第一句就一笔描画出三百里隋堤垂杨夹岸，一眼望不到头的绿色长廊壮观。这样的美景难以用语言形容，只有用画笔绘成图画才最合适。

自嫌流落西归疾，不见东风二月时——上二句借景写出心中的喜悦，这二句则写归心的急切。其意思是说：我早就嫌流落在外(指外放为官)，所以一接到诏书(调令)就赶快出发回京(西归)，不料我来的还是迟了，未见到二月垂柳的袅娜风姿。

《樊川诗集注》引范云诗"东风柳线长"；又引晋《童谣》"二月尽，三月初，华生襄藩柳叶舒"。东风二月时，当指"柳叶舒"、"柳线长"之初春景色。

好诗佳作皆有味外之味。譬如这首诗，写目前"三百里"之"夹岸垂杨"虽然只有"画图"可比，但又为未见"东风二月时"之柳线垂金而憾。这是否也是一种"寻春较迟"的怅恨？读者由此是否会想及诗人或自己在人生之旅中一种既有满足又有遗憾的境遇和心境呢？

秋晚与沈十七舍人期游樊川不至

杜牧于大中五年(851)秋，自湖州刺史归京为考功郎中、知制诰，大中六年拜中书舍人。杜牧到京后，曾出湖州俸钱修治樊川别墅，下直后常邀友人游赏其地。此诗应是大中六年所作。沈十七，生平不详，其官位亦是中书舍人，当为杜牧之同僚和朋友。

> 邀侣以官解，泛然成独游。
> 川光初媚日，山色正矜秋。
> 野竹疏还密，岩泉咽复流。
> 杜村连滴水，晚步见垂钩。

邀侣以官解，泛然成独游——此二句系点题之笔：陈述邀约友人沈十七同游樊川而久等不至，只好自己一人独游。"解"字可有二解：一是"解"同"廨"，官解即官廨、官舍、衙门；二是"解脱"，官解就是使友人从官务中得到暂时的解脱，亦即轻松地休憩一下。

川光初媚日，山色正矜秋——此为五律中之颔联，对仗极工，炼字极切。对仗不必说了，单说炼字：一个"媚"字把水(川)光与日光交相辉映的景象写活了，仿佛都具有了生命和情感，川光使初晴的日光更加娇媚。而山色呢，因正逢清秋，它正以最美的姿态和色调矜夸于世哩。山色和川光一样都具有了生命和灵气。

野竹疏还密，岩泉咽复流——此颈联对仗亦工，"疏还密"与"咽复流"，一虚居中，二实居左右，正是在这样极为自然顺畅的对仗中，把野竹疏疏密密的景致、岩泉忽咽忽流的态势十分准确地描写出来了，这不能不说是对仗的"功劳"。

中国家庭基本藏书

杜村连潏水,晚步见垂钩——杜村即指樊川别墅,因其为杜牧之祖父杜佑所居之处。潏水,发源于今陕西西安南秦岭,注于渭水。此二句一是点题中之"秋晚",一是隐含此间有高人逸士,因潏水为渭水之源,加之"垂钩",便使人联想到独钓渭水之滨的姜太公,诗人有意涉笔于此,很可能是希望有吕尚这样的贤臣,来辅佐"夕阳无限好,只是近黄昏"的晚唐帝国吧!

这也算是一首记游诗。记游诗最容易写得粗滥,只要拼凑几句"景观",加上一二感叹,便可敷衍成篇。此篇却不然:其一,全篇笼罩着一种期友人不至的淡淡的惆怅,这就有了特定的氛围;其二,通过精彩的炼句炼字,使诗具有了特定的意境,而且使大自然富有了生命的魅力,令人咀嚼回味;其三,结尾看来似不经意,却使人产生联想,这种"无意"中的"有意"正如"无情"中的"有情"一样,给读者以"再创造"的审美快感。

◎文　赋

阿房宫赋

题解

　　宝历元年(825)，唐敬宗即位，这位十六岁的小皇帝好击球，喜手搏，并大治宫室，穷奢极欲，沉溺声色。时年二十三岁的杜牧对此极为不满，故作此文，假借秦代史实予以讽谏。作者在《上知己文章启》中曾写道："宝历大起宫室，广声色，故作《阿房宫赋》。"阿(ē)房(páng)宫，于秦始皇三十五年(前212)营建，至秦二世尚未竣工，后为项羽所焚。赋，古代文学作品形式之一，兼有诗歌和散文的特点。

　　六王毕，四海一[1]。蜀山兀，阿房出[2]。覆压三百馀里，隔离天日[3]。骊山北构而西折，直走咸阳[4]。二川溶溶[5]，流入宫墙。五步一楼，十步一阁。廊腰缦回，檐牙高啄[6]。各抱地势，钩心斗角[7]。盘盘焉，囷囷焉，蜂房水涡，矗不知乎几千万落[8]。长桥卧波，未云何龙？复道行空，不霁何虹？[9]高低冥迷，不知西东[10]。歌台暖响，春光融融；舞殿冷袖，风雨凄凄。一日之内，一宫之间，而气候不齐[11]。

　　妃嫔媵嫱，王子皇孙，辞楼下殿，辇来于秦[12]，朝歌夜弦，为秦宫人[13]。明星荧荧，开妆镜也[14]；绿云扰扰，梳晓鬟也[15]；渭流涨腻，弃脂水也[16]；烟斜雾横，焚椒兰也[17]；雷霆乍惊，宫车过也；辘辘远听，杳不知其所之也[18]。一肌一容，尽态极妍，缦立远视，而望幸也[19]。有不见者，三十六年[20]。

　　燕赵之收藏，韩魏之经营，齐楚之精英，几世几年，摽掠其人，倚叠如山[21]。一旦不能有，输来其间[22]。鼎铛玉石，金块珠砾，弃掷逦迤[23]，秦人视之，亦不甚惜。嗟乎！一人之心，千万人之心也。秦爱纷奢[24]，人亦念其家。奈何取之尽锱铢，用之如泥沙[25]？使负栋之柱，多于南亩之农夫[26]；架梁之椽，多于机上之工女[27]；钉头磷磷，多于在庾之粟粒[28]；瓦缝参差，多于周身之帛缕[29]；直栏横槛，多于九土之

中国家庭基本藏书

城郭〔30〕；管弦呕哑，多于市人之言语〔31〕。使天下之人，不敢言而敢怒。独夫之心，日益骄固〔32〕。戍卒叫，函谷举，楚人一炬，可怜焦土〔33〕。

　　灭六国者，六国也，非秦也；族秦者〔34〕，秦也，非天下也。嗟乎！使六国各爱其人，则足以拒秦。使秦复爱六国之人，则递三世可至万世而为君〔35〕，谁得而族灭也！秦人不暇自哀〔36〕，而后人哀之；后人哀之而不鉴之〔37〕，亦使后人而复哀后人也。

　　〔1〕"六王"二句：这二句以六个字概括秦始皇统一六国的史实，十分简练。六王，指战国时的韩、赵、魏、齐、楚、燕六国诸侯。毕，终结。一，统一。

　　〔2〕"蜀山"二句：这二句以蜀山为背景衬托阿房宫之雄奇，作者将阿房宫周围秦岭山系之山均泛称为"蜀山"。兀(wù)，高而上平。出，特出其上。

　　〔3〕"覆压"二句：形容阿房宫之广阔高耸：覆压地面三百余里，高得遮天蔽日。

　　〔4〕"骊山"二句：描写阿房宫的具体位置和走向：从骊山北面起构筑，曲折向西直到咸阳。

　　〔5〕"二川"句：二川指渭水和樊川。溶溶，水流貌。

　　〔6〕"廊腰"二句：句中均把"廊"、"檐"拟人化，长廊曲弯如腰，妙曼萦回；飞檐挑翘似牙，像禽鸟仰首啄物。

　　〔7〕"各抱"二句：写宫室结构精密错综。钩心，指各建筑物都与宫殿中心互相勾连；檐角与檐角彼此结合。斗，结合。角，檐角。

　　〔8〕"盘盘"四句：写阿房宫建筑物之密集与众多。"盘盘焉"，盘旋状；"囷囷焉"，曲折状。宫室密集如"蜂房"；回旋如"水涡"；高处的檐滴不知有几千万个。落，屋檐上的滴水装置，俗称"檐滴"。

　　〔9〕"长桥"四句：皆为比喻设问句，前一句将"长桥"比作"卧波"之"龙"，后一句将"行空"的"复道"比作"长虹"。作者巧妙地设问：龙从云，为何未见云就现了龙？霁(雨过天晴)才有虹，为何天未霁就出现了彩虹？诗人不直接作比，令读者在审美想象中神领心会，真乃妙思妙笔。复道，空中架木的通道。

　　〔10〕"高低"二句：形容阿房宫太大，高低建筑不计其数，使步入之人如进迷宫，不辨西东。冥迷，幽暗不明，迷离恍惚。

　　〔11〕"歌台"七句：这一段以夸张手法写宏大的阿房宫内，同一时间可以领略跨越时空的万千景象：歌台柔美的乐音使人感到温暖如浴春光；而舞殿急旋的长袖裙裾给人带来寒意，身处凄凉风雨之中，以致在同一时间、同一地点令人像在不同的季节……

　　〔12〕"妃嫔"四句：系指六国的后妃宫人及王子皇孙都在亡国之后臣服秦，被车载到咸阳。媵(yìng)，妾；嫔、嫱，宫中的女官。辇(niǎn)，宫中之车，此处作动词用。

　　〔13〕"朝歌"二句：意为六国之妃嫔都成了秦宫——阿房之宫人，从早到晚地为秦皇奏乐唱歌。

　　〔14〕"明星"二句：此二句及以下八句皆为喻体置前的双对比喻句。此二句意为：点点明星在闪闪发光，哦，原来是这些美人正打开了梳妆的明镜呵！

　　〔15〕"绿云"二句：朵朵绿云在飘浮，哦，原来是他们在梳头呵。绿云，形容多而黑亮的头发。

〔16〕"渭流"二句：渭河涨起一层腻水，哦，原来是她们梳洗罢倒出了带有脂粉的洗脸水！

〔17〕"烟斜"二句：烟雾横斜，原来是宫中在熏燃椒兰之类的香料哩。

〔18〕"雷霆"四句：乍然传来惊雷之声，原来是宫车经过这里。辘辘的车声越听越远，最后声音杳然，不知宫车去了哪里……

〔19〕"一肌"四句：此四句说宫中妃嫔从面容到肌肤无一不精心修饰打扮，极尽容貌体态之美妍。她们久久地站着、远远地望着，切盼得到皇帝的恩宠。缦立，久立。幸，指得到皇帝的宠爱。

〔20〕"有不"二句：秦始皇在位三十六年，妃嫔宫人竟有始终未见者。

〔21〕"燕赵"六句：言秦掠夺六国之珍宝财物无数，乃至堆积如山。"收藏"指其所藏之珍宝；"经营"指其所积之财物；"精英"指其所有之精华珍品。摽掠，掠夺。

〔22〕"一旦"二句：言六国一旦灭亡，珍宝不能为其所有，便搬运到阿房宫来。输，运送。

〔23〕"鼎铛"三句：意为将宝鼎视同饭锅，以美玉当作石头，以金作土块，以珠为碎石，弃掷得到处都是。铛(chēng)，平底锅。逦迤，原意为连绵曲折，此处形容珍宝随处散见。

〔24〕纷奢：豪华奢侈。

〔25〕"奈何"二句：为何搜刮人时锱铢必较，而自己用起来却如泥沙般挥霍浪费？锱(zī)铢，古代极小的重量单位，约100粒粟的重量为一铢，六铢为一锱，四锱为一两。比喻搜刮到极小之物，几乎一干二净。

〔26〕"使负栋"二句：此二句及以下十句皆为双句组成的排比句，两两互喻。此二句说阿房宫负栋的柱子比全国的农夫都多。南亩，泛指农田。

〔27〕"架梁"二句：架梁的椽子比织机上的工女还多。

〔28〕"钉头"二句：建筑所用的钉子比露天谷仓的粟粒还多。磷磷，钉头突出貌。庾，露天积谷处。

〔29〕"瓦缝"二句：长短不齐的瓦缝比周身衣服的线缕还多。

〔30〕"直栏"二句：或横或直的栏杆比全国的城郭还多。九土，九州，即中国。郭，外城，城郭即城。

〔31〕"管弦"二句：管乐弦乐所奏的音乐比市人的语言还多。这六组排比句一方面写出阿房宫建筑费用之奢靡，另一方面也暗示所加给人民的负担之重。

〔32〕"独夫"二句：暴君之心日益骄横顽固。独夫，指秦始皇和众叛亲离的统治者。

〔33〕"戍卒"四句：概括陈涉吴广起义，项羽火烧阿房宫，秦王朝灭亡之史实。戍卒叫，指陈涉起义。陈涉、吴广于秦二世元年(前209)被征发戍守渔阳，因遇雨误期而起事，故叫戍卒。函谷举，指刘邦于前206年十月攻破函谷关进入咸阳，秦王子婴投降，秦亡。楚人，项羽系楚人，一把火烧了阿房宫，使之成焦土。

〔34〕族：灭族，作动词用。

〔35〕递三世：递，传递。三世，指秦始皇、秦二世和秦王子婴。

〔36〕不暇：顾不上，言其时间短暂。

〔37〕鉴：借鉴，引以为戒。

　　古今过秦之文可谓多矣，但无有一篇如《阿房宫赋》具有独特的艺术魅力，千百年来为人所广为传诵。究其原因，是由于作者以诗人的慧眼和形象思维的方式，抓住了"阿房宫"这一具有极大典型性的意象，加以描述、铺叙，进而发挥、表

中国家庭基本藏书

露出其内在的深刻意蕴——寓思想于形象之中，或者说借形象以显现思想，这便是这篇名赋所以成功的主要原因。

古典文学中的"赋"，是由诗所派生、衍化的介乎诗与散文间的一种文学样式，它以铺叙和描写见长。《阿房宫赋》恰如其分地运用、展示了"赋"的特长：它充分描写了阿房宫建构之广之大，歌响舞袖之繁之盛，嫔妃妆奁之众之奢，金珠鼎玉之多之滥……而这一切绘形绘色、摹音摹响的细腻描述、铺叙，都归结于一个理性的焦点即为一条思想红线所贯穿：表现秦王朝统治者的奢侈荒淫，而这皆靠"剽掠"六国之"精英"、搜刮"千万人"、"取之尽锱铢"以供享用。在揭示对百姓搜刮之狠之凶时，又以铺叙手法将阿房宫之柱、之椽、之钉、之瓦、之槛、之栏、之管、之弦与农夫、工女、粟粒、帛缕、城郭……巧妙地联系起来，进一步揭露秦统治者的罪恶王朝是建立在天下人的髓骨血泪之上，因而阿房宫在"戍卒叫，函谷举"中化为一片"焦土"——秦王朝覆灭的象征——乃势所必然。

爱人(民)者，其国必昌；暴人(民)者，其国必亡。年轻的杜牧不仅在阿房宫的形象描绘铺叙中得出了这样涵盖古今治乱规律的哲理，而且直接联系到当时唐王朝的现实："后人哀之而不鉴之，亦使后人而复哀后人也。"其胆其识何能不令人钦敬？"独夫之心，日益骄固"的封建专制统治者是永远不会真正爱民的，暴民、镇民、压民是其不以主观意志为转移的本性，是由其专制制度本身决定的，因而他们永远逃不脱覆灭的命运。被杜牧不幸而言中的不仅是唐王朝不久的覆灭，整个封建社会的覆灭，而且也包括一切专制制度的命运……

需要说明的是，阿房宫整个建筑并未竣工，因而也未投入使用。赋中宫女梳妆、歌舞等等描写，都是作者想象出来的，但却如真情实境一般，这是艺术创造的结果。

上李中丞书

开成三年(838)冬杜牧由宣州团练判官，迁官左补阙、史馆修撰。翌年春末夏初，他回到长安就任新职。他关心国事，渴望将"治乱兴亡之迹，财赋兵甲之事，地形之险易远近，古人之长短得失"，献计献策于朝廷，以安黎民，以扶社稷。当时李德裕任宰相。杜牧因曾与牛僧孺熟识交往，颇受李之猜忌(其时"牛李党争"甚剧)，但他不避私嫌、不计利害，仍上书李氏，希求"召置堂下，坐之与语"，"一罄肝胆"，其公而忘私之心可叹可鉴。

某入仕十五年间[1]，凡四年在京[2]，其间卧疾乞假，复居其半[3]。

嗜酒好睡，其癖已痼，往往闭户便经旬日，吊庆参请，多亦废阙[4]。至于俯仰进趋，随意所在；希时徇势[5]，不能逐人。是以官途之间，比之辈流[6]，亦多困踬[7]。自顾自念，守道不病[8]；独处思省[9]，亦不自悔。然分于当路，必无知己，默默成戚[10]，守日待月，冀得一官以足衣食[11]。一自拜谒门馆，似蒙奖饰[12]，敢以恶文[13]，连进几案。特遇采录，更不因人[14]，许可指数，实为师资[15]，接遇之礼过等[16]，询问之辞悉纤[17]。虽三千里僻守小郡[18]，上道之日，气色济济[19]，不知沉困之在己[20]，不知升腾之在人[21]，都门带酒，笑别亲戚。斯乃大君子之遇难逢[22]，世途之不偶常事。虽为远宦，适足自宽。

　　某世业儒学[23]，自高、曾至某身[24]，家风不坠。少小孜孜，至今不怠。性颇固[25]，不能通经，于治乱兴亡之迹，财赋兵甲之事，地形之险易远近，古人之长短得失，中丞即归廊庙[26]，宰制在手，或因时事召置堂下，坐之与语。此时回顾诸生，必期不辱恩奖。今者志尚未泯，齿发犹壮，敢希指顾[27]，一罄肝胆[28]，无任感激血诚之至[29]。某恐惧再拜。

　　〔1〕某：自称。　十五年间：杜牧于大和二年(828)二十六岁时举进士及第，制策登科，至武宗会昌二年(842)上书之时，首尾相计，正好十五年。

　　〔2〕杜牧于大和二年制策登科后，被任命为弘文馆校书郎、试左武卫兵曹参军，在京做官只有半年；大和九年(835)受命为监察御史返回长安亦仅一年多；开成四年(839)夏任左补阙、史馆修撰以来到现在——武宗会昌二年(842)亦仅二年，故曰“凡四年在京”。

　　〔3〕复居：又占。

　　〔4〕阙：同“缺”。

　　〔5〕希时徇势：窥察时机，顺随形势改变处世方法。徇，顺，随。

　　〔6〕辈流：一班同事。

　　〔7〕困踬：困顿颠踬。

　　〔8〕守道不病：自认恪守道义而不以为憾。

　　〔9〕省：读若“醒”，自省。

　　〔10〕戚：戚戚，忧惧貌。

　　〔11〕冀：希望。

　　〔12〕似蒙奖饰：蒙受夸奖。

　　〔13〕恶文：自谦语，犹“拙文”。

　　〔14〕“特遇”二句：倒装，意为不是因人托情而得到赏识。

　　〔15〕“许可”二句：赞许与指数如同师长。

中国家庭基本藏书

〔16〕过等：超过应有的等级。

〔17〕悉纤：周到细致。

〔18〕三千里僻守小郡：杜牧此次入京之前在宣州任团练判官，故谦称"僻守小郡"。长安距宣州不足"三千里"，为惯常夸张之谓。

〔19〕济济：庄严恭敬貌。

〔20〕沉困：沉沦困顿。

〔21〕不知升腾之在人：此句意为不知升迁自己者为何人，即不凭借人情关系。

〔22〕大君子：指李中丞。此句与下句意为：与李在京共事乃难逢难遇之不平常事，乃恭敬客气之语。

〔23〕世业儒学：世代以儒学为业，即世代致力于儒学。

〔24〕高、曾：高祖、曾祖。 某身：我本人。

〔25〕颛固：愚蒙而顽固。欧阳修《集古录自序》："予性颛而嗜古。"颛(zhuān)，愚蒙。此句与下句"不能通经"皆自谦语。

〔26〕廊庙：指朝廷，中央政府。李德裕于开成五年(840)由淮南节度使调回京师，受命为门下侍郎、同平章事。

〔27〕指顾：指导眷顾。

〔28〕罄：尽，意为一吐肺腑之言。

〔29〕无任：犹不胜。 血诚：至诚。

《新唐书·杜牧传》及《唐才子传·杜牧传》均称："牧刚直有奇节，不为龊龊小谨，敢论列大事，指陈利病尤切。"这篇《上李中丞书》就很能体现他这一个性特点。前面题解中已提到，李德裕因他与牛僧孺的关系而甚为猜忌，但他不"龊龊于小谨"，坦然向李上书，直陈己情己意己见。此文一开头就坦言自己的个性"嗜酒好睡"；对"俯仰进趋"之事只是"随意"处之；而"徇势"钻营之道更是"不能逐人"，自甘落后。面对自己各种"困踬"的处境，非但不以为病，"亦不自悔"，反为"守道"而自得自安，即使"当路""无知己"，"成戚""守日待月"，也不改初衷，只求一"足衣食"而已。在并不理解，甚至嫉恨自己的高官显贵面前坦陈自己"不汲汲于富贵，不戚戚于贫贱"的个性，真可谓"刚直有奇节"之士。"一自拜谒门馆"以下数语，似有奉承之嫌，但一则常规礼节不得不如此，二则也是一种实现自己"与之坐语"目的的权宜之计。而一当几句客气话之后，"虽三千里僻守小郡"一段又立现其固有的刚直之气"不知沉困之在己，不知升腾之在人"，满腔豪迈正直的情怀尽溢于纸背；紧接着"某世业儒学……少小孜孜，至今不怠"数语，进一步显露自身不卑不亢、仗义执言的襟怀气魄。

杜牧何以如此刚直有豪气？盖因其自幼受家风的熏陶(祖父杜佑曾为宰相)，始终关心国家的兴亡，时政的得失，这一"上书"也是为了"与之坐谈""治乱兴亡之迹,财赋兵甲之事"。后来杜牧离开京城到池州做刺史之后,尽管认为是由于李德裕的排挤而对之不满,却仍上书与李,讨论对付回鹘残部的方策;又写了《上李司徒相公用兵书》,详尽陈述了讨伐泽潞藩镇刘稹的作战方略。李德裕也基本上采纳了他的意见,结果"泽潞平,略如牧策"(《新唐书·杜牧传》)。由此可见杜牧确是一位"敢论列大事,指陈利病尤切"的具有政治、军事才能的杰出人物,而不仅仅是一位诗人、文学家。

窦列女传

藩镇割据,中央政府大权旁落,是中晚唐一大难以消弭的祸患。累官至汉北都知诸兵马招抚处置使、被封为南平郡王的李希烈即是其中一大毒瘤。李为燕州辽西(今北京顺义)人,德宗时为淮宁节度使,背叛朝廷,自称建兴王、天下都元帅,于建中四年(783)攻入汴州(今河南开封),称楚帝,僭号武成,自署百官。朝廷遣军攻汴州,李遁归蔡州(治所在今河南汝南)。本文所写的窦列女便是一位以智勇剪除李希烈这一"毒瘤"而后殉命的女中豪杰。杜牧为文称颂,集中表明了作者维护国家统一、反对分裂割据的进步的历史观和疾恶如仇的正义感。

列女姓窦氏[1],小字桂娘。父良,建中初为汴州户曹掾[2]。桂娘美颜色,读书甚有文[3]。李希烈破汴州,使甲士至良门,取桂娘以去。将出门,顾其父曰[4]:"慎无戚[5],必能灭贼,使大人取富贵于天子。"桂娘既以才色在希烈侧,复能巧曲取信[6],凡希烈之密,虽妻、子不知者,悉皆得闻。希烈归蔡州,桂娘谓希烈曰:"忠而勇,一军莫如陆先奇[7]。其妻窦氏,先奇宠且信之,愿得相往来,以姊妹叙齿[8],因徐说之[9],使坚先奇之心。"希烈然之,桂娘因以姊事先奇妻[10]。尝间曰[11]:"为贼凶残不道,迟晚必败,姊宜早图遗种之地[12]。"先奇妻然之。

兴元元年四月[13],希烈暴死,其子不发丧,欲尽诛老将校,以卑少者代之[14]。计未决,有献含桃者[15]。桂娘白希烈子,请分遗先奇妻[16],且以示无事于外。因为蜡帛书[17],曰:"前日已死,殡在后堂[18],欲诛大臣,须自为计。"以朱染帛丸,如含桃。先奇发丸见之。言于薛育,育曰:"两日希烈称疾,但怪乐曲杂发,尽夜不绝,此乃有谋未定,示暇于外,事不疑矣。"明日,先奇、薛育各以所部噪于牙门[19],请见希烈。希烈子迫

中国家庭基本藏书

出拜曰："愿去伪号[20]，一如李纳[21]。"先奇曰："尔父勃逆[22]，天子有命。"因斩希烈及妻子，函七首以献[23]，暴其尸于市。后两月，吴少诚杀先奇[24]，知桂娘谋，因亦杀之。

请试论之：希烈负桂娘者，但劫之耳[25]。希烈僭而桂娘妃[26]，复宠信之，于女子心，始终希烈可也[27]。此诚知所去所就，逆顺轻重之理明也[28]。能得希烈，权也[29]；姊先奇妻，智也；终能灭贼，不顾其私，烈也。六尺男子，有禄位者，当希烈叛，与之上下者众矣[30]，岂才力不足邪？盖义理苟至，虽一女子可以有成[31]。

大和元年[32]，予客游浔阳[33]，路出荆州松滋县[34]，摄令王洪为某言桂娘事[35]。洪年十一岁能念五经[36]，举童子及第[37]。时年七十五，尚可日记千言。当建中乱，希烈与李纳、田悦、朱泚、朱滔等僭诏书檄[38]，争战胜败，地名人名，悉能说之，听说如一日前。言窦良出于王氏，实洪之堂姑子也[39]。

〔1〕列女：即烈女，刚烈的女子。

〔2〕建中：唐德宗年号(780—783)。 户曹：掌管州内户籍、道路等事务的官员。 掾(yuàn)：属官的一般称谓。

〔3〕文：指文采、才华。

〔4〕顾：回顾，回头看。

〔5〕慎无戚：切勿忧戚。慎，特别注意。

〔6〕巧曲取信：以灵巧机智、曲意逢迎取得信任。

〔7〕陆先奇：《旧唐书》作陈仙奇，李希烈部将。"贞元二年(786)三月，(李希烈)因食牛肉遇疾，其将陈仙奇令医人陈仙甫置药以毒之而死"(《旧唐书·李希烈传》)。与本传记载有出入。李死后，陈被朝廷授为淮西节度使，不久为别将吴少诚所杀。

〔8〕"以姊妹"句：按年龄大小以姊妹相称。叙齿，按年龄(齿)相称呼。

〔9〕徐：徐徐地、慢慢地。说(shuì)：游说，以言语打动对方。

〔10〕事：侍奉。

〔11〕尝：曾经。 间：离间，此处意为劝说。

〔12〕早图遗种之地：为后代子孙早作打算。因为谋反背叛朝廷将遭灭族绝代之祸。

〔13〕兴元元年：公元784年。兴元，唐德宗年号。

〔14〕卑少者：地位低的年轻人。

〔15〕含桃：樱桃。

〔16〕分遗：分送。遗(wèi)，赠送。

〔17〕蜡帛书:用帛(丝织品)写的、封在蜡丸中的绝密信。

〔18〕殡:未安葬的灵柩。

〔19〕牙门:营门。

〔20〕伪号:指李希烈自封的"楚王"称号。

〔21〕李纳:曾割据淄、青反叛,后归顺朝廷。

〔22〕勃逆:背叛谋反。勃,即悖(bèi),背叛。

〔23〕"函七首"句:用匣子装了七颗首级(头颅)献于朝廷。函,用匣子装。

〔24〕吴少诚:李希烈之部将。陈先奇归顺朝廷不久,吴杀陈,朝廷授吴以申、光、蔡诸州节度使。

〔25〕"希烈"二句:李希烈有负于桂娘的,只是劫掠强夺而已。

〔26〕"希烈僭"句:李希烈叛乱称帝后以桂娘为妃。僭(jiàn),僭越,超出本分。

〔27〕"于女子心"二句:对于一个女子来说,其心始终向着李希烈也是可以说得过去的。

〔28〕"此诚知"二句:(但桂娘不但不"始终"于希烈反而计杀其家)这诚然是她恪守自己所应奉行的大义,逆顺轻重之理(以私为轻、以国为重,诛杀叛徒、归顺朝廷),她是明于心而见于行的。

〔29〕权:权宜之计。

〔30〕与之上下者:和李希烈周旋者,指朝廷指派的对付李之文武官员。

〔31〕"盖义理"二句:只要义理在于心,即使是一位女子也可以得到成功。义理,指大义、理想。

〔32〕大和元年:公元827年。大和,唐文宗年号。

〔33〕涔阳:在今湖北公安南。

〔34〕荆州松滋县:今湖北松滋。

〔35〕摄令:代理县令。

〔36〕五经:《诗》《书》《易》《礼记》《春秋》。

〔37〕举童子及第:唐时设童子科考试科目,十岁以下能通经者,应试合格给予出身并授官,亦称童子举。此句意为考中了童子科。

〔38〕田悦:卢龙节度使,后叛乱,为其堂弟田绪所杀。　朱泚:亦曾为卢龙节度使,后叛乱称帝,为部将所杀。　朱滔:朱泚弟,曾助田悦叛乱,后投降朝廷,病卒。　僭诏书檄:僭越本分(指叛乱称帝)所发的文书。书檄,文书。

〔39〕"言窦良"二句:说窦良为王氏(王洙之家族)所生。实为王洙叔伯姑母之子也。

　　杜牧所生活的时代,正是晚唐多事之秋,其时最严重的问题之一是藩镇跋扈。他主张削平藩镇,加强统一,反对代宗、德宗以来对藩镇的姑息政策,尤其痛心的是当宪宗一度削平抗命的藩镇之后,到穆宗时又割据复炽,河朔再失。杜牧论兵之著述甚丰,他认为"若欲使生人无事,其要在于去兵";然而"不得山东(指太行山以东,即今河北,唐卢龙、成德、魏博三镇所在),兵不可去",认为只有讨平藩镇,才能消弭兵端。杜牧为什么力主削藩?是因为藩镇割据更加深了人民的负担,由于征兵重敛,辖区百姓尤为痛苦不堪,淮西节度使吴少阳、吴元济父子统治下的蔡州"途无偶语,夜不燃烛,人或以酒食相过从者以军法论";裴度平淮南后"蔡之遗黎始知有生人之乐"(《旧唐书》卷一七〇《裴度传》)。因此杜牧削平藩镇的思想和主张与人民的利益是一致的。这篇《窦列女传》歌颂了为削平藩镇而献身的女杰,其思想价值与历史进步性是应当充分肯定的。

这篇传记写得极为精练却又生动具体,关键是抓住了除灭藩逆李希烈的两个环节:一是在赢得李之宠信后设法与陈先奇妻交结,以坚陈除李之志;二是在李暴死后以蜡丸传信告知内幕,使陈灭李全家。这两个环节集中表现了传主桂娘的足智多谋和坚贞勇毅,真堪使六尺须眉汗颜。更有特色的是作者在用事迹充分表现了人物的形貌魂魄之后,又加了一段精彩剀切的议论和一段传记材料来源的翔实交代,这样就更增强了作品的思想深度和真实可信性,从而使其艺术含量臻于饱和。

李贺集序

题解

这是一篇给李贺诗集撰写的序言。李贺是唐代著名诗人,他生于贞元六年(790),长杜牧十三岁,当他元和十一年(816)二十七岁去世时,杜牧仅十四岁。李贺生命虽然短暂,但在杜牧眼中却是前辈,加之李诗艺术成就独特高奇,杜牧对他是十分崇敬仰慕的。这篇序文写为序的经过和对李诗的评价,就表现了这样的情思;但作为一个严肃的评骘者,杜牧也不为长者讳,他也客观地、分寸恰当地指出了李诗的不足或他所认为的某种倾向。这种真诚的实事求是的态度是值得效法、追踪的。

大和五年十月中[1],半夜时,舍外有疾呼传缄书者[2]。某曰:"必有异。"亟取火来[3],及发之,果集贤学士沈公子明书一通[4],曰:"吾亡友李贺,元和中义爱甚厚[5],日夕相与起居饮食。贺且死[6],尝授我平生所著歌诗,离为四编[7],几千首。数年来,东西南北,良为已失去[8]。今夕醉解,不复得寐,即阅理箧帙[9],忽得贺诗前所授我者。思理往事,凡与贺话言嬉游,一处所,一物候[10],一日夕,一觞一饭,显显焉无有忘弃者,不觉出涕。贺复无家室子弟得以给养恤问[11],常恨想其人,咏其言止矣[12]。子厚于我[13],与我为贺集序,尽道其所来由,亦少解我意。"某其夕不果以书道不可[14],明日就公谢[15],且曰:"世为贺才绝出前[16]。"让[17]。居数日,某深惟公曰[18]:"公于诗为深妙奇博,且复尽知贺之得失短长。今实叙贺不让，必不能当君意[19]。如何?"复就谢，极道不敢叙贺。公曰:"子固若是，是当慢我[20]。"某因不敢辞，勉为贺叙，然其甚惭[21]。

皇诸孙贺[22]，字长吉，元和中韩吏部亦颇道其歌诗[23]。云烟绵联，不足为其态也[24];水之迢迢，不足为其情也;春之盎盎，不足为其和也[25];秋之明洁，不足为其格也[26];风樯阵马，不足为其勇也[27];瓦棺篆鼎[28]，不足为其古也;时花美女，不足为其色也;荒国陊殿[29]、梗莽丘垄[30]，不足为其恨怨悲愁也;鲸呿鳌掷[31]、牛鬼蛇神[32]，不足为其虚荒诞幻也。盖《骚》之苗裔[33]，理虽不及，辞或过之。《骚》有感怨刺怼[34]，言及君臣理乱[35]，时有以激发人意。乃贺所为，无得有是[36]? 贺能探寻前事，所以深叹恨今古未尝经道者[37]，如《金铜仙人辞汉歌》[38]、《补梁庾肩吾宫体谣》[39]，求取情状，离绝远去笔墨畦径间，亦殊不能知之[40]。贺生二十七年死矣，世皆曰:使贺且未死，少加以理[41]，奴仆命《骚》可也[42]。

贺死后凡十五年，京兆杜某为其序。

[1]大和五年:公元831年。大和，唐文宗年号(827—835)。

[2]缄书:书信。缄，封口。

[3]亟:急。

[4]集贤学士:唐有集贤殿，以五品以上为学士。 沈公子明:沈述师，字子明，其兄尚书右丞沈传师为江西观察使时，曾辟杜牧为江西团练巡官、试大理评事，杜牧二十六岁进士及第后即随沈赴洪州(治所在今江西南昌)任职。 一通:一封。

[5]元和:唐宪宗年号(806—820)。

[6]且:将。

[7]离为四编:分别编为四编。

[8]"东西"二句:东西南北奔波流徙，真以为(诗稿)已经丢失。良为，真的以为。

[9]篋:小箱子。 帙:包书的布套，此处指书。

[10]物候:景物。

[11]恤问:体恤关照。

[12]"常恨"二句:经常遗憾地想起他，怀念他的言行举止。恨，此处作怅恨解;咏，此处作叨念解;止，行为举止。

[13]子:指杜牧。

[14]不果:不及。

中国家庭基本藏书

〔15〕就公谢：到沈公处辞谢。

〔16〕"世为"句：世人认为李贺才华绝世，超出前人。

〔17〕让：推辞。

〔18〕惟：思，想。

〔19〕"今实"二句：如今我如真为李贺作序而不推辞的话，必定不能使你满意。当意，中意，满意。

〔20〕"子固"二句：你一定要这样的话，那就是看不起我。固，一定；慢，侮慢。

〔21〕其：杜牧自指。惭，惭愧。

〔22〕皇诸孙贺：李贺是唐宗室郑王之后，为当今皇室诸孙之一。

〔23〕韩吏部：即韩愈，曾任吏部侍郎。

〔24〕"不足"句：此句及以下八句排比，其句式皆为：前面的比喻物（如"云烟"、"水"、"春"、"秋"等），不足以形容被比喻物（如"态"、"情"、"和"、"格"等）。即种种美的、特殊的自然物或自然现象近乎贺诗的特点却又不及其本身之美。此句中的"态"指李诗之神态。

〔25〕和：指李诗之和谐。

〔26〕格：指李诗之格调。

〔27〕"风樯"二句：樯，船的桅杆，此处指船。此二句意为：在风浪中航行的船，在战阵中冲锋的马都不足以形容李诗的气势。勇，指诗的气势。

〔28〕篆鼎：刻有篆字的鼎，鼎为商周时用青铜制的三足两耳炊具，形体大而重。

〔29〕荒国：荒芜了的都城。陊（duò）殿：破败的宫殿。

〔30〕梗莽：荒草野林。丘垅：冈丘墓茔。

〔31〕呿（qū）：张口貌。掷：跳跃。

〔32〕牛鬼蛇神：牛变鬼，蛇变神，言奇幻怪诞。

〔33〕骚：指屈原代表作《离骚》。苗裔：后代，继承者。

〔34〕刺怼：讽刺愤恨。

〔35〕理乱：治乱。唐人为避高宗李治之名讳将治写作"理"。

〔36〕无得有是：不是如此吗？

〔37〕未尝经道者：未曾被人讲述过的。

〔38〕《金铜仙人辞汉歌》：李贺名作之一，写汉武帝所铸铜人被魏明帝拆走之感慨。

〔39〕《补梁庾肩吾宫体谣》：已佚，现存李贺诗集中无此诗。

〔40〕"求取"三句：意为李贺的诗表达思想感情的方式情状不同一般常规，非常独特，有人可能不大理解。笔墨，指诗文；畦径，田间小路，比喻常规。

〔41〕"少加"句：再稍稍增加一些理性的认识（即增强诗歌的思想内容）。

〔42〕"奴仆"句：可将《离骚》当作奴仆来驱使（即超过《离骚》，高于其上）。

　　李贺是早于杜牧十多年的唐代著名诗人，他虽然年轻早逝，但其诗却以独特的风格在我国古代诗歌史上独树一帜，这就是以绚丽多姿的想象和出人意表的辞藻给他的诗篇笼罩上一层迷离惝恍的神秘色彩。杜牧的这篇序文抓住了李诗的这一特色。"鲸呿鳌掷，牛鬼蛇神，不足为其虚荒诞幻"等语，就道出了李诗在想象和语言形象上非同一般的奇异特点。另外李贺出身于一个没落的皇室后裔之家，少年时就才华出众抱负远大，但由于封建礼教的限制不得应进士第，只做了一个职掌祭祀的九品小官奉礼郎。他短暂的一生是愁怨悲苦的，这也正是他发之于诗的基调和主调，杜牧不仅借序文前半部分的叙述点出其身世，而且在对诗的正面评价中也指出"荒国陊殿，梗莽丘垅，不足为其恨怨悲愁也"。李贺的诗色彩秾丽，奇瑰多姿，朦胧迷离，杜牧以"云烟绵联"、"时花美女"、"春盎秋洁"等自然人生景象形象地描摹出李诗的这一特点……不仅如此，杜牧还准确地指出李诗精髓和风格来自屈原《离骚》的渊源，认为"乃贺所为，无得有是"。鲁迅先生说过，评诗论文最重要的一点是知人论世。杜牧的这篇短短的序文可谓相隔千年不谋而合的楷范也。鲁迅先生还说，批评家的论文准则是有好说好，有坏说坏，既不溢美也不护短，杜牧此文与鲁翁亦是不谋而合，"理虽不及，辞或过之"八个字就是批评李诗缺点的证明。古人论诗评文一贯讲究"辞"、"理"，前者指的是形式(包括辞藻、描写、形象等等)，后者指的是思想内容，"辞胜于理"，就是形式(描写)有馀而内容不足；"理胜于辞"，就是形象不足、理念过露；理想的是"辞理相侔"，就是形式和内容相统一。李贺的歌诗尽管很有特色，与李白、李商隐并称唐代"三李"，但其不足之处也是明显的。文学史家认为：李贺由于生活狭窄、生命短暂和艺术上过分追求奇诡险怪，他的一些诗歌缺少思想而流于晦涩荒诞，有的仅有奇句而缺乏完整的形象和连贯的情思脉络。由此可见杜牧的批评也是中肯合理的。

答庄充书

题解

这是杜牧答复友人的一封信。友人庄充请杜牧为其文集写序，杜牧作此书答复，就自己对为文的观点作了剀切的阐述。

某白庄先辈足下[1]。凡为文以意为主，气为辅[2]，以辞彩章句为之兵卫[3]，未有主强盛而辅不飘逸者，兵卫不华赫而庄整者[4]。四者高下圆折，步骤随主所指[5]，如鸟随凤，鱼随龙，师众随汤武[6]，腾天潜泉，横裂天下[7]，无不如意。苟意不先立，止以文彩辞句[8]，绕前捧后，是言愈多而理愈乱，如入阛阓[9]，纷纷然莫知其谁，暮散而已。是以意全胜者，辞愈朴而文愈高；意不胜者，辞愈华而文愈鄙。是意能遣辞，辞不能成意，大抵为文之旨如此。

中国家庭基本藏书

观足下所为文百馀篇，实先意气而后辞句，慕古而尚仁义者。苟为之不已，资以学问，则古作者不为难到〔10〕。今以某无可取〔11〕，欲命以为序，承当厚意，惕息不安〔12〕。复观自古序其文者，皆后世宗师其人而为之〔13〕，《诗》《书》《春秋左氏》以降〔14〕，百家之说〔15〕，皆是也。古者其身不遇于世，寄志于言，求言遇于后世。自两汉以来，富贵者千百，自今观之，声势光明，孰若马迁、相如、贾谊、刘向、扬雄之徒〔16〕，斯人也，岂求知于当世哉？故亲见扬子云著书，欲取覆酱瓿〔17〕，雄当其时，亦未尝自有夸目〔18〕。况今与足下并生今世，欲序足下未已之文，此固不可也。苟有志，古人不难到，勉之而已。某再拜。

〔1〕某：作者自称。 白：告，说给。 先辈：唐代科举者相互之间的敬称。 足下：对友人的尊称。

〔2〕气：气势。

〔3〕辞彩章句：辞藻文采和篇章结构。 兵卫：兵器和卫士(喻词)。

〔4〕"未有"二句：意为没有内容强盛而气势不潇洒飘逸的；没有辞彩章句不华美宏大而文章完美严谨的。

〔5〕"四者"二句：意为文章的意、气、辞彩、章句四方面的或高或低、或圆或折的变化和步骤都随意(主)而定(随其所指)。

〔6〕师众：百姓与军队。 汤武：成汤与周武王(得民心之君的代表)。

〔7〕"腾天"二句：腾上天空，潜入地下，纵横天下。

〔8〕止：同"只"。

〔9〕阛阓(huán huì)：市场，阛为市之墙，阓为市之门。

〔10〕"苟为"三句：意为只要按照"先意气而后辞句"的原则不断写作，并加强自身的学问，像古作者那样的水平是不难达到的。

〔11〕无可取：自谦无所长。

〔12〕惕息：惶恐貌。

〔13〕"复观"二句：再看自古为文章写序的，都是后世尊敬其人而为之的。宗师，尊崇师法。

〔14〕《诗》：《诗经》。 《书》：《书经》，儒家经典之一。 《春秋左氏》：即《左传》。 以降：以来。

〔15〕百家之说：即先秦的诸子百家。

〔16〕孰若：谁如。 马迁：即司马迁。 相如：即司马相如。他俩与贾谊、刘向、扬雄都是西汉著名文学家。

〔17〕扬子云：扬雄，字子云。 取覆酱瓿：用来盖盛酱的瓦罐。《汉书·扬雄传》载：扬雄著《太玄》《法言》，刘歆看到他的书对他说："你这不是自讨苦吃吗？现在的学者有禄利驱使还不能通晓《易》，又怎么来研究你这体裁上模仿《易》的《太玄》呢？恐怕后人要用它去盖酱罐呢(当时还用竹简著书)。"

〔18〕自有夸目：自我夸耀。

第一段论述文章以意为主，其他的气势、辞采、章句等皆是完成文章的必要因素，但它们总是处于"辅"和"兵卫"的位置："意能遣辞，辞不能成意"，为文之旨大抵如此。

第二段肯定友人之作遵循"以意为主"的原则，并认为只要他朝着这一方向努力并不断充实自己，就一定会达到前人的水平。然后说明自古序文者皆是后世宗师其人而为之，这也正解释了自己不能为友人作序的原因。

内容决定形式，形式反作用于内容，这是现实主义文学的基本观点之一，也是我国优秀文学传统的一个主要特征，孔子不是早就提出"诗言志"、曹丕不是也提出"文以气为主"的论断了吗？杜牧的这篇答友人书，从正反两方面充分论述了这一文学主张，他不仅强调"凡为文以意为主"、"意能遣辞，辞不能成意"——即内容决定形式；而且也认识到形式对内容的反作用："未有主强盛而辅不飘逸者，兵卫不华赫而庄整者"，只不过在这方面阐述较少而已。杜牧强调"文以意为主"，不但指出了任何时代文学必须遵循的一般规律，而且在当时具有现实的针对性，因为自中唐以来出现了孟郊、贾岛、卢仝、刘叉等一批以"苦吟"为特点的诗人。这些作家致力于语言的艰深险怪，追求意境的幽逸新奇，用人为的刻镂代替自然的流露，为了追求"语不惊人死不休"的境界而走入曲折晦涩的羊肠小路。到了晚唐更出现了一股华靡柔弱的诗风，其风格形式日益向绮艳纤巧的形式主义发展。在这种情势下，杜牧反复强调"文以意为主"的重要性就具有矫正文坛"不正之风"和迷途歧路的积极作用，对文学沿着正确的道路发展具有历史的进步性。此外，杜牧强调友人"苟为之不已，资以学问，则古作者不难到"，"苟有志，古人不难到"，这并不是主张复古，而是要友人遵循韩愈、柳宗元所倡导的"古文运动"的道路，打破骈文讲究音律排偶和典故辞藻的束缚，恢复散文的自由抒写。他特意提出司马迁等大家并高度评价他们的"声势光明"自两汉以来无与伦比，就表明杜牧完全赞同韩、柳文学主张，大力倡导继承"古文运动"的传统。另外，此文以种种形象的比喻阐述自身的理论主张，不仅言简意明，而且增加了说理文的阅读兴味，达到了深入浅出的效果。

中国家庭基本藏书

◎附　录

杜牧年谱简编

德宗贞元十九年(803)，一岁

祖父杜佑自淮南节度使拜检校司空，同中书门下平章事。

贞元二十年(804)，二岁

父杜从郁为太子司议郎。

贞元二十一年/顺宗永贞元年(805)，三岁

祖父杜佑摄冢宰，进检校司徒，兼度支盐铁使。

宪宗元和元年(806)，四岁

祖父杜佑拜司徒，封岐国公。父杜从郁拜左补阙，降授左拾遗，改为秘书丞。

元和二年(807)，五岁

弟杜颛生。

元和七年(812)，十岁

六月，祖父杜佑以太保致仕，十一月卒，年七十八，追赠太傅，谥曰安简。是年李商隐、温庭筠生。

元和九年(814)，十二岁

从兄杜悰娶宪宗女歧阳公主，加银青光禄大夫，殿中少监，驸马都尉。

元和十二年(817)，十五岁

十月，李愬破蔡州，擒吴元济，淮西平。

元和十四年(819)，十七岁

平卢都知兵马使刘悟斩李师道，淄、青等十二州皆平。自代宗广德以来垂六十年，藩镇跋扈，河南北三十馀州，自除官吏，不供贡赋，至是尽遵朝廷约束。

元和十五年(820)，十八岁

正月，宪宗为宦官所害，太子李恒即位，是为穆宗。

穆宗长庆元年(821)，十九岁

卢龙军乱，囚节度使张弘靖，立朱克融。成德兵马使王廷凑杀节度使田弘正，诏诸道讨之。赦朱克融，命为卢龙节度使。

长庆二年(822)，二十岁

魏博将史宪诚逼杀节度使田布，自称留后，朝廷不能讨，以史宪诚为魏博节度使。自上年讨王廷凑连年无功，不得已，以王廷凑为成德节度使，由是再失河朔，迄于唐亡，不能复取。杜牧研读《尚书》《毛诗》《左传》《国语》及十三代史书，深知国之兴亡系于兵者甚大，贤卿大夫均宜知兵。父杜从郁当在本年前一两年卒。

长庆四年(824)，二十二岁

正月，穆宗卒，太子李湛即位，是为敬宗。是年韩愈卒。杜牧对韩愈甚为推崇。《冬至日寄小侄阿宜诗》："李杜泛浩浩，韩柳摩苍苍。"《读韩杜集》："杜诗韩集愁来读，似倩麻姑痒处抓。"

敬宗宝历元年(825)，二十三岁

作《阿房宫赋》。《上知己文章启》："宝历大起宫室，广声色，故作《阿房宫赋》。"

宝历二年(826)，二十四岁

十二月，敬宗为宦官所杀，宦官王守澄等拥立敬宗弟江王李涵(更名昂)，是为文宗。

文宗大和元年(827)，二十五岁

作《燕将录》，反对藩镇割据；作《窦列女传》《感怀诗》，赞诛叛将之烈女，叹安史之乱以来藩镇割据之祸。

大和二年(828)，二十六岁

春，在东都洛阳应进士举，以第五人及第。闰三月，在长安应制举，登科。授官为弘文馆校书郎、试左武卫兵曹参军。十月，应江西观察使沈传师之辟，为江西团练巡官，试大理评事，遂赴洪州(今江西南昌)。

大和三年(829)，二十七岁

在洪州江西观察使幕中。

大和四年(830)，二十八岁

在江西幕中。正月，牛僧孺自武昌节度使召还任兵部尚书、同平章事，杜牧有诗寄之。九月，沈传师迁宣歙观察使，杜牧从至宣州(宣歙观察使治宣州宣城县，今安徽宣城)，并奉沈传师命，使于京师。

大和五年(831)，二十九岁

在宣州宣歙观察使幕中。十月作《李贺集序》。是年，文宗与宰相宋申锡谋诛宦官，事泄。宦官王守澄等诬奏宋申锡谋立漳王李凑，欲杀之，群臣力争。三月，贬宋申锡为开州司马，降漳王李凑为巢县公。八月，从兄悰为京兆尹。

大和六年(832)，三十岁

在宣州幕中。弟杜颛举进士及第。从兄悰兼御史大夫。

大和七年(833)，三十一岁

在宣州幕中。春，奉沈传师命至扬州，聘淮南节度使牛僧孺，往来于润州(今江苏镇江市)，闻杜秋娘流落事，作《杜秋娘诗》。四月，沈传师内召为吏部侍郎，杜牧应牛僧孺之辟，赴扬州，为淮南节度推官、监察御史里行，转掌书记。三月，从兄杜悰为凤翔陇右节度使。

大和八年(834)，三十二岁

中国家庭基本藏书

在淮南幕中。曾有事至越州(今浙江绍兴市),见韩乂。愤河北三镇之桀骜而朝廷专事姑息,乃作《罪言》,陈述削平河北三镇之策略。扬州繁华,杜牧供职之馀,亦颇为宴游。六月,从兄杜悰为忠武军节度使,辟杜牧弟杜颐为巡官,杜牧有诗送之。

大和九年(835),三十三岁

转直监察御史,赴长安供职。七月,侍御史李甘因反对郑注、李训,被贬为封州司马,杜牧即移疾,分司东都。在洛阳城东遇江西歌妓张好好,感旧伤怀,作《张好好诗》。六月,弟颐授咸阳尉,直史馆,以疾辞居扬州。十月,从兄悰为陈许节度使。是年有"甘露之变"。

文宗开成元年(836),三十四岁

为监察御史,分司东都。

开成二年(837),三十五岁

弟颐患眼疾,不能见物,居扬州禅智寺。杜牧迎同州眼医石生至洛阳,告假百日,与石生东赴扬州,视弟颐眼病。假满百日,依例去官。秋末,应宣歙观察使崔郸之辟,为团练判官、殿中侍御史内供奉,携弟颐同往宣州。

开成三年(838),三十六岁

在宣州幕中。冬迁左补阙、史馆修撰,但本年并未启程赴京,仍留宣州度岁。

开成四年(839),三十七岁

将赴京供职,先于春初携弟颐至浔阳(唐江州刺史治所,今江西九江),依从兄江州刺史慥。二月,自浔阳溯长江、汉水,经南阳、武关、商山而至长安,就左补阙、史馆修撰新职。

开成五年(840),三十八岁

正月,文宗卒,弟颍王李瀍立,是为武宗,召淮南节度使李德裕。九月,以李为吏部尚书,同中书门下平章事,寻兼门下侍郎。杜牧在京,转膳部、比部员外郎,皆兼史职。冬,请假往浔阳视弟颐疾,仍取道汉上,曾经襄阳。至浔阳后拟取弟西归,杜颐不肯,仍愿留浔阳随从兄慥。

武宗会昌元年(841),三十九岁

在浔阳。四月,从兄慥自江州刺史迁蕲州(今湖北蕲春)刺史,杜牧与杜颐均随至蕲州。七月,杜牧归长安。

会昌二年(842),四十岁

八月,回鹘侵扰北边,突入大同川,驱掠人口、牛马,朝廷下诏发陈、许、徐、汝、襄阳诸处兵屯太原及振武、天德间以抗御回鹘。春,杜牧出为黄州刺史(黄州又名齐安郡,治所黄冈县,今湖北黄冈)。遣人迎同州眼医周师达至蕲州,为弟颐视目疾,周不能治。秋,杜颐赴扬州依从兄悰,时悰为淮南节度使。

杜牧少负济世经邦之志,最喜论政谈兵,自二十六岁入仕迄今十馀年,抱负未得施展,年已四十,出守远郡,颇有抑郁不平意,乃作《上李中丞书》及《郡斋独酌》、《雪中书怀》诸诗以发抒之。

会昌三年(843),四十一岁

为黄州刺史。上书于宰相李德裕,论泽、潞兵事。德裕制置泽、潞,颇采其言。杜牧守黄州一年馀,就己力所能及者,减除弊政。

会昌四年(844),四十二岁

为黄州刺史。九月,迁池州刺史(池州又名池阳郡,治所秋浦县,今安徽贵池)。上宰相李德裕书,论防御回鹘事,德裕称善。闰七月,从兄悰由淮南节度使入为尚书右仆射,兼门下侍郎、同平章事,仍判度支,充盐铁转运等使。

会昌五年(845),四十三岁

为池州刺史。上书宰相李德裕,论江贼事。张祜来池州,与杜牧唱和甚欢。九月九日,同游齐山,并赋诗。五月,从兄悰罢为尚书右仆射,旋出为剑南东川节度使。

会昌六年(846),四十四岁

为池州刺史。三月,武宗卒,皇太叔光王李忱即位,是为宣宗。四月,宰相李德裕罢为荆南节度使。九月,杜牧移睦州刺史(睦州又名新定郡,治所建德县,今浙江建德)。乘船沿江东下,转运河入浙。十二月,经钱塘(今浙江杭州)。

宣宗大中元年(847),四十五岁

为睦州刺史。

大中二年(848),四十六岁

为睦州刺史。八月,内升为司勋员外郎,史馆修撰。九月,取道金陵、宋州赴京,十二月至长安。九月,贬李德裕为崖州司户,至是德裕已四贬。十月,牛僧孺卒于东都。二月,从兄悰徙西川节度使。

大中三年(849),四十七岁

为尚书司勋员外郎,史馆修撰。因京官俸禄薄,不如刺史俸禄之厚,而杜牧须供养从兄慥与弟颉及李氏孀妹,故于闰十一月上书宰相求杭州刺史。时宰相为白敏中、崔铉、魏扶。李商隐时在长安,作两诗赠杜牧,致敬佩之意。杜牧以所著《孙子注》献于宰相周墀。八月河陇收复后,老幼千馀人来长安,脱胡服,易汉服。宣宗登延喜门楼见之,皆舞蹈、呼万岁。杜牧亲睹其盛,做诗歌颂。十二月,李德裕卒于崖州贬所。

大中四年(850),四十八岁

转吏部员外郎。夏,三上宰相启,求湖州刺史。秋出为湖州刺史(湖州又名吴兴郡,治所在乌程县,今浙江湖州)。

大中五年(851),四十九岁

为湖州刺史。三月,曾至顾渚(湖州属县长兴西北)荣山督采茶,游明月峡。

中国家庭基本藏书

秋，拜考功郎中，知制诰。罢郡得替后，曾游玲珑山，旋即赴京供职。到京后，以湖州俸钱修治长安城南樊川别墅，下直后，即招亲友游赏其间。二月，弟颢卒，年四十五。

大中六年(852)，五十岁

拜中书舍人。见温庭筠诗，赏之。温致书于杜牧，望其汲引。十一月患病，自撰墓志铭。

大中七年(853)，五十一岁

病卒于长安安仁坊宅中。杜牧妻河东裴氏，郎州刺史偃之女，先杜牧卒。子四人，女一人。长子晦辞，官终淮南节度使判官。次子德祥，昭宗时为礼部侍郎。

杜牧研究著述举要

樊川文集，裴延翰编，陈允吉校点，上海古籍出版社，1978年版

樊川诗集注，冯集梧注，上海古籍出版社，1978年版

杜牧诗选，缪钺选注，人民文学出版社，1975年版

杜牧诗文选注，王淑均、朱碧莲选注，上海古籍出版社，1982年版

杜牧年谱，缪钺，人民文学出版社，1980年版

杜牧传，缪钺，人民文学出版社，1977年版

杜牧集，欧阳灼校注，岳麓书社，1978年版

杜牧论稿，吴在庆著，厦门大学出版社，1991年版

杜牧全传，吴在庆著，长春出版社，1995年版

杜牧诗文选评，吴在庆选评，上海古籍出版社，2002年版

杜牧研究丛稿，胡可先著，人民文学出版社，1993年版

杜牧美学观初探，张田，齐齐哈尔师范学院学报：哲社版，1980，(1)

杜牧文学思想初窥，王西平，晋阳学刊，1980，(3)

从杜牧诗文看杜牧的政治军事思想，王西平，人文杂志，1980，(3)

杜牧诗歌试论，王宏，浙江师范学院学报：社科版，1980，(3)

杜牧诗歌风格的心理构成试析，卢建平，江西教育学院学报，1980，(4)

浅谈杜牧的近体诗，高梦林，语文学习与研究，1980，(4)

江南春色，尽入画中——读杜牧《江南春绝句》，任祖镛，语言文学，1980，(5)

杜牧七言绝句浅论，寇养厚，河北师范大学学报：哲社版，1981，(1)

读《全唐诗·杜牧集》札记，房日晰，黄石师院学报：哲社版，1981，(1)

中学语文教材赏析：笔墨绚丽写春意——杜牧《江南春绝句》浅析，吴功正，吉林教育，1981，(1)

杜牧河湟诗的爱国主义思想，许奕谋，社会科学(兰州)，1981，(1)

《忍死留别献盐铁裴相公二十叔》诗非杜牧作考辨,胡可先,徐州师范学院学报:哲社版,1981,(1)

《清明》诗是杜牧作的吗? 朱易安,河北大学学报:哲社版,1981,(2)

杜牧与牛李党争,王西平,陕西师大学报:哲社版,1981,(2)

清明太守,落魄诗人——杜牧在黄州,赵熙文,艺丛,1981,(2)

杜牧诗文编年补正,胡可先,四川大学学报:哲社版,1981,(2)

许浑与杜牧,(日)铃木修次著;张建群译,国外社会科学,1981,(3)

曲径通幽——杜牧《清明》艺术构思初探,李雄安,写作,1981,(4)

别识谈兵杜牧之——杜牧军事思想浅论,寇养厚,郑州大学学报:哲社版,1981,(4)

杜牧诗歌风格及其成因管窥,吴在庆,固原师专学报:社科版,1981,(4月)

感旧伤怀,委婉情深——读杜牧《张好好诗》,曹中孚,名作欣赏,1981,(5)

杜牧诗补遗,孔庆茂,文教资料,1981,(6)

杜牧诋諆元白诗辨,曹中孚,学术月刊,1981,(6)

论杜牧诗的爱国主义,陶瑞芝,盐城师专学报:社科版,1981,(9)

杜牧诗文用韵考,林仲湘,广西大学学报:哲社版,1981,(11)

《杜牧评传》序,吴调公,牡丹江师院学报:哲社版,1982,(1)

杜牧艳诗析,郭其云,学术论坛,1982,(1)

妃子破颜,血流千载——杜牧《过华清宫》之一析说,于进海,殷都学刊,1982,(1)

论杜牧诗,彭菊华,唐代文学论丛,1982,(2)

读杜牧的咏史诗,王南,唐代文学论丛,1982,(2)

论杜牧的文学思想(续),徐中玉,唐代文学论丛,1982,(2)

杜牧七绝风格试议,秦效成,徽州师专学报,1982,(3)

略论杜牧的文和赋,王西平,齐鲁学刊,1982,(3)

杜牧文学思想初探,王西平,宝鸡师院学报:哲社版,1982,(3)

杜牧为何诋諆元白诗? 卞孝萱,江海学刊,1982,(5)

杜牧诗歌艺术美浅析,王西平,人文杂志,1982,(6)

思精神远,晚唐独步——杜牧七绝散论,沈家庄,湘潭大学社会科学学报,1982,(增刊)

读诗札记——杜牧《兵部尚书席上作》及其本事辨异,龚祖培,四川教育学院学报,1983,(1)

谈杜牧的咏史绝句,雷玉江,新疆师范大学学报:哲社版,1983,(1)

文学上的"二十四"桥——杜牧《寄扬州韩绰判官》,钟来因,艺谭,1983,(1)

杏花村"贵池说"辨——晚唐诗人杜牧的七绝《清明》,刘尚恒,安徽师大学报:

中国家庭基本藏书

名家选集卷

杜牧集·附录

哲社版,1983,(2)

诗画兼工小珍品——杜牧七绝诗特色之一,苏丹,贵州大学学报:社科版,1983,(2)

论杜牧的政治诗,张蕌,锦州师范学院学报:哲社版,1983,(2)

杜牧《赤壁》赏析,林东海,诗刊,1983,(2)

杜牧的文学思想,张金海,文学遗产,1983,(2)

杜牧诗文编年补遗(摘编),曹中孚,江淮论坛,1983,(3)

论杜牧与牛李党争,朱碧莲,文学遗产,1983,(3)

杜牧《阿房宫赋》评注,李扬勇,语文学习,1983,(3)

杜牧若干诗文系年之再考辨,郭文镐,西北师院学报:社科版,1983,(4)

读杜牧《题宣州开元寺水阁》,曹中孚,艺谭,1983,(4)

杜牧《阿房宫赋》赏析,纪作亮,艺谭,1983,(4)

托物寄情,爱国忧民——杜牧寓言诗《早雁》赏析,郑崇德,名作欣赏,1983,(5)

一幅绝妙的秋山枫林图——读杜牧《山行》,齐伟寻,牡丹江师院学报:哲社版,1983,(5)

《杜牧年谱》商榷,胡可先,江海学刊,1983,(7)

关于杜牧的《清明诗》,曹中孚,唐代文学论丛,1983,(总3辑)

杜牧研究的新收获——读王西平、张田的《杜牧评传》,朱虎成,唐都学刊,1983,(总3辑)

含英咀华,馀味深长——读杜牧诗《泊秦淮》,朱广宇,百花园,1984,(1)

杜牧卒年及《杜秋娘诗》系年考辨——兼与王达津教授商榷,吴在庆,厦门大学学报:哲社版,1984,(1)

杜牧的诗在日本,(日)木之内诚著,文科月刊,1984,(10)

关于杜牧《晚晴赋》评价的商榷,李斌,临沂师专学报:社科版,1984,(2)

历史地评价杜牧——与《杜牧及其诗评漫议》的作者商榷,王西平,内蒙古师大学报:哲社版,1984,(2)

杜牧和他的《阿房宫赋》,蔡寿福,云南教育,1984,(2)

杜牧、李商隐的咏史绝句,张国伟,河北学刊,1984,(3)

关于"冷袖"的一点理解——杜牧《阿房宫赋》,毛乐耕,江苏师院学报:哲社版,1984,(3)

新选课文分析:收千里于尺幅,寄兴亡于烟雨——杜牧《江南春绝句》赏析,陈友冰,语文教研,1984,(3)

吊古伤今,感时愤世——读杜牧《过华清宫绝句三首》,曹中孚,名作欣赏,1984,(4)

杜牧《李长吉歌诗序》"理"义辨,陈子建,社会科学研究,1984,(4)

略论杜牧会昌诗作的特点，张安祖，求是学刊，1984，(5)

杜牧诗文系年小札，郭文镐，人文杂志，1984，(6)

杜牧《山行》"二月"新解，龚维英，人文杂志，1984，(6)

谈杜牧诗的"壮美"，伟华，南宁师院学报：哲社版，1985，(1)

略论杜牧关心民生疾苦的诗篇，陶瑞芝，南通师专学报：社科版，1985，(1)

杜牧人道精神试探，王西平，社会科学(兰州)，1985，(1)

杜牧七言律诗的艺术风格及其成因，寇养厚，文史哲，1985，(1)

杜牧对元白诗的态度，寇养厚，文史哲，1985，(1)

杜牧七言绝句的艺术特色，吴绍礼，齐齐哈尔师范学院学报：哲社版，1985，(3)

漫话杜牧的爱国诗歌，王西平，青海社会科学，1985，(3)

从《郡斋独酌》看杜牧的古诗成就，张安祖，北方论丛，1985，(4)

略论杜牧的军事思想，程刚，军事历史研究，1985，(4)

杜牧创作个性与艺术风格综论，王西平，陕西师大学报：哲社版，1985，(4)

杜牧政论诗文初探，张啸虎，群众论丛，1985，(5)

论杜牧咏史七绝的艺术特色，师长泰，人文杂志，1985，(5)

表层空间的僻论与深层境界的美感——杜牧咏史绝句《赤壁》美学鉴赏，王敦洲，语文学习与研究，1985，(6)

珠璧辉映，各呈异彩——杜牧《过华清宫》和苏轼《荔枝叹》对读，王云，中文自修，1985，(7)

再议杜牧——兼致王西平同志，王德普，内蒙古师大学报：哲社版，1986，(1)

试论杜牧的党派分野，吴在庆，人文杂志，1986，(1)

杜牧诗思想与艺术述论，寇养厚，西北师院学报：社科版，1986，(1)

纵是无形却有形——谈杜牧以诗写画的七绝，史金城，艺苑，1986，(2)

论杜牧的怀古诗，陶瑞芝，南通师专学报：社科版，1986，(3)

杜牧行踪考辨与《清明》诗，于一，延安大学学报：社科版，1986，(3)

浅谈杜牧七绝诗的艺术性，戴伟华，扬州师院学报：社科版，1986，(3)

谁从绛蜡银筝底，别识谈兵杜牧之——试论杜牧的影响及学习的有关问题，吴在庆，宁夏教育学院·银川师专学报：社科版，1986，(4)

《阿房宫赋》评析：杜牧为什么写《阿房宫赋》，吴熊和，语文战线，1986，(4)

杜牧《清明》诗析释，萧庆松，文史哲，1986，(5)

清新俊逸，深婉有致——说杜牧的《山行》《赤壁》，冯海荣，中文自修，1986，(5)

蕴借·俊爽·工致——谈杜牧的七言绝句，朱碧莲，文科月刊，1986，(6)

杜牧与牛李党争，寇养厚，文史哲，1986，(6)

论杜牧的文学思想(上)，徐中玉，唐代文学论丛，1987，(1)

杜牧《自撰墓志铭》探微——兼论作者卒年问题，罗时进，人文杂志，1987，(2)

中国家庭基本藏书

杜牧与牛李党争,任晖,西南师范大学学报:哲社版,1987,(2)

略论杜牧诗歌的思想和艺术,王恩宗,徐州师范学院学报:哲社版,1987,(2)

似庄似谐,寓意深远——说杜牧《赤壁》,魏耕原,文史知识,1987,(3)

杜牧咏史诗试析,苏丹,贵州民族学院学报,1987,(4)

霜叶红于二月花——试论杜牧的咏史诗,吴炜华,北京财贸学院学报,1987,(6)

略谈杜牧的军事思想,翟贵垔,历史知识,1988,(1)

论杜牧的散文,寇养厚,苏州大学学报:哲社版,1988,(1)

情因景发,景缘情生——读杜牧《兰溪》诗,彭鹤濂,长江日报,1988,(2)

杜牧《秋夕》小议,顾鼎竞,淮阴师专学报:社科版,1988,(2)

《李府君墓志》作年与杜牧有关行止考,郭文镐,南通师专学报:社科版,1988,(2)

杜牧诗二首系年考,陶瑞芝,南通师专学报:社科版,1988,(2)

关于杜牧的《江南春绝句》,相隆本,齐鲁学刊,1988,(2)

豪宕俊爽,晓唐翘楚——评杜牧诗,朱碧莲,上海教育学院学报,1988,(2)

试论杜牧妇女题材诗,徐伯鸿,信阳师范学院学报:哲社版,1988,(2)

谈杜牧七言绝句的特色,冯海荣,上海师范大学学报:社科版,1988,(3)

试论杜牧绝句诗,初国卿,沈阳师范学院学报:哲社版,1988,(3)

杜牧美学观之我见,王西平,松辽学刊:社科版,1988,(3)

"出世"与"入世"的矛盾——杜牧《将赴吴兴登乐游原》主旨寻绎,杨宝林,文史知识,1988,(3)

试谈杜牧的政治诗,王清士,贵州社会科学,1988,(4)

略谈杜牧咏史诗,缪钺,文史知识,1988,(4)

杜牧诗文系年小札,郭文镐,人文杂志,1988,(6)

论杜牧的政治诗,全岳春,社会科学(上海),1988,(6)

杜牧研究的新收获——读《杜牧评传》,朱伟成,沈阳师范学院学报:社科版,1988,(6)

末世篇章有逸才:论杜牧七绝的艺术特色,魏耕原,唐都学刊,1989,(1)

杜牧与许浑诗混同初探,曹瑞兰,学术论坛,1989,(1)

杜牧和他的诗歌,葛晓音,学术月刊,1989,(1)

杜牧山水诗的艺术风格,王金昌,文史知识,1989,(2)

杜牧的一首伪诗考辨,谢明仁,文学遗产,1989,(2)

杜牧诗文系年小考,丁仪,上海教育学院学报,1989,(3)

杜牧与"元和体诗",朱碧莲,湖北大学学报:哲社版,1989,(5)

知人论世,重在事实——与王德普同志再商讨〔杜牧〕,王西平,人文杂志,1989,(5)

《杜牧集》名言警句

△银烛秋光冷画屏,轻罗小扇扑流萤。瑶阶夜色凉如水,坐看牵牛织女星。
(《秋夕》)(第003页)

△远上寒山石径斜,白云生处有人家。停车坐爱枫林晚,霜叶红于二月花。
(《山行》)(第004页)

△一骑红尘妃子笑,无人知是荔枝来。(《过华清宫绝句三首》其一)(第015页)

△二十四桥明月夜,玉人何处教吹箫?(《寄扬州韩绰判官》)(第034页)

△烟笼寒水月笼沙,夜泊秦淮近酒家。商女不知亡国恨,隔江犹唱后庭花。
(《泊秦淮》)(第035页)

△娉娉袅袅十三馀,豆蔻梢头二月初。(《赠别二首》其一)(第039页)

△蜡烛有心还惜别,替人垂泪到天明。(《赠别二首》其二)(第039页)

△日暮东风怨啼鸟,落花犹似堕楼人。(《金谷园》)(第045页)

△南朝四百八十寺,多少楼台烟雨中。(《江南春绝句》)(第048页)

△可怜赤壁争雄渡,唯有蓑翁坐钓鱼。(《齐安郡晚秋》)(第080页)

△折戟沉沙铁未销,自将磨洗认前朝。东风不与周郎便,铜雀春深锁二乔。
(《赤壁》)(第085页)

△十年一觉扬州梦,赢得青楼薄倖名。(《遣怀》)(第089页)

△欲寄相思千里月,溪边残照雨霏霏。(《寄远》)(第091页)

△清明时节雨纷纷,路上行人欲断魂。借问酒家何处有,牧童遥指杏花村。
(《清明》)(第093页)

△江东子弟多才俊,卷土重来未可知。(《题乌江亭》)(第094页)

△南山与秋色,气势两相高。(《长安秋望》)(第125页)

△狂风落尽深红色,绿叶成荫子满枝。(《叹花》)(第131页)

△自嫌流落西归疾,不见东风二月时。(《隋堤柳》)(第134页)

△六王毕,四海一。蜀山兀,阿房出。(《阿房宫赋》)(第137页)

△灭六国者,六国也,非秦也;族秦者,秦也,非天下也。(《阿房宫赋》)
(第138页)

△秦人不暇自哀,而后人哀之;后人哀之而不鉴之,亦使后人而复哀后人也。
(《阿房宫赋》)(第138页)

中国家庭基本藏书

图书在版编目（CIP）数据

杜牧集 / （唐）杜牧著；张厚余解评 . —2 版 . —太原：
三晋出版社，2008.6（2024.5 重印）
（中国家庭基本藏书·名家选集卷）
ISBN 978 - 7 - 80598 - 942 - 6 - 01

Ⅰ. 杜… Ⅱ.①杜…②张… Ⅲ.①古典诗歌—作品集—
中国—唐代②古典散文—作品集—中国—唐代 Ⅳ. I214.242

中国版本图书馆 CIP 数据核字（2008）第 091017 号

杜牧集

著　　者：（唐）杜　牧		解 评 者：张厚余	
责任编辑：田潇鸿		审 订 者：张厚余	
封面设计：敬人工作室		版式设计：敬人工作室	
责任校对：田潇鸿		责任印制：李佳音	

出版发行：山西出版集团·三晋出版社
地　　址：太原市建设南路 21 号
电　　话：（0351）4956036（咨询）　　4922268（邮购）
传　　真：（0351）4922102
网　　址：www.sxskcb.com
邮　　编：030012

印刷装订：山西新华印业有限公司
（本书如有破损、缺页、装订错误，请与本社联系调换）

开　　本：787mm×960mm　　1/16
字　　数：200 千字
印　　张：11.25
版　　次：2008 年 6 月第 2 版
印　　次：2024 年 5 月第 2 次印刷
书　　号：ISBN 978 - 7 - 80598 - 942 - 6 - 01
定　　价：43.00 元

版权所有，翻印必究。本书图文未经书面授权，不得以任何方式转载或公开发表。